医生
与咖啡馆
与信

何佐伊 /著

百花洲文艺出版社
BAIHUAZHOU LITERATURE AND ART PRESS

图书在版编目（CIP）数据

医生与咖啡馆与信 / 何佐伊著. –– 南昌：百花洲文艺出版社， 2020.8（2022.10重印）
ISBN 978-7-5500-3766-3

Ⅰ.①医… Ⅱ.①何… Ⅲ.①长篇小说 – 中国 – 当代 Ⅳ.①I247.5

中国版本图书馆CIP数据核字（2020）第120313号

医生与咖啡馆与信

YISHENG YU KAFEIGUAN YU XIN

何佐伊　著

出 版 人	章华荣
责任编辑	蔡央扬　郝玮刚　程慧敏
书籍设计	黄敏俊
制　　作	何　丹
出版发行	百花洲文艺出版社
社　　址	南昌市红谷滩区世贸路898号博能中心一期A座20楼
邮　　编	330038
经　　销	全国新华书店
印　　刷	江西千叶彩印有限公司
开　　本	720mm×1000mm　1／32　　印张 8
版　　次	2020年9月第1版第1次印刷
	2022年10月第1版第2次印刷
字　　数	190千字
书　　号	ISBN 978-7-5500-3766-3
定　　价	38.00元

赣版权登字　05-2020-87

邮购联系　0791-86895108
网　　址　http://www.bhzwy.com
图书若有印装错误，影响阅读，可向承印厂联系调换。

目录

第二部分　咖啡馆日记本 / 135

　　每个人的故事都是一本诗集，可当你还没理解它的诗意前，它破碎不堪，凌乱而狰狞。

第三部分　一"笺"如故 / 203

不要因为别人而黯淡自己的星空。只要你用心经营，就算一碗青菜白粥，看似清淡，却也是幸福真正的坐标。

第一部分　十三件心事

七个心藏隐秘的客人，
五位诉出过往的店员。

他们在繁华的上海邂逅，在灯火阑珊处
互相温暖。

让我们一起和过去和解，与未来相遇。

在这川流熙攘、繁华闹猛的大都市，每天都有很多破碎的心，而今天那颗心是属于我的。昨天巴黎圣母院还巍然屹立，昨天我还是一个拥有母爱的幸福女孩，今天这两样都不存在了。世界上有那么多城市，城市里有那么多咖啡馆，而我却走进了"筌"，写下我的心事。

——丽君

何遇视角

丽　　君

这是关于我的故事，为了提纲挈领，我将略去繁琐前情，直接跃到2019年那个春天开始说起！

三月末的上海，嫩枝从隆冬的寒冷里被春日逼出绿芽来，芳草葳蕤，花团锦簇，一片柳絮飘飘的愚园路上新开了一家咖啡馆，一家奇怪的咖啡馆。

首先是它选址奇怪。店家周围既没有摩天盖日的办公楼，也没有十里洋场的繁华景象，却是被一个开放式的菜场包围，街上充溢着小贩摊位的烟燥荤气；正门恰遇一所创建悠久的综合医院，时常伴有救护车呼啸进出。

其次奇怪在咖啡馆的经营模式。咖啡馆门口支着的小黑板上写着两行字：

何必在打烊前急着奔向出口？

我有咖啡，你有故事吗？

原来这是一家可以写信的咖啡馆。如果遇上店里促销，写信的顾客还会得到免费咖啡或甜点。

起初不论路人还是街坊，都为这家不挑风水的新店的前景感到担忧。咖啡馆沉寂了数月，终于有猎奇心强的年轻人开了头阵。对他们而言，没有什么比这样特立独行的地方更合适登上朋友圈的了。先是学生党，然后是三两闺蜜，再是年轻的上班族……因为写出的心事时常还会收到回信，如此口口相传，不多时，咖啡馆的生意渐渐有了起色。

咖啡馆采用北欧风格的装潢，外墙红瓦上镶一块小竹牌，用小楷写着一个"笺"字。室内以浅色为主。店面不足20平方米，虽然面积不大，倒也是"螺蛳壳里做道场"，临墙一张原木长桌后设有三个面窗座位，吧台正对的墙上挂着几幅风景照，有霞光万斛的日出，也有雾色催云的晚霞。店门口放着一个伞架，晴天时，伞架上会放一株鲜花，玫瑰、鸢尾、桔梗，每日不同。

店里有四名工作人员：一个操着四川口音的糕点师，一个精明干练的女咖啡师，两个服务生，一个全职，一个兼职。

你问我为什么知道得这么清楚？

忘了自我介绍，我叫何遇，是这家叫"笺"的咖啡馆的店主。

我想您大概不关心我们的当季饮品，也不在乎此刻是猴年马月，那么直奔主题，来说说客人是如何分享心事的吧！

本店准备了各式纸笔、信封。无论男女老少，都可保留隐私，匿名或用笔名写下心事，投入吧台上的木色信箱。信箱旁设有一个回信篮，部分心事书写者会得到店员或我的回信。

咖啡馆已经开了有一阵子了，前期的投入还没挣回一成。你好奇我为什么要开这样一家咖啡馆？

这个嘛，请容我再保密一阵吧！

我不常驻店里，但会在打烊后过来核一下账，检查一下第二天的食材、设备安全和卫生等问题。比如今晚，来笺的时候，员工都下班了，店里只留一盏橘色留夜灯。远远望去，咖啡馆宛如蛰守在深蓝夜空下的一抹人间暖色。

我给自己泡一杯咖啡，坐在窗前，翻看白天那些客人的信。和平时一样，大多数信都是一些年轻人"求而不得"的烦恼。正应了那句话：青春之美好，只有当事人才对此后知后觉。

然而今天的信让我有了额外的收获。在那些粉红色的、以梦为马的烦恼里，我第一次看到了特例，咖啡未啜一口，我已经毫无困意。

泪痕晕染信纸，娟秀却越写越潦草的字迹宣告着写信人的情绪是多么激烈。

你好！

我不知道读到这封信的你是谁，就像你不知道我是谁一样。或许你可以称我丽君，这当然不是我的真名，是一个我母亲非常喜欢的台湾歌星的名字。

此刻我异常悲痛，我的母亲上周病逝了。

听说今天写心事的客人可以免费获得一份当日甜点，我写下这封信，当然不是为了用任何与我母亲有关的回忆来换取贵店的一份小便宜。只是在这样一个阳光灿烂的春日，我在贵店喝着苦得恰到好处的卡布奇诺，无法控制内心逆流成河的悲伤，只想将这份悲伤寄于信纸，宣泄我如今柔弱无能的伤心。

那天晚上，我正把两包生活垃圾分类后使劲塞入一个大袋子里，预备明早出门扔了，电话突然响了。不知道你相不相信预感，我一向害怕不恰当时间来的电话。当时我看了挂钟，已经是晚上十点半了。我怀着惴惴的心情接起电话，电话里只有哽咽声，但我知道那是父亲的声音。除了父母，没有人会打我的座机。恐惧，在寂夜里蔓延扩散……然后是爸爸熟悉而哀伤的声音："娃儿，回来一趟吧！"

一个电话让我的世界天崩地裂了。我挂了电话，恍恍惚惚收拾了一些东西就往火车站跑。几个小时前，我还在公司里和同事们哀悼巴黎圣母院的消亡，而我的母亲却在生死线上摇晃。暗夜冷峭，此刻的一切仿佛是一个梦。

一路上，想的尽是我和母亲的往事，却想不起来最后一次和母亲通电话是何时了。

父亲告诉我，母亲已经病了很久了，可她不想让我担心，所以一直没有告诉我。

不知道从何时起，我开始对于家里的电话不耐烦。对于"吃了没？""睡了没？""衣服够不够穿？"这些陈词滥调疲于回答。狡猾地以工作为理由推掉了父母的视频要求，因为我厌烦了一直对着手机屏幕里的半张大脸，因为我宁可看综艺节目，也不愿意浪费时间回答他们无聊的问题。因为我总是以为陪伴他们的时间还长……

母亲贤惠温和，而我从小倔强任性，现在才明白，我的任性都是被母亲惯大的，从小到大，她什么都顺着我。

考大学的时候，家人建议我考师范类，以后毕业当个老师，我却偏要学金融，最后是母亲纵容了我。

就业的时候，家人让我回家谋个铁饭碗，常伴父母身边，我却偏要选择在上海闯荡，独立自主，最后是母亲纵容了我。

适婚的年纪，家人又规劝我抓紧找个门当户对的人结婚，让父母早日含饴弄孙，可我又叛逆地不愿接受那种包办式的相亲，最后又是母亲纵容了我。

她总是温和地笑着对别人说："孩子大了，有自己的想法。"如果遇上亲朋好友再规劝，她也只是笑而不语。一直以来，母亲用自己的坚强保护着我的自由，给我足够宽广的天空让我飞翔。我飞得那样远、那样远，却忘记了回归，因为我一直以为来日方长。

我从来不知道每次和我通电话时，母亲祈盼而渴望的眼神；我不知道每次回家前，母亲掐算着日子，提前一周就把我房间的东西安放得妥妥帖帖。我不知道她多渴望这短暂的和我相处的时光，而我每次回家却只盯着手机。

她怕限制我的快乐、打搅我的生活，始终小心翼翼地爱护着我。可我却一直依赖着她的爱在慢慢疏离她。在本可以回家的长假，我选择去顾村公园看樱花、去大宁公园看郁金香，忘记了家乡倚石傲然的迎客松；当发了奖金后，我犹豫再三，仍旧决定买那只朝思暮想的LV

（路易威登），而不是回家孝敬父母，我总觉得孝顺的时候还有很多，没想到会这样突然……

妈，你怎么可以走得这样决绝？为什么连一声"再见"都不等我和你说？

这两天，那晚的电话声一直萦绕在我梦魇里，像一条鞭子，一次次抽在我脑袋上。马尔克斯似乎说过，父母是搁在我们和死亡之间的一张软垫，把你挡了一下，父母如果不在了，你就直接坐在死亡上了。

从家乡回来那日，天色阴沉如晦，打开家门，我看到那日弃在门旁的那袋垃圾还在，我自负地以为悲剧会让世界宽容我，可世界连一袋垃圾都不会为我清理。我没有了妈妈，但垃圾还得自己扔。

我提着垃圾，走在幽静的小区里，胸口一阵阵发闷，一股热气从脖颈直涨入脑门，痛得我喘不过气，感觉自己每一秒都有可能晕厥过去。可是我没有，我仍然清醒地感知着每一秒的痛苦，被守在垃圾桶旁的居委会阿姨勒令将垃圾分类。就如现在，我坐在咖啡馆里，看着周围谈笑风生的姑娘们，却没有一个人知道我这样一个看着健康完好的人，心已经碎了。

妈，我好想你，好想你！好想你！

如果可以，我多想用自己的寿命来换取你留下的时间。可是我做不到。

我的世界没了你，以后谁问我吃了没？谁关心我有没有穿秋裤？谁来催我找男朋友？

妈，我爱你！可惜对你说得太迟了。

丽君

　　信上透出的哀伤化入窗外幽暗的夜色里。随着年纪渐长，这种"子欲养而亲不待"的悲伤会跟自然规律一般降临。咖啡凉了，比这长夜更冰冷的大概是这个女孩的心。

　　第二天，我被一阵金属发出的"铛铛"的开门声吵醒，糕点师杨师傅每天是第一个到店里的人，他显然没想到会有人比他还早，我们互相震愕了一番，看清彼此后，才露出略显尴尬的笑容。

　　我揉了揉睡塌的头发，恍惚望了眼周围，晨曦已经透窗进来。这时才顿感后脊传来一阵酸痛，看来我对睡觉地点真是越来越不挑剔了。

　　杨师傅一番好意，特地为我准备了早餐。

　　"顺利吗？"我问。

　　我和老杨认识快五年了，我们的相遇和我之前的职业有关。

　　他原先是一家面包店的员工，后因那家店生意不景气而失业，正逢我决意开咖啡馆，所以我俩一拍即合。他每年五月会请一周的长假回老家探亲，今天正逢他从四川回来的第一天。

　　老杨给了我一个很足量的"嗯"。他每次探亲回来总会有一段时间陷入低落的情绪中。过两周便会渐渐恢复。

　　阳光照着飞扬的尘埃颗粒，又圣洁又世俗。

　　我的眼角带到昨晚的那封信，此刻它正安静地躺在一杯雾气腾腾的热牛奶下，白昼的光芒扫去些许它留下的哀色。我不认识这个姑娘，我对她的人生一无所知，可我读了她的心事，像是亲自剖开了一道伤痕，而任由它鲜血淋漓。

　　何遇啊何遇，我不禁伸了个懒腰，看来半年梅妻鹤子的逍遥日子终要结束了。该是时候重拾旧业了。我捧起温热的牛奶喝了一口，看着老杨忙进忙出地烘焙着蛋糕，一个想法，一个或许是残忍的想法在逐渐酝酿。

"老杨！"我清了清嗓门。以前我总称呼他全名，直到我俩有了雇佣关系，发展出另一种关系后，我也开始跟着其他人一起喊他"老杨"了。

老杨停止揉面的动作，抬头看我，显然是在等我的指示。他额头上深深的"川"字在清晨的光里无处遁形，而两只精明睿智的眼睛不服老地在宣告着五十岁男人的坚韧。

我舔了舔唇，对他说："这封信，我希望你看一下。"

看到他脱下手套，狐疑地伸过来的手时，我矛盾了一下，或许我有些残忍，我在期许用一道结痂的旧伤去安抚一道刚割破的新伤。

可是，已经十一年了，应该是时候了。

　　一只母猪需要妊娠150天才能诞下一胎猪崽，一个孕妈需要280天才能孕育出一条新生命，而剥夺69227条生命却只要2分钟。

　　生灵万物在天地面前是如此渺小，却又如此坚韧。我成为鳏夫已经11个年头了。何医生说是时候了。我默然点头。猪坚强已经13周岁了，猪犹如此，人何以堪？

——老杨

何遇视角

猪　坚　强

　　我不知道那位经历丧母之痛的姑娘是否还会再来，我甚至不知道她长相如何，芳龄几许。不知道我为她准备的"药引"能否有机会给到她，春色还是一样迷人，客人还是一样踊跃。

　　或许每个人对于悲痛的处理方式不同。一些人需要释放，他们会找至亲好友，一遍遍发泄心中抑郁。在旁人的关心劝慰里，让伤痛渐渐磨得不再新鲜、不再冒血，也使自己习惯；也有一些人，他们像骄傲的猫，只想在洞穴里自己舔舐伤口，不愿分享，也受不住别人的嘘寒问暖，用自己的坚强去压制疼痛，有人同情，他们的骄傲便要崩溃。

那位署名"丽君"的女孩属于哪一类呢？

日子在春风里飘扬轻荡，那日下午，服务生小渔兴冲冲跑来，向我边使眼色边压嗓悄声："来了！她来了！十点钟方向。"对于小渔的认人功夫，我不疑有他。向左斜方望去，一个二十五六岁的女孩正靠窗茕茕独坐，上身一件灰色布衬衣，下配一条洗白的牛仔裤，稀发懒梳，眼睛浮肿，面色憔悴。而她身旁的椅子上正格格不入放着一只驴牌NEVERFULL（意为：永远装不满）经典款。我用这一眼便确定了是她。

小渔按照我的吩咐把一块蛋糕送至她桌前。她的错愕是可想而知的。

"这是我们今天的特色点心，希望你喜欢。"

女孩红肿的眼睛里涌出一丝波动，低头看了眼蛋糕。

"这个也是给你的。"小渔从口袋里摸出一个用红丝带绑住的纸卷，小心翼翼搁到她轻缩回去的肘边，然后回身离开。

回到吧台，小渔向我使了个"不辱使命"的讨夸眼神，我给了她一个肯定的微笑。

女孩看着芳香诱人的红丝绒蛋糕，发了好一会儿怔，她的警惕和疑惑是需要一些时间来消除的。在这段时间里，我不打算打搅她。

良久以后，她终于抽开蝴蝶结，缓缓翻开了卷成一团的那封信。

丽君：

你好！

非常冒昧给你写下这封信。我并不认识你，就像你也不知道在信纸另一端的我是谁一样。如果你感到莫名其妙，我完全理解，就当我是个爱管闲事又没人搭理的疯老汉吧！一个想和你说说贴己话的疯老汉。

一周前，店主给我看了你的信，他说如果有空，让我给你回一封信。我很难过，为你母亲的过世难过，也很纠结，因为我是一个不大会说话的老男人，更不要提文绉绉地写信了，瓜分今想了半日也不晓得从哪里写起好，而且我也纠结是否合适把自己的经历分享给一个没见过面的陌生人。

最后你的信还是让我放开了这些顾虑。

读了你的信，我哭了。

失去亲人的难过劲子哪里有法子讲得出来？我也不会和你说啥子"时间会冲淡一切"这些没有用的废话。

丽君，大叔只想告诉你一句话：把垃圾倒了吧！

因为只有这件事是你能为自己做的，也该你亲自去完成。

你说得对，这个世界啊，有时很冷漠，你历经很多不幸，但它也不会因为这样就多补偿你一些、多谅解你一些。但是妹崽，别比惨，没有谁比谁更惨，也许看上去风光无限的人，他们也有自己难受得要命的事情。只要消化好自己的生活，让自己重新站起来，好好活着就是天大的事儿。

你还年轻，人生道路上还有好多的精彩在等着你，你消沉的时间越长，你辜负的人生也就越长。

如果你今年二十五六岁的话，我的娃儿也应该和你一般大了。只是很可惜，我没能像你妈妈那样看着自己的女儿长大。

一周前的5月12日，是我妻子和女儿离开我的第十一个年头了。

我来自四川，家住四川省阿坝州汶川县映秀镇。

那场全国人民都再熟悉不过的浩劫，它夺走的近七万条生命里，也包括我的妻子和女儿。

十一年了，我常常忘记自己是怎么在没有她们的人世间独自生存了这么久的，回过头已经跨过来了。

悲剧发生的时候，我在上海参加糕点师培训。我的家园、我的亲人朋友，还有我四十多年的全部东西都在那短短几分钟里就全部没有了。

地震发生几小时前，我妻子还在短信里提醒我，回家的时候带两块豆腐。还有我的女儿，过几天就是她十五岁的生日，我提前给她做了她最喜欢的红丝绒蛋糕……一切都和普通的日子没啥子两样，我的眼皮没有跳，皇历上也没写着"大凶"，下午两点多，我在火车上打瞌睡。

我和我妻子是读书时认识的，我当时是个一穷二白的浑小子，可她不顾父母、亲戚反对，还是嫁给了我。典型的川妹子！我是何等幸运，能和她那样美丽善良又固执得要死的傻姑娘在一起啊！我们俩领证的时候，我就下定决心，这辈子必须好好对她，把自己有的都给她。

可是当我接到噩耗的时候，我后悔娶她了。我们没有办婚礼，我三天打鱼，两天晒网，一直没有找到一份稳定的工作让她安心，没给她买过什么贵重礼物，她也从来没有戴过钻戒。近二十年的婚姻里，没有让她过上一天好日子。如果不是因为和我结婚，嫁到我的家乡，她可能就不会……这些都是我事后无可避免要想的。

虽然我还活着，因为工作逃过一劫，可我不知道自己活着还有啥意义，我不想做任何事，工作、吃饭、睡觉、思念、悲伤……我一件事都不想做。

那时候一些念头一直顽固地盘旋在我脑海里头：我总是在想她们

走的时候痛不痛苦。看到那些死里逃生的人，看到他们一脸庆幸地说自己如何劫后余生，我会嫉妒、会憎恨。我会想如果那天我也在，结局会不会不一样。

我的小女儿非常早慧懂事，完完全全遗传了我妻子，读书从不让我操心。我当初问她将来想考县里哪所学校，她说她要考到上海，因为这样子妻子就能带她来找我，我们一家三口就能每天都在一起了。每次想起，我都忍不住掉眼泪。谁也不晓得明天会发生什么。

丽君，以前有句老话说：只有等到失去了，才知道追悔莫及。但当意外发生，遗憾和来不及是从来无法避免的。我们都以为有来日方长，因为我们把他们的爱当成日常，而日常才是生命的主旋律。

事故过后，我开始沉迷喝酒，天天啥子事情也不想做，靠着一点点积蓄和抚恤金过活。朋友让我去看心理医生，我把他们都骂跑了。

这样过了几年光景，有一天晚上，我梦见了我的女儿。在梦里，我拼尽全力跑向她，想去抱抱她。可无论我怎么跑，她始终离我很远，我扯破喉咙喊她，她也不走近我，只是默默地看着我哭。

经过那场梦，我终于走进了心理咨询师的办公室。

医生问我："如果真的存在一条可以马上忘记她们而不悲伤的路，你愿意走吗？"

如果这个问题，现在我问你，你会说愿意吗？

我不愿意！

生离死别是很痛苦的，但这份痛是我和她们唯一的联系了。我不愿意用啥捷径去那样轻松地放下她们。难过是被允许的，没有谁有资格让你停止悲伤。可世界还是在转动的，请你也原谅它的理智。我曾经用愤怒代替悲伤，恨身边的一切。而这只会让你更难受。

这是我十一年以来第一次这样完整把这段往事讲给一个人听。哪怕是我当年面对心理医生时，我都没能完全剖开心事。可能有些东西，需要等待。

娃儿，逝者已逝，但我们还活着。爱是我们在这个并不完美的世界里生存下来的唯一理由。她们走了，但我们对她们的爱一直在。她们走了，但生命中的垃圾还得我们自己倒！我并不是告诉你世界对你的悲伤有多不理不睬，而是希望你明白，是这些不得不还由你完成的事情在帮助你回来。悲伤总是会把我们拖进深渊，而岸上的芝麻绿豆、鸡毛蒜皮一直没有放弃过你，它们一直在用自己的方式抓着你！每个人都不易，请你一步步走下去，像小时候在妈妈的注视下蹒跚学步一般，这一次，需要你自己来。如果你愿意相信，我想你妈妈或许依然在注视着你。

只要你想着妈妈，她便永远还在。

你在信上说，你曾为了买包而没能用奖金孝敬妈妈，所以心感愧疚。我要告诉你，父母从来不奢求儿女的补偿。为人父母唯一的愿望便是能看着孩子健康快乐地成长了。

你的妈妈，是一个伟大的妈妈，她没有让你随波逐流，回到家乡重复她的人生。她很爱你，并且又那么了解你，这大约就是母女吧！你们哪怕隔着万水千山，可她依然知道自己的女儿想要的是什么，所以，她从来不强迫你，也不阻挠你，在力所能及的范围里给你最大的选择空间。

你看到了妈妈为你受委屈的许多地方，但我作为一个父亲，我相信你妈妈一定也在你并没有看到的地方，一直在默默为你而骄傲！为你的独立、你的成长、你摆脱束缚的勇敢而无比骄傲！

几天前，我的一位同事，她是个和你年龄相仿的女孩，送给我一张简报，报告里刊登着一只白色的大猪。它叫"猪坚强"，汶川地震时被埋在废墟下36天，最后被成都某飞行学院战士拯救。简报上说它现在已经12岁了，在建川博物馆仍坚强地活着。

心理医生对我说："当有亲人去世时，我们总期望能有解释，但有时候它并没有答案。"

所以，把垃圾倒了吧！好好整理自己的生活。坚强起来，重新做回那个让妈妈骄傲的女儿！我相信有很多人都在等着你！

在你面前的这块红丝绒蛋糕名叫"甜蜜蜜"，和邓丽君的那首歌一样。

蛋糕是我亲手做的。在我妻女离开我之后第七年，我考出了糕点师资格证，现在在筏做糕点师，每一天都过得非常充实，大家都叫我"老杨"。红丝绒蛋糕是我女儿的最爱，希望你能喜欢。

娃儿，请接纳悲痛，重新生活！

一个絮絮叨叨的老头

2019年5月

那姑娘抽搐的背脊让我知道老杨的信触及了她的悲伤。

不知是谁把店里的音乐换成《跟着你到天边》，微怅而悠然的歌声盈满了香气四溢的咖啡馆。

姑娘慢步走来，双眸还落在那封信上，"我能见见杨师傅吗？"语气胆怯又执着。

我有些矛盾。老杨不善辞令，起初又是担心自己词不达意，又是顾虑字写得丑，几番推辞，最后还是拜托小渔代笔，他口述，才愿意写下这封信。他一早便和我立下条件，信可以写，但绝不见面。

女孩看着我，眼睛红透，却有一份沉淀后的坚韧。

我打个擦边球，将她领入"闲人止步"的区域，轻轻拉开烘焙室的门帘，说道："杨师傅正在里面工作。"

姑娘心领神会，只在我鼓舞的目光下向前走了一步，歪头窥看，不去打搅他。但见里面一个穿着白色制服的背影正在忙碌着。一小撮光顺着门帘的小缝隙溜进去，打在老杨的后脑勺，几缕灰白的头发格外醒目，汗水慢慢从帽檐下渗出。他一个人在几平方米的空间里忙碌着，双手干净而粗粝，后脊宽阔却佝偻，头发茂密但渐白。这个角度看不到老杨的脸，看不到他额头上那被岁月刻下的深痕，也看不到他的心，不知道那里藏了多少悲伤。而他灵巧劳作的双手，却一清二楚，在灯光下，他低着头，右手握住装满奶油的裱花袋，正在一个八寸蛋糕上裱着花。

姑娘轻轻松开了撩起门帘的手，背过身，像似在努力喘气。

我没追问，隔了一会儿才问她有没有事。

她的肩膀因用力摇头而颤抖，徐徐转过身来，弯月般的眼睛里盈着水色，鼻子红了。她用手背揩了下泪，对我说："我想回家去看看我爸爸。"

"嗯，你爸爸见到你一定很高兴！" 我也像受了她感情的感染似的笑了起来。

丽君走了，带着猪坚强的照片，买了两块红丝绒蛋糕，也带走了老杨的那封信，留下温暖的歌声在春末的玻璃房里回荡：

昨天的身影在眼前

昨天的欢笑响耳边

无声的岁月飘然去

心中的温情永不减

"她走了？"耳边这个低冷的声音属于江灼晰。这个不苟言笑的咖啡师鲜有关心他人的时候。她穿着黑色制服，削肩长颈，留一头乌黑如墨的短发，浑身上下只有一张脸自由地露在空气里。消瘦的瓜子脸上深邃的五官都是清冷的。果然，她手里捏着一张积分卡道："忘拿了！那个客人。"

"收起来吧，她应该不会再来了。"我回答，顺手拿了她刚调好的一杯卡布奇诺，还没喝上一口，又被她收了回去，声音依旧冰冷："这是给客人的，何医生！"

曾经我以为烦恼是洒了咖啡的意外，是一路红灯的搁浅，是加班深夜的疲惫，而当冰冷的听诊仪落在巨大如鼓的肚子上，当医生冷静地说出残酷的真相，我才知道洒了的咖啡和搁浅的红灯是大疼痛里的小确幸，如果往后余生天天加班能换医生收回那些话就好了。

每个小孩都是天使，有些天使却在陨落的时候撞断了翅膀。每100个胎儿里就会有2个畸形儿，但谁又会想到自己会成为那个2％呢？

——企鹅妈妈

企 鹅 妈 妈

这年的上海迎来了65年不遇的雨水，密针似的细雨，满街花残绿败，笺也因连月的雨天陷入经营淡季。

店里播放着《风居住的街道》，清澈如涧水的钢琴声和幽寂的二胡声呼应着窗外淅淅沥沥的绵雨。

那个女人就是在这样一个天气恶劣、生意冷清的日子闯进笺的。她穿了一身藕粉色真丝连衣裙，露出纤长的脖子与双腿，而腹部隆起，看上去像是个孕妇。她收了伞，神色疲惫，头发半湿地耷拉在头皮上，两只眼睛却又不相称地充满激烈的光芒。

当时咖啡馆仅有一位客人，连空气里都是慵懒的霉湿慵怠，她带着凛冷的风和雨丝进来，让凝滞的空气舞动起来。

隔壁花店老板娘和女儿欢欢过来换花，一大束半蔫失水的火百合被一捧优雅的紫色鸢尾替代。老杨惋惜这一束束生命在"独守空房"后被秋扇见捐，但小渔知道有客人喜欢店里时不时更换的鲜花。有位女士每回光顾都会带走一朵花，有时会问小渔花语，小渔并不在行，有一回咨询欢欢，欢欢看着花，目色迟疑，她母亲立马迎笑代答，并告诉小渔："她不会说话。"

笺的信纸倒成了两个女孩交流的媒介，她们时常用书信沟通。小渔让欢欢在杯垫上写下花语，然后她把杯垫压在钻蓝色的花瓶下，轻轻抽出一角。

那位"孕妇"那日坐在搁着花瓶的桌边，她要了一杯不适合孕妇喝的黑咖啡，有备而来似的要了信纸。她信写得很慢很慢，写一阵，歇一阵，踌躇而矛盾的样子，时而隔着玻璃窗望着密匝匝的雨幕潸然落泪，时而又怅惘拨弄着鸢尾花瓣陷入沉思。她离开时，那杯黑咖啡才喝了一半，信就被孤独地留在杯子下。

　　你知道企鹅病吗？

　　我不知道，一直到三周前。

　　我怀孕六个月了，可是我杀了我的孩子。

　　如果你恰巧在咖啡馆看到我，或许你以为我是一个正孕育着一条新生命的准妈妈。

　　是的，我曾经是，一周前还是。现在，我只是一个引产后子宫还没恢复的女人罢了。

　　我和我丈夫结婚五年，我们一直渴望为人父母，却一直努力未果。直到去年年底，老天终于给了我们一个意外的惊喜，虽然这个惊喜打破了我们原本计划了许久的旅行，虽然我们因为这个小生命的到来赔了许多钱，可没人能知道我们有多高兴。

我三十二岁，先生三十三岁了，我们等待这个生命太久太久了。

一切都那么美妙幸福，我在一次次产检里感受着孩子的成长。衣服换了一码又一码，只为了他的成长。我在想：他会长得像谁？会遗传到他爸爸的白皙皮肤吗？会有一双和我一样的丑脚丫吗？

噩耗来得那么突然，它打破了我们满怀期望的生活，打破了一切。噩耗来临，只需要医生的一纸报告。

医生冷静得像个魔鬼，简单粗暴地向我叙述了胎儿的不健康。因为他的冷静，我花了很长的时间才搞明白发生了什么。

企鹅病俗称小脑性共济失调。病变会累及小脑，脊髓及颅神经也有可能部分受累。他将来可能会行动失调，走起路来像企鹅。确切地说，我的宝宝不是一个正常的胎儿，是一个畸形儿。虽然他手脚都那么健康。就在前几天，我做了四维彩超，他是个男孩。他咬着手指正在微笑，他像我，有一个很高挺的鼻梁。

看过很多同事、朋友的孩子，我天真地以为从怀孕到做妈妈是顺理成章的事情，从来不知道这中间有多少关要闯。

我把坏消息告诉在外等待的先生，他和我一样五雷轰顶。

接下来，是我不愿再度回忆的一次次检查和确诊，因为我们不甘心，不甘心！

当我们走进计划生育科的那天，我和先生紧紧抱在一起，这是我们一家三口第一次拥抱，很可惜也是最后一次。眼泪，就这么顺着眼角往下淌。那日是个烈日当空的大晴天，我们俩谁也没有说一个字，我们站在医院的角落里，周围是一个个挺着大大小小肚子的孕妇，她们每个人脸上都洋溢着笑容。我们就是在这样一个晴空万里的初夏中午决定了放弃我们的第一个孩子。我甚至不知道我们还有没有勇气和运气去拥有第二个孩子。

我不要他了！是的，哪怕他还在我的肚子里快乐地踢着我，哪怕我还感受得到他的胎心。

我要结束他的生命了。他们劝我，不要去想他。可我怎么能不想？他是我的骨肉，他在我的体内，每分钟145下的心跳，每一小时会狂乱地动一阵。将手贴在小腹上，可能我都能碰到他可爱的小脸。

自从我知道怀孕以后，一直小心翼翼地呵护着他，放弃高跟鞋，放弃化妆品和心爱的日料，一切都那么心甘情愿。他是人间四月天，也是我今后每一个春夏秋冬的阳光。

可是我从来不知道100个胎儿里就会有2到3个畸形儿，我也不会想到我的宝宝会成为那不幸的胎儿中的一个。

你知道引产是怎么回事吗？

他们会在你肚子上摸到孩子的头颅，然后将一根粗如手指的针刺下去。我感觉到他在肚子里狂乱地挣扎，我知道一定很疼很疼，他从来没有那么激烈地踢过我。慢慢地，他的挣扎没有那么强烈了，再慢慢地，我再也感觉不到任何胎动了。

因为孩子已经成型，我和正常分娩的产妇承担的几乎是一样的痛楚过程。我三十二年的人生中从来没有经历过这样的生理疼痛。你觉得自己痛得快死掉了，可是你死不了。

孩子出生了，我没有敢看他一眼，就让护士带走了。

或许这样对我们都好，不要留给自己任何回忆和幻想的空间，他只是一个模糊的概念。一个带给过我们欢乐和悲伤的幻影。

是的，我曾经这么想。

我以为自己那么痛的分娩过程都熬过来了，一切都会慢慢变好的。

可是不会！之后的一周，我没有一晚不失眠，没有一晚不想他。

那种悲伤开始像溪水般一点点汇集起来。我开始回忆，一定是我哪里疏忽了，才让他没能成为健康的孩子。是因为我贪嘴吃的那一口三文鱼吗？还是我忍不住喝的那杯咖啡？或者是我那一次洗澡时不经意抬高手去取毛巾？

我觉得是我害死了他。我害死了我儿子。

没错，很多人会来看望我、安慰我，劝我养好身体，告诉我半年以后我们一定还会有的。可是他们不明白，那不是他了。就好像你死了一个孩子后，别人宽慰你："别伤心，你还有个小儿子呢！"

在医院待了两天后，回到家，家里却处处都是他存在过的痕迹。

社区医院里寄来的孕妇须知，拍孕妇照的预约通知，我们还没来得及组装的婴儿床，桌上一直保留着的那根验孕棒……

每一样都刺痛着我的神经，不停告诉我，我已经不再是个妈妈了。

还记得验孕棒上两条红线带给我的喜悦，记得我如何按压着心中的激动给老公打电话报喜，记得他在电话里高兴到失声的哽咽；记得第一次听到孩子铿锵有力的心跳；记得给孩子起乳名叫"小结构"，那是源于第一次做B超时他还太小，只能测出一个囊性小结构；记得我和老公去医院建大卡，因为他那样认真地填写着每一个信息。回家的路上，我看着粉色的大卡上写着自己的名字，头一次觉得自己是个妈妈了。

曾经，我没有孩子的时候，我的人生是平凡却充实的。

可是现在，我没有了孩子，我不再是一个没孩子的女人，而是一个拥有过孩子却失去了孩子的女人。五个月二十七天，这是我短短的做母亲的时光，却比我这三十二年的人生都刻骨铭心、痛彻心扉。

小时候读过史铁生的一篇文章，大多数情节都忘记了，只记得里面写因为史铁生双腿瘫痪，他的母亲总是很小心翼翼，不使用"跑""踩"之类的字眼。这些日子我终于明白了这是什么感受。我不再愿意看朋友圈里那些晒娃的信息，我害怕看到任何和孕妇有关的字眼或者广告。谁又怀孕了，谁又二胎了……我通通不想知道。

更可怕的是那些知道你怀孕的亲朋好友，不间断地问你何时生产。悲伤像一块铅，我硬生生把它吞下，我实在没办法一次次再去回忆那整个过程了。

先生在我出院后便开始销假上班了。不大不小的房间里就只剩我一个。我以前也常一个人，但我从来不觉得孤独那么可怕。一种绝望从胸口一点点蔓延，慢慢吞噬我。我觉得胸口闷得透不上气，我把窗户开到最大，可依然无法阻止越发严重的窒息。为了不使自己跨上窗台往下跳，我像个疯子一样跑了出来。我没有地方可去，想起在医院的时候，听护士说起对面开了一家叫"笺"的咖啡馆，可以分享心事。

真不巧，我一出门就开始下雨了。店里包括我才两个客人。也是，谁会在这样的大雨天出门呢？

三毛曾经劝一个不快乐的女孩，可以尝试自己写札记。我不知道那个不快乐的女孩后来是不是变得快乐了。但既然这里可以分享心事，那我也该将自己的心事写下来。可是我又想，如果写出来就能好过了，那为什么三毛自己最后还是自杀了呢？

悲伤到底能不能跨过去？时间到底能不能让我走出来？

或许在凡尘俗世，我的悲伤不足以成为什么。可有时候，就是有的人跨过去了，有的人没能。

企鹅妈妈

雨，又不遗余力下了一个月，那位客人在初夏的蒙蒙细雨里再次光临笺。这次她穿了件豆青色的休闲衬衫，浅蓝七分裤，外罩了件薄长款开襟衫，身形较一个月前清瘦了不少。她化了淡妆，看着黑板上写着的琳琅满目的咖啡和甜点，踌躇难定，咖啡师建议她可以尝尝新品。她的先生陪在她身侧，手里翻着一本病历卡，不时问她一些细节，她颦眉简单回答，两人像是刚在对面的医院复完诊的模样。

她面色沉静，等咖啡的时候看见了回信篮里的一封信，身子兀然一僵，如泥塑般一动不动。橄榄绿的信封上并没有写一个字，但她知道那是回给她的信。因为信的一角绑着一条焦黄色的发圈，发圈上缀着两颗珠子，一颗已经褪去莹亮的光芒，露出黑点，随时有摇摇欲坠的危险。那发圈她再熟悉不过了，有黑点是因为她常将它绑在手腕上洗澡的缘故。

一个月前的雨天，她因头发被雨水淋湿松下了发圈，回家后才发现发圈不见了。她拿起信，撸去发圈，带着怀疑、好奇和一丝害怕翻开信封，先溜出来的是一朵紫色的千日红干花，散发着幽淡的清香。

信封里是三张明信片，她一一抽出。

第一张是日出，龙鳞般的云彩浮在半橙的天空上，大海泛着粼粼波光，太阳如一颗火球炽热跳跃在海平线上，扶桑升朝晖，千里熔金。明信片的背面有蓝色的字迹：枸杞岛，中国最东边的日出。

第二张是黄昏，红晖喷薄，滩涂绮丽，几艘渔舟在河间悠悠划荡，轻推涟漪。背后写着：霞浦小皓村，渔民朴实勤劳，风景宜人。

第三张是滩石，蓝紫渐呈金黄的天幕下，一面是翠绿灌木树丛，一面是黛青山峦，中间一条长河映着赧红晚霞。背面写道：新疆五彩石，风蚀性地貌，经由风和风沙流对土壤表面物质及基岩进行的吹蚀和磨蚀作用所形成的地表形态。

她有些惶惑，照片、文字都有点无关紧要，像是写给她的，又好像不是。那些无关紧要的绚丽美景暖融融的，加热她胸口的郁结。她手掌微弛，一团纸片从信封里掉了出来。她躬身去拾，是一只用信纸折成的纸鹤，纸背透出反面横密交织的字迹，那是她当时写的信。这一回，她确认那是回给她的信了，纸鹤的一侧翅膀有细微的一道折痕，像是被拆开又重折起来的痕迹，她好奇地翻开查看，眼皮一紧，眼前出现了不同于明信片上字迹的娟秀字体：

　　　　每个未出世的孩子都是天使，他们会以另一种形式守护着父母，守护着他未来的兄弟姐妹。

她出神地望着那句话，一股热烈的气流在胸口涌动。她迫不及待剥开另一只翅膀，依旧是那遒劲有力、神韵超逸的字迹：

　　　　你曾被我当作心愿藏在我的心里，我的宝贝。

她知道那是泰戈尔《新月集》里的一句诗，大学时读过，当时只道是寻常。此时此刻，字字读来，心脏失重，眼睛里不受控地溢出滚烫的热浪。她茫然四顾，店里的客人三三两两排队等着咖啡，工作人员各司其职，在这周五下午忙碌着。她不知道信是谁写的，每个人的脸上都荡漾着一缕阳光。

吧台上盛开着一束娇嫩妩媚的花，鲜粉的花瓣吮着清新的气息羞答答绽放。她愣愣看了好一会儿。

"这是月季。"一个女孩从花瓶里抽出一朵，送到她面前。她是店里的服务人员，女孩笑容甜美地告诉她："月季的花语是等待希望。"

"等待希望……"她轻声呢喃了遍。

咖啡师把咖啡递给她，咖啡泛着淡淡的奶金黄色，她喝了一口，甘醇芬芳，她立刻爱上了这味道。她问那是什么咖啡。咖啡师告诉她，是白咖啡，咖啡豆不加焦糖直接低温烘焙，去除了一般咖啡的焦枯和酸涩，不伤肠胃也不上火。

"谢谢！"她轻声说，低头轻轻把那根发圈套上手腕，珠色已暗，但是有感情，舍不得不要。她把纸鹤与明信片放进包里，不再纠结是谁给她回的信。她的先生走过来，手里拿着一块蒙布朗蛋糕，那是她的最爱。她牵住他的手，推门而去，没入室外初夏的澄净的空气里。

雨停了，孕育着初夏的六月在烟雨中渐渐复苏，让那阴雨的萧条偃旗息鼓。街上的梧桐筛着日光摇曳闪辉。

小渔收拾好桌上几位客人留下的杯碟，望着阳光下泛黄的水塘，展颜兴奋道："终于不落雨喽！"然后躬身拖出一个装满瓶瓶罐罐的收纳袋去给街角的拾荒老人，几只最近胖成板凳的流浪猫懒洋洋躺在树荫下午睡。

　　何老板，我丈夫出轨了，够不够格享受一杯免费馥芮白？

　　如果你想听一曲《长门赋》或《白头吟》恐怕要教你失望。人与人的相处就像薛定谔的猫，不试一下谁也不知道结果如何。所以我无怨无悔。

　　谁规定妻子聪明干练丈夫就不能出轨？聪明是天赋，也是诅咒。

　　我羡慕巴甫洛夫的狗，无须思考人生、继承家业，可以坦然慵懒，等待食物。如果要等价交换，像小美人鱼用嗓音换取双腿，那么我为什么不能用智慧去换一生平平无奇？

——一杯馥芮白

祈语卿视角

一杯馥芮白

　　我叫祈语卿，名字是母亲取的，但我讨厌这个名字，通常我让大家喊我"小渔"。

　　白驹过隙，来笺已有半年。记得面试的那天，当我在店里等待时，一个快递小哥找错了地址。我帮他指路，怕他不甚明了，特地画了一张简单地图给他。无心插柳被何老板看到，他夸我热心肠。在面试前，在还不知道薪酬待遇、工作内容前，我已经决定要接受这份工作。没办法，我抵挡不住别人的夸奖。

时针指到晚上十点，结完账，我把没卖完的几个面包都装进帆布袋里。

进入夏季后，何老板立下规定：蛋糕和夹心面包不过夜销售。有时老杨做多了，我和他两个人就揽下善后工作——把面包分了。晰姐是不会拿的，她既不爱吃甜食，也不心疼食物，我就亲眼见过她把稍微潮了点的咖啡豆整包扔了。

分到面包的日子真叫人兴奋，回去的一路，蛋黄卷我分给了隔壁花店老板娘，芝士蛋糕留给弄堂口卖油墩子的小寡妇，老杨最拿手的羊角包送给家门口理发店打工的几个安徽女孩。她们满脸堆笑接过面包，有时候因为礼尚往来，也会送我一些小玩意，其实我一点都不奢望任何的回馈。她们夸我又善良又漂亮，她们用所能调动的一切溢美之词夸我。我无怨无悔了。没办法，我无法抵挡别人对我的喜欢。

我可以和女客人聊方临秋的新小说，也可以和男客人侃侃利物浦的欧冠逆转。没办法，我无法抵挡别人对我的喜欢。

每当有人夸我温柔善良，我都感觉像在坐云霄飞车。

第一次坐云霄飞车是在十几年前了，那天学校组织秋游，去锦江乐园。锦江乐园，是上海二十年前的迪士尼，排队、拥挤，如今人与景依旧。当时天还下着毛毛雨，我一个人认真地排了很长时间的队，坐到车上时，早已浑身湿透。当工作人员将保护栏"砰"的一声锁到我面前时，我顿时悔意横生，可惜已经来不及了。飞车载着我们从巅处往下直冲，我整颗心浮到胸腔里，仿似要跳出来。

那时已经有自动照相机，记录下我们在车上的模样。一张清晰的彩照填满电脑屏幕，旁边连着打印机。工作人员一边放大照片，一边吆喝宣传："十块钱一张！"我盯着屏幕找了半天才看到自己。或许原始野生的自己，而不是对着镜子摆好了笑容的自己，对我们而言是陌生的。照片上我抓着护栏，闭着眼，头发胡乱飞舞。我吃惊地发现自己嘴角居然挂着笑。这明明不是我当时内心的情绪，我当时惊惧害怕，连眼都不敢睁，在黑暗里感受天翻地覆的世界，安慰自己这种濒死的惊心动魄马上就过去了。

可我为什么会笑呢？

这事给了我很大的震撼，原来人的内心和展示在他人眼前的外观是可以如此不匹配的。

后来每当别人看到我乖巧温驯的样子而对我心生怜爱眷顾，我都感觉像在看当年那张十块钱一张的照片。我想起《活着》的序言里说的："人类无法忍受太多的真实。"谁需要看到照片背后的狰狞与懦弱呢？没人会喜欢的！就像照片上那样笑着就好了，只要笑着，一切都会好的。从此我再也没有坐过云霄飞车，但却爱上了在幻想里检验这种美好。

我关了空调，留了一盏小夜灯，又摸了两包砂糖塞进口袋里。这个习惯已经伴随我十多年了，我早想不起它的滥觞。存在于记忆里最原始的印象是小时候养死了一只兔子，它要被扔掉时，我哭得泣不成声。父母不在身边，它是我唯一的慰藉，总想为它留下点什么，所以我用小剪刀从它鼓鼓的肚子上剪了一小撮毛，把它藏在我吃完的巧克力盒子里。渐渐地，我发展出顺别人随身物品的毛病。我拿过班上受欢迎女孩的发夹、语文老师的红色水笔、舅妈的眉笔……这些东西小巧精致，便于携带……初中时我曾一度控制了偷窃的乐趣，因为认识了一个男孩，我抱着见贤思齐的愿望改变自己。可惜好景不长，我的生命里好景总是不长的，那个我以为青衫磊落的男孩，他杀死了"祈语卿"。

来到笺以后，我很快故态复萌，顺了晰姐的一只耳钉。起初我只想要一个不起眼的随身物品，没想过那个袖珍耳钉是一颗切割精细的粉钻。我有些惶恐，几度想找机会还她。可是她好像没发现，她一点也不在意！真是让人气馁又生气。

我曾满腔热情邀她一起回家，被她拒绝了；我曾笑容甜甜地请教她怎么操作咖啡机，也被她拒绝了。她每次都拒绝我，完全没有因上一次拒绝我，或拒绝我太多次而产生任何亏欠感。有时候老杨看多了，私底下带着一脸善意劝我："小江性子冷，你别老去碰钉子啦！"我笑笑说："没关系。"他看我的眼神更加温和而疼惜。我无耻地接受了这份根本不真实的赞许。没办法，我无法拒绝别人的喜爱。

我在冷气十足的三号线上读起欢欢的信，这是每个夜班的片尾曲，我和欢欢通信有好一阵了。她在信里孜孜矻矻说起她当警察的父亲，她告诉我她父亲几年前因公殉职了。我喜欢这个小姑娘，因为她和我一样是个冒牌货。聂霖曾在和客人聊天时不无埋怨地讲起自己丈夫，一个游手好闲、爱惹是生非、酗酒的男人，他在一次滋事斗殴中不治身亡，那时候欢欢才五岁。我不喜欢这个事实，我还是喜欢欢欢笔下的那个爸爸，除暴安良，正义磊落，爱护妻子，疼爱女儿。虚假却漂亮啊。

我通过老杨之口知道何老板以前是个心理咨询师，老杨曾是他的病人。我一直伺机等待，有一次终于店里仅剩我俩，我先从天气、明星开始说，话题歪歪拐拐慢慢和我脑中预谋已久的问题接近。我咽了下口水问他："何老板，你说如果一个人撒谎编造自己的生活，是为什么呢？"他那时正在折一只纸鹤，暮色四合，他细长的手指微屈，将纸鹤翅膀卷出弧度，听到我的问题，纸鹤的翅膀歪了一下，他正色对我说："可能性很多，或许是对自己错误的弥补。"

"错误的弥补？"我隐隐觉得有一种危险的东西在这句话后面。

他点头："因为没有遇见理想的自己。但是那样很危险。"我及时笑起来，恢复和刚才谈明星时一样随意的表情，装得不求甚解的样子随意问他为什么。他看了我一会儿，皱起了眉头说："被压抑的欲望总有一天会变成伤人的利刃。"

说得真好啊！任何的病痛，甚至绝症，在医生嘴里也不过寥寥几字吧！高深又冷静地剖析、分析，像一台精准度极高的机器。

从晰姐称呼老板"何医生"来看，她应该也是他以前的病人。何老板对"医生"这个称呼好像并不喜欢，甚至是有些反感的。也不知道他为何弃医从商，对我们或相熟的客人也从不提行医往事。每次听到晰姐那么喊他，他就跟啃了柠檬一样，然后成心促狭喊晰姐"江江"。晰姐那样的冷性子，估计会被这种肉麻的称呼喊得浑身起鸡皮疙瘩吧！有时看他们二人一点儿也不像医患关系，反倒像是另类的亲人。

我的生命里四溢的都是虚构的气息，是祈语卿扮演的小渔。可是晰姐对我的拒绝是真实的。她的拒绝不受任何客观因素影响，为什么她能那么干净利落做到拒绝呢？大概是美貌和智慧带给人的一种权利。而我身无长物，只能更卖力用微笑和乖巧来获取喜欢了。我从小就习惯了明明心里拒绝，脸上却迎合上去。有时我想，晰姐那样的美人，纤瘦窈窕，单单站着就已经是道风景线，哪怕冷若冰霜也照样会有一双双或垂涎或倾慕的眼睛射过去。她会有什么烦恼需要心理医生？

晰姐的颈间始终挂着根吊链，我以为会是钻石、白玉之类的，夏季来临，换了制服才发现那是一块深紫色的雾面拨片。起初我不知道那是弹吉他用的，这是笑哥告诉我的。

笑哥是何老板的朋友，一个大学讲师，全名叫蒋笑淳，三十出头已经是副教授，每次来总是衣冠楚楚的。他与何老板说话很随意，两人交情颇深的样子，他喊何老板"狐狸"，说他又油又滑，就跟狐狸一样。而何老板就高捧喊他"蒋教授"，起初我也跟着这么喊，他笑着让我别跟着狐狸寒碜他，喊他"笑哥"就好。三个月前笑哥第一次来笺，之后便隔三岔五来笺喝咖啡，几乎把我们店里每一款咖啡和甜品都品遍了。他风趣随意，人也慷慨磊落，很快俘获了我和老杨的心。我注意到他看晰姐的眼睛里有星辰碎影，倒是晰姐对他始终不冷不热。蒋教授说晰姐就像一个质数，只能被她自己整除。我被这评论打动了，哪怕不是说我，我都觉得很值得感动。

我陷入自编自导的浮想里：晰姐挂在胸口的拨片属于她所爱之人，他是个才华横溢的音乐人，两人情投意合，而那男人却意外过世了，或许是车祸，或许是某种绝症。晰姐悲痛欲绝，受不了打击去看了心理医生。我为这个情节完整而感人的故事心满意足。想起小说家方临秋的那句话："伤痛就像蛀了的牙洞，不是时刻想着，而是每当喝茶、吃饭，不经意间都会触及，然后痛得无法言表。时间久了，你以为自己痊愈了。其实牙洞还在，只是你开始学会绕开这颗蛀牙吃东西罢了。"晰姐是不是也是这样呢？

后来发生了一件事，一封客人的来信改变了我和晰姐的关系。

那是个周末晚上，我和晰姐两人当班。到了饭点，她懒洋洋吃了几口鱼粥，就去后巷吸烟了。

信箱里只有一封信，我记得写信人是一个OL打扮的年轻女人，她当时就坐在吧台，她用的信纸是自己带的，上面刻着Crane & Co.的英文，笔也是自带的铅笔。她写完信后还在信封上画起图来，现在才看清那是一只圆规的素描，笔墨横姿，细节甚精，横在右上角，犹如邮票大小，还用明暗阴影绘出圆规正画到一半的圆弧。一种原始的冲动蛊惑我拆开了信，第一句话就让我欲罢不能。

　　我是笺的常客，比很多人都早知道笺的存在。我尝过笺所有的咖啡和甜品，然而写信是第一次。有时看着一群红男绿女兴致勃勃写下心事，也曾心泛微澜。或许年轻上十几岁，我也会傻兮兮地把青春的遗憾误认为心事。

　　过了三十岁，心事就像是一团气，每天在忙碌浮躁的生活里，藏在胸口不定时上蹿下跳，当你终于结束工作，独自静下心来，想要解决它、关怀它，或者释放它的时候，却发现不需要了。它和你的疲惫一起沉到脚后跟。要把它说出口、写下来的过程太费力了，远不及将它咽下去来得轻松。只是命运总会在你对人生的悲怆安之若素、对旧伤麻木习惯之际投掷给你更大的骇浪。

　　我丈夫出轨了！

　　一周前，表哥义愤填膺地告诉我这个消息，他无意中看到丈夫和那个女人在车里。我怔愕着，来不及收拾情绪。我觉得他真傻，这种事情，头一个知道的总是妻子。

　　当丈夫格外保护自己的手机，总带着剃须刀去上班，又精心挑选搭配衬衣的领带……

　　现在，我坐在你们咖啡馆最明亮的位置，沐着晨曦，听着周迅的

《样子》，企图寻找出他背叛我的整个历史经过……

我出生在一个有些"隆重"的家庭。我不清楚其他家族会留给后代什么样的传家宝，房子？珠宝？或者书画？而我外公留给我的是××大学以他名字命名的一个尚未完成的研究项目。撇开祖父辈，与我同代的堂表亲们也都沐仁浴义、不扶自直，很好地继承了家族优势，不是天赋异禀也是敏而好学。我也一样，读书并不费力，到初中时已经有过三次跳级经历。

英语里"天赋"译作gift，有"礼物"的意思，而礼物总是需要等价交换的，所以我的"讨伐"很快就来了。作为一个深受老师偏袒的空降兵，体型年纪又都处于弱势，一切条件正合适被班级同学当作排挤的对象。据说体育、音乐和性是三样可以穿越国界而存在的事物，我想还可以加一个——校园欺凌。

我能熟练运用特拉亨伯格速算法，可我不知道怎么面对被年长的孩子集体欺凌的情况。没有人教过我，我也从来没在哪本书上看到相关教程，所以当我身处逆境，我遵循的是最原始的本能：抓起离我最近的武器——圆规朝那孩子扎去。事情没隔夜就传到父母耳里。他们找我谈话，问我原因。关于"为什么要伤害别人"最难回答。你要是无意的，就得准备道歉；要是有心的呢，那还得解释动机和理由。在父母的认知范围里，"对不起"和"没关系"是一对固定搭配。他们以为那些十几岁的小浑蛋都是能被人性善良的光辉感化的。

回到学校后，欺凌变本加厉，经过了一段灰暗的日子，这一回我用了铅笔盒里的"黑带"武器——美工刀。可想而知这次父母的训斥史无前例地严厉，我依旧不说话，他们没有罢休，带我去看了一个专家。

　　这个专家和其他无数专家有着共同的特质——质地高档的衬衫、锃亮的皮鞋、藏在金丝边眼镜后的和蔼微笑，以及藏在和蔼微笑后的精明。

　　专家很亲切，用各种方式与我沟通，鼓励我画画或者写日记。我很茫然，像看到小浑蛋的手指头被自己割开时一样茫然，我不知道自己期许什么，看到鲜血淋漓，并不觉兴奋或解恨，只感到一种心安。我也不晓得需要自白些什么，我在一种我自己也不清楚原因的倔强里和专家对峙了一个月。我天真地以为只要沉默就会胜利，我太低估一个母亲的耐心了。我的缄默为自己"争取"来更多的面谈和评估，"打败"专家后还有另一个"教授"在前面等着……

　　在我执拗的坚守中，我读到了雨果的《我们都是瞎子》，他诙谐地讽刺了有学问的人、卖弄风情的女人以及上帝都是瞎子，因为他们看不到自己的无知和皱纹，看不到魔鬼混入人类。诗歌最后，诗人自嘲道："我也是瞎子，因为我只知道说啊说，却没发现你们都是聋子。"我醍醐灌顶，发现要与世人抗争，"自我"永远以卵击石。当所有人都酝酿了情绪要给你办葬礼的时候，千万不要跳起来狡辩"我还活着"，要装"死"，装得越像，他们才会越对你放松警惕。

　　我写了一篇日记，根据看过的一些心理学书籍，巨细靡遗地描述了一个内心孤独、恐惧社会的小女孩的心理。我画了黑压压的树林和乌云。之后的事情我印象模糊，只记得母亲重新对我微笑了，像是看一个离家很久突然回来的孩子。

　　故事的情节回到我的剧本里，我接受了一系列治疗评估以后回到了学校。那些欺负过我的孩子都目睹了那次"流血事件"，对我突然敬若神明，再不敢惹我。而我对那些面孔越发恶心。之后的两次大考，我故意考砸，费了些心思把答案写得真实而狼狈。学校经过无数委员会的商量、考评，最终我被"贬"回了原年级。

连跳三级的"天才少女"神话终结了。让我意外的是父母对此的措置裕如。他们对我非但没有丝毫责怪，反而小心翼翼，处处照顾我的情绪，生怕流露出一点点失望就会给我脆弱的心灵留下重创。或许对他们而言，一个失去天赋的女儿远比一个有暴力倾向的女儿要好。

外国人说"天赋"是gift，也就是"礼物"的意思，给礼物总是要有回报的，所以我就敬谢不敏了！

有时候我想：如果我母亲和那些普通的妈妈一样，用愤怒和不理解来对待青春期叛逆的女儿，我的人生会活得不一样吗？我会继续"天才"下去吗？当然，我并没有责怪我的父母，他们开明和善，我尊重他们也爱护他们。就像那句老话说的："不论你用何种方式去爱你的孩子，他们永远都不会满意。"或许我们内心想要的父母始终和我们得到的是错位的吧！人不都是这样？在黑白里温柔地爱彩色，在彩色里朝圣黑白。

高中后，我已经完全把自己演绎成一个各科成绩都处于班级中位的普通女孩。我心安理得做着"伤仲永"，像在一个放慢两倍的世界里惬意游弋。我可以和同学一起逛街吃饭，唱歌约会，也可以偶尔和塑料姐妹花竞争一下性魅力。初恋里的纯洁动人对我来说从来不曾有过。我没有计划过让自己真心实意去喜欢一个人。我渴望不得要领地过一辈子，带着种潇洒美丽的姿态消耗，活一个毫无意义的人生。不要留给后人任何的未解与遗憾。

　　我和他的故事发生在大学校园，他是隔壁大学的，过来参加篮球比赛，我室友对他一见钟情，酝酿了一个学期的爱意后，我陪着室友去问他要手机号。然后就发生了那老掉牙的套路——他看上了我。在接触他以前，我已经有丰富的恋爱经验，红酒牛排式或者可乐爆米花般的……

　　他却问我："要不要和我去看流星雨？"午夜，我和他走在黑漆漆的道路上，听着他滔滔不绝讲着我十年前就知道的天文知识。我喜欢他那双至诚而认真的眼睛。他让我想起一首诗，纪伯伦的诗，另外一个男孩对我说的："春天的花是冬天的梦。"

　　我知道他会是一个努力奋斗，却还够不到大有作为的男人。他有一种看不懂自己，也看不到生活本质的可爱。但是他打动了我，我想跟着他看似努力而不得要义地过一辈子。

　　我们顺利地相知、相恋，最后结婚、生子……

　　我时常幻想一些不着边际的意外，关于死亡和婚姻。

　　我曾无数次幻想过他出轨的情景，我要订好一张去欧洲的机票，不告诉任何人，失踪整整一个星期。我要在吃着法式早餐，逛着奢侈品店的时候狠狠报复他的不忠。我要让他心怀愧疚，背负全世界的指责却怎么也找不到我，我要打破他一切想要解释或道歉的意图和机会。我总是这样想，从和他开始恋爱时便一直在谋划这个故事，每一次在脑海里重温，都会补充或修改更多情节。准备了十几年的剧本，终于能上演了，可是我什么也没做。

　　我清楚知道，我的"失踪"过后，需要花更多的精力来善后。我的失踪只会让那对与我幻想错位的父母担心。你只要一天不回复家长群，他们就会拿你当"海龟生蛋"的生动案例宣传。公司还有一个文本没做，还有和甲方的会议没开……想逃脱的计划连一分钟都没法实施。

因为我长大了，因为我是个上有老、下有小，每天还有一堆工作等着去解决的懂事的中年职业女性。

那天晚上，我开车一路前行，从我拿到驾照以来，从来没有独自一个人开过那么长的路。越开越偏，直到一条空无一人的寂道。我把音乐开到最大声，看着车前窗黑漆漆一片，就像那天跟在他身后去看流星雨时一样。心口的那团气慢慢往上浮。我抱着方向盘痛哭。

表哥给我打电话，问我怎么样，我哽咽着说不出话。

我怎么样？我不好，我觉得委屈，觉得难受。我觉得自己变了，是谁把我的"有趣"耗尽了？这些年来，我都对自己做了些什么？

表哥听着我语无伦次的哭诉，没多久，他的车开了过来。我们俩坐在他车里沉默地抽着烟。后来他问我："还记不记得你小时候写过一个咖啡馆的故事？"

我的记忆力不允许我忘记。那真的是很久以前的事了，写的是在一个小镇上，所有的人都是哑巴，他们每天都靠着简单的手语来交流，维系日常生活。每个人内心都很孤独。后来有个女孩开了一家咖啡甜品店，让人们在店里用书信诉说自己的故事。每天由客人评选出一个最好的故事，获奖者可以做第二天的店主，决定那天故事的主题。

在我生活支离破碎的时候，表哥告诉我，他有个朋友要开那样一个店。我忘了当时怎么回应了这个消息。大概觉得他在开玩笑。

我去看了那个女人。虽然我知道这样的行为没任何意义，但是我就是想看看，看看能让他重新坠入爱河，再次露出20岁时笑容的女人长什么样。

　　我和他撒谎说周末要出差，和同事借了一辆车，在家门口等着他，一路跟着他，看着他把女儿送去补习班，看着他出来……我以为他会先去理发店剪个头或刮个胡子，或者去花店买一束玫瑰什么的，然后去一个已经订好位的高档餐厅，可他什么都没做，他把车停在一家快捷酒店门口，熟门熟路开了房上去了。我顿时觉得一阵反胃。中年男人的出轨原来是这样俗气而残忍的。

　　酒店门口，很多女人来来往往，浓妆艳抹的半老徐娘，青春靓丽的年轻姑娘。我看着她们，任何一个都有可能是我丈夫的情人。我的心情在那些女人的脸上、身材上、估摸出的年龄上跌宕起伏。或许再多待一秒就能见到那个女人了，可是我受不了，开车走了。

　　遇到红灯的时候，我突然在想：那个女人会有他迷恋的大长腿吗？会有他喜欢的丹凤眼吗？这些疑问在绿灯亮起时被我彻底鄙夷。不重要了，不管一会儿爬上他床的是什么样的女人都不重要了。回忆起十几年前他的样子，当初在篮球场上英姿飒爽的男孩子，陪我看流星雨的男孩子已经变得那么无趣，连他的出轨都这样庸俗不堪。经过肯德基的时候，我给自己买了一个全家桶，坐在人流不息的店里，一块块啃着、吃着，吮着冰冷的可乐。我已经十多年没有吃过快餐了。我花了两个小时把整个桶吃完，然后茫然地看着那些鸡骨。一个人坐了很久，最后决定去父母的老房子看看。

　　一年前，父亲安然辞世，他在退休后和母亲两人度过了一段各处旅行的惬意时光。安定后，在家重操旧业，笔耕不辍，继续翻译工作，他走的时候坐在阳台藤椅上，手里还捧着那本在译的书。母亲怕触景伤情，换了一间小房子独居，原本的房子租给了表哥的一个朋友。

大约一个月前，我接到表哥的电话，说他的朋友大扫除时发现了一些父亲的遗物，让我抽空过去取。这件事一直进脑不上心，但那一天我突然想去践约。

我提前给表哥的朋友打电话，没想到他愿意赶回来为我开门。

房子安然保持着原状，父亲的东西被装在一个蓝色透明的收容箱里，都是一些手抄笔记、汉英小字典和译本之类的杂物，被那个租客整理得很整齐。收容盒的角落叠放着一些证书、奖状，打开才发现并不是父亲的，荣誉证书上都是我的名字。从AMC8（美国数学邀请赛）竞赛的奖到丘成桐数学奖，每一张都用透明文件保护袋罩着。我抚在手里，有些感慨，十五岁以后便再无一张奖状了。兴许父亲对我的成长多少有些遗憾吧！箱子里大约有十几本誊抄本，其中一本格外认真被护在一个皮革书套里，我打开时，几张夹在书页里的纸落了下来。似曾相识的字迹，圆润稚嫩，我惊了一跳，像是我自己的字。我一看发现是我当初写给心理医生的那篇日记，连那几幅画也都在。相比之前那些荣誉证书，这几张纸被折成豆腐干大小，打开后也是皱巴巴的，可能是因为一直被塞在笔记本里的缘故。没想到父亲一直保存着。而另一张附在日记后的纸是一张诊断书。这是我第一次看到，蓝黑的钢笔字清清楚楚写着医生对我"编故事"的诊断和分析。"建议随访"四个字下还用笔着重划了两横。

我有一瞬间的恍惚。像是做了一个二十多年的梦猛然惊醒。我看着那个小蓝箱，脑袋条件反射计算出它的体积，那么小小一个矩形匣子却承载了无法匹配的重量。这些年我自以为是的自由原来全都是在父母温柔的庇护里才得以生存的。我觉得嗓子口咸得很，有股血腥，喊不了也咳不出。

我翻开译本，上面有父亲的简介和照片，那照片是我先生为他拍的。那是很多年前一个大年初一，父亲穿着"培罗蒙"裁缝师定制的全毛西装，他们那代人对羊毛成分有极强的执着，那是他结婚时母亲送他的，父亲对这套西装的重视程度从它崭新的纹理便可见。他对着镜头，露着老学究睿智而宽宥的笑容，我也跟着笑，笑着笑着不由勾出种种怀念。这么一个可爱的老头怎么就走了？

这个狡黠的老家伙，实际上早看透我的一切小伎俩，这三十多年的人生里，我头一次质疑自己的聪明。

从房间出来，何先生在客厅看电视。桌上放着一些咖啡和甜点，他说那是他新店的试品。我自然而然坐下吃起来。Espresso（浓缩咖啡）很苦，咖啡布丁也苦，但是我喜欢，或许烤鸡翅是真的不合适我吧！何先生淡然自若看他的棒球赛，解说员激扬的嗓音回荡在房间里。他像个什么都不知道的局外人，又像一个洞悉一切的高僧。我不需要解释，他也不会探究。那天下午，我取消了女儿的课后补习课，带她去看了我母亲，或许那些关于"引力波""十一维空间"的问题，她们俩可以有共同话题。

何先生的咖啡馆开张，给我寄了邀请函。我带着女儿过去捧场。我问他：如果有人来写故事，打算怎么处理？一个个去治愈他们吗？

他笑起来，说不管什么专家、博士，再聪明能干的人也没有能力可以医治另一人的痛苦。

我深以为然。生活的真相不总是那样美好，只有你相信了，它才会好。

他问我最近怎么样，我笑笑："就这样。"

他笑着说那样就很好！然后抱着我女儿跑到咖啡机前，一大一小玩闹着摆弄机器，将一杯馥芮白搁到我面前，对我说："请你喝。这杯叫'随心所欲'。"我却之不恭，味道啊，也真是太随心所欲了。我当下强烈地向他建议："你必须得请个专业的咖啡师！"他笑着称好。

阳光照过来，连细微的灰尘都闪闪发光。曾经以为细若尘埃的人生可以得心应手，然而再平淡纯朴的生活也需要强大的意志力，世上没有毫无意义的人生，只是老天只负责给予，不负责解释。

周迅沙哑的声音萦绕在耳边：

有些遗憾，是种圆满
有些祝福，我对自己说
愿你活成最美好的样子
属于你的样子

英语里"天赋"译作gift，有"礼物"的意思，既得之，则惜之。

生活有时候很糟糕，但你要相信自己可以扛过去！你要相信你会扛得很好！幸福是可积函数，有限的间断点不会影响它的积累……

一杯馥芮白

信读到一半的时候，晰姐回来了，她掸着袖口的猫毛，身上有淡淡的薄荷味。她视线并无惊讶地落到我手中的信上。不消多时，有客人点单，她便去做咖啡了。

我问她：看完了吗？她"嗯"了一声，轻压着咖啡粉，精神都在双手上。她看字很快，一目十行，心算也很厉害，做任何事都透着麻利干练，感觉得出是个很聪明的人，就像馥芮白一样。

我的心像被一只锚重击了一下，某个内脏有四溅的内出血。那么温暖的信，我的关注点却只在狭隘的一角。晰姐见我愣柯柯不动，抬眸过来，眼睛觑着，浓密的睫毛围绕着晶亮的眼睛，像是等待我的提问。

我有问题吗？我确实有，我听到自己慌乱短促的喘息声，脑袋里的思绪晃动不定，引发阵阵眩晕。可她不是我该问的人，她不是！我很清楚。

馥芮白的信，让我以为早已在体内死去的祈语卿蛮横抽搐了一下，就这一下，好不容易长好的皮肤阵阵裂痛。

我抬起手，又垂下去，开口时，声音尖细得自己都不认识，"晰姐，你说校园欺凌……你说馥芮白为什么可以不受校园欺凌的影响？"

没等她回答，我急切地补充："你小时候有没有被同学欺负过？如果……如果你被欺负会怎么办？"

她握着一个小银盅在咖啡上做出一片片密叶形状的拉花，"和馥芮白一样反击回去吧！"果敢而干脆地回答我，声音像钟杵敲在我的耳膜上。

反击回去！反击回去！这句话回力球一样一下下打着我脑袋。多么自信而从容的回答！我嘴里像吞了一块酸梅，从舌苔酸到天灵盖。凭什么那么轻巧而随意地说出这样的话？长得好看又聪明跳级的女孩才有反击回去的权利。父亲嗜赌成性，母亲离家出走，自己满脸粉刺，成绩吊车尾的阴郁女孩拿什么反抗？老师、同学、父母……谁会为你的反抗买单？信封上那只圆规嘲讽而骄傲地盯着我。都是我的错吗？不抵抗回去是我的错？

我看着卡布奇诺里的拉花，雪白的花蕊朵朵融汇起来，泛出珍珠白的光芒。我倏然看到当年一张张猥琐嘲讽的脸从咖啡里现出笑来，浑身的刺痛席卷而来，真想破坏它啊！浓郁的奶香浮在空气里，晰姐圆润饱满的粉色指甲盖飘浮在我眼前，那手白皙、纤长，我急促地喘息着，身体负荷不住似的蓦然向前倾去，胳膊猛然向她狠撞过去。刹那间，整杯滚烫的卡布奇诺倾倒出来，完美的拉花被翻得一塌糊涂。她意外而受痛地发出低吟，回头吃惊地看着我，漆黑的瞳孔微微扩大。

"对不起！"我迅速道歉。看到她的双手被烫红了一片，我确实感到抱歉。可是一股热浪同时从心瓣扩散到每个毛孔里，又从毛孔回溯到心脏，看见她的狼狈，紧绷的神经瞬间松弛，那感觉甚是痛快。我紧紧咬着唇怕自己笑出来。

客人听到动静跑过来问情况。我这才发现原来客人是笑哥。他错愕地看着地上一片狼藉，问道："怎么回事？"

晰姐没说话。他便把咨询的目光投向我。我站在原地无法动弹。那痛快劲儿一下就过去了，双手濡满汗水。

"没事。"晰姐收回了目光，擦拭着双手，依旧冷淡而没有波澜的声音，"我重做一杯。"

笑哥疑惑的眼神在我们俩之间徘徊了几圈。我什么也没说，什么也说不了。眼皮血管阵阵脉动。我真的很抱歉，可是我却是故意的！

魔镜真傻，如果它逢迎皇后是最美的女人，白雪公主不会遇难，它也不会被打碎。

假装一下有什么关系？我被妈妈抛弃，大作家被读者抛弃……这世界不就是如此？不努力就不会讨人喜欢。大家说我爱笑，因为大家都喜欢爱笑的女孩呀。

如果不照着大家喜欢的样子去做，他们就会把你剔除出去，像小时候一样。

——祈语卿

祈语卿视角

那 个 作 家

我万万没有想到会碰到这样的情况。

二十分钟前，我还在笺等着下班，二十分钟后，我站在一个一百多平方米的高档公寓里，看着真皮沙发上躺着一个不省人事的女人。

因为派送员高温中暑，我看这位"方女士"的配送地距离不远，就自告奋勇顺路走一趟。我根据手机地图，越走越意识到这住宅不寻常，电梯到了26楼时才发现，这种高档公寓每一层就只有一户人家，而这位方女士也是个马大哈，门都没关。我在门外敲了几次门都没有人回应，只好边打招呼边走进屋里。客厅宽敞得可以当足球场，却泛出黄梅天的霉味。装修简约到极致，家具、装潢皆为白色，亮得像随时会从这个空间融化掉，但房间里同时又乌糟糟一片，我没见过这么乱的家，一步步往前走，地上全是散落的书籍，纸张、茶几被外卖的盒盒罐罐掩埋。而沙发上正躺着一个女人，双眼紧闭，看着约莫五十开外，身上穿一条雪青的丝绸长裙。我认得她是笺的熟客。每次来店里都会带走一朵花。我轻摇了她好几次，她却毫无反应，面色潮红，额头沁着汗。

我挑了个干净地方落脚，等何老板过来。遇到这种情况，这个既是我老板又好歹是个医生的人，没有比他更靠谱的了。

何老板赶来后，气没喘匀就去查看那个女人。我神经微驰，抽空打量起四周，一只欧式花瓶里插着的几枝花都已凋零枯萎，像干枯许久的标本。我躬身拾起地上一本书翻了几页，是作家方临秋的书，然后翻另一本，还是方临秋的，我心生蹊跷，仔细辨认，竟发现书本扉页上的作者签字和散落地上的稿纸上的字迹如出一辙。

“她喝醉了，加上有点发热，所以昏迷不醒。”何老板诊断完，对我道，“吃点退烧药就没事了。”我点点头，把自己的“发现”拿过去给他看。

他看完也惊讶了番，叹息道：“看来作家的压力挺大！”

我再看向沙发上那个颓丧萎靡的女人，她脸上化着浓妆，散粉已晕，眼影的珠光混着皮肤油脂陷进眼角鱼尾纹里，心里说不出是惊是讶还是悲了。

我按照何老板写的药名到最近的华氏大药房跑了趟。

方临秋服了药，还是烧得迷糊，何老板和我两人合力把她扶到卧室，他因避嫌没有进来。卧室比客厅里更多一层荒凉冷寂，冬日厚重的窗帘布都没有换下，积着层灰却恪守本分地把太阳都阻挡得干干净净。我屏足了力气把她搁到床上，眼睛适应了黑暗，才起身，臂膀骤然一疼，她突然伸手拗住我，她的脸涨得通红，配着那脸浓妆，近在咫尺，狰狞如恶鬼。我吓得使劲想挣开，可她的手钳得紧紧的，寒冷得像直接从冬天伸到夏天来。她大叱："你不能走！"声音里分明又有哽咽，抬头再看，她眼窝里已经盈满了泪水，五官像遭了涝灾般萎缩一团。我一时怔住了，不知恐惧地与她对视，她看了我一会儿，神情慢慢起了变化，眼睛像看到了刺一样，蓦然若爆炭燃起，气势汹汹猛力推开我，我一时踉跄，没反应过来，脸上挨了一下，她甩手将一个纸团丢向我，指着我狠声："你滚吧！你们这群肤浅无知的废物！滚！"她骂完自己倒进床上，狠命喘息。

我瘫软跌在地板上，心里惊跳不已，从后脖子开始，全身冒起了汗。那纸团从我身上弹落在脚边，我歪身小心拾起，看了她一眼，确认她不会再次张牙舞爪，她闭着眼，一动不动。我咽了口口水，大着胆子慢慢揉平已经皱巴巴的折痕，居然是一封信，信上的字是打印出的楷体，密密麻麻写了一面：

　　方老师：

　　　　您好！

　　　　我们是来自河南的书迷。这是第一次给您写信，却很遗憾地要告诉您，我们书迷联合会决定解散。

　　　　老师的小说曾陪我们度过很多美好时光，我们也在您的一部部著作中成长。但临秋老师近期的作品一次次让我们失望。我们看不到那个文笔细腻、故事绮丽的说故事高手了。

您变了，您的小说开始追逐那些鲜花着锦的奖项和名声，您开始为取悦评委和市场而抛弃了自己。

这个世界上前赴后继会诞生无数文学大师，但是我们热爱崇拜的临秋老师只有一个。可惜现在，她在我们心里已经不存在。

恕我直言，临秋老师现在的小说褪去了当年的灵气与创作力，也完全没有达到您所追求的文学高度，离您苦心追求的那座奖杯还差得很远。

读完您的新作《出路》，完全不懂您要表达什么，通篇是乏味的论点。我们这群一路跟着老师成长的读者对您的改变感到非常难过和失望。

我们联名写下这封信，感谢您参与我们的青春，也非常抱歉，我们即日起全体解散，将不再支持您任何新作了。

此致

敬礼！

河南省方临秋书迷联合会

二〇一九年仲夏

方临秋胸脯抖动，嘴里喋喋不休，虚弱地在骂着谁，卧室拢声，谩骂落在空气里，又落到我的耳朵里、心窝上。我看着她，像是眼睛里浮出来的幻影，又虚又空。她那么坚持着，不肯停歇地骂着，好像停下来的话她就会失去一个器官。我一直听着她骂，希望她继续骂，偶尔的停歇都像一场无声可怕的灾难，就好像我倾家荡产下了注一样，我要看着她骂到获得胜利，因为自己和那骂声也是同生共死的。

　　何老板催促我走。我站在床畔，艰难地看着那个颓丧萧瑟的女人，脑袋一阵阵发麻，没有人比我更明白被抛弃的感受了。我流露出想留下照看她的意思。何老板斟酌了一会儿，对我说："小渔，我知道你很善良，但是善良需要建立在尊重的基础上。方女士醒来如果看到我们俩，她会怎么想？我们在冒犯她的生活和骄傲。"我无言以对。只好跟着何老板一起走下楼。我看着自己的影子，脚步有些迟缓。

　　昨晚我没睡好，老头半夜回来，大概是打麻将赢了，每次只要赢点钱，他就亢奋得睡不着，开着壁灯一张张数钱，要是输了，他也睡不着，开着电视看一些庸俗的连续剧，或者在厨房乒铃乓啷煮东西吃。我听着那些乱七八糟的声音，整夜没睡好。早上起来，电视无声地开着，他呼噜声如雷，盖着毯子，一半掉在地上，擦着满地的瓜壳果仁。我去浴室洗漱，水龙头没关紧，水流涓涓、声音微弱，窗外晨曦将镜子上脏兮兮的灰尘映得一览无遗。他的脏衣服泡在脚盆里，和我的白裙子裹在一起，一盆污水。满腔的厌恶积胸而来。我拿出拖把、水桶，大动静地打扫，终于把他吵醒，他哑着嘴把电视的音量调高了，一大早嗑起了瓜子，裹住被子躺着看电视。

　　我问他：米买了吗？他说忘了。我问他：马桶漏水找物业了吗？他说抽空去。我问他："你记得什么？"他不回答了，没多久他大概看到什么好笑的新闻又大笑起来。

　　我不知道自己为什么生气，二十多年来他一直是这样的。大概是他那一副永远无所谓的态度终于激怒了我。不管生活发生什么巨大变迁，老婆走了、女儿病了……什么都无所谓，他始终能嘻嘻哈哈，用无所谓的态度就糊弄了过去。

我用力拖地，拖把撞得桌椅茶柜发出巨大声响，气愤的莽撞里，我一脚踢到床脚，痛得直戳心窝，摔在地上，眼泪狂飙。他笑嘻嘻地让我做事情不要那么急。我的怒火快要把胸口烫开。他过来扶我，我冲他吼"滚！"

我告诉他，都是因为他这副吊儿郎当的模样妈妈才会走。我问他：知不知道为什么我不停地相亲？他当然不知道，我告诉他，因为我想早点结婚脱离这个家庭。我说了很多很多伤人的话，使出自己生平最恶毒的本领来攻击他。

老头双手张开刹在那儿，两只眼睛血红而震惊地看着我。他向我逼近一步，我以为他要打我。他小时候常打我，抬手就是一巴掌，从来不告诉我哪里错了，只会使用蛮力。他从来不知道作为一个没有母亲的孩子的痛苦，不知道拖延学费被老师鄙夷眼神射来时的羞耻，也不知道让同学嘲笑穿着被父亲裤子染上色的校服的难堪……他不知道，或许他知道的，但是他觉得没关系。

我昂着头，迎接他的愤怒，可是他的脚步掠过我，从衣架上取了外套，推门出去了。

太阳慢慢晒上来，我瘫坐在地上，呆滞地看着红肿凸起的中脚趾，突然来了个激灵，天哪，五根脚趾长得跟他一样，一模一样，真丑。有时候我恨他，可能因为我像他。我正在和他一样，成为一个平庸、毫无意义的大人。

从小到大，我都有一个可怕的想法，我希望离开这个家的不是妈妈，而是他。虽然我对母亲的记忆很浅，她在我很小的时候离开了这个家，我的印象大多都来自于她留下的书籍和照片。有一张照片是母亲抱着我，我穿着粉色的连裤服。彩胶的照片有些曝光过度，母亲的脸在一条乳白色的光线里看不真切，只有一张嘴轻盈地上扬，露出很灿烂的笑，她烫着一头短卷发，体态丰腴，穿一件黑色暗花旗袍。照片背后有晕开的钢笔字："卿卿周岁"。我从这张照片里断定她是个温柔贤淑的女人。至少和爸爸是不一样的。

我在麦当劳里点了两人份的早餐，吃完我就难受了。最近的用药有点大，我没想到这次心悸得那么厉害，刚到咖啡馆就支撑不住了。在更衣间换衣服的时候，眼前一黑，脚步有点飘。晰姐问我怎么了，我捂着胸口说没事，可是身体还是瘫软了下去。我强撑着从自己的帆布包里拿水的时候，药瓶就那样因被粗鲁的手翻找着而滚了出来。我仓促迅速地捡起来塞回去。但是我相信她已经看见了。

"我没事！"我像要强调什么一般对她说。努力拽着新发制服的衬衫两侧使劲扣上纽扣。M号，这是我的号！我的号！晰姐什么也没说，套上她的S号制服出去了。

何老板在青莹莹的月光里回过身，兀然正色凝视住我："怎么了？小渔？"

"嗯？"懒着步子往前挪了两步，立刻挂上笑容，"没事，我没事。"

他的眼神疑云密布，审视的目光又深了一圈。

我笑起来，颧骨有点痛，像是未经彩排的一个笑，来得太突然。在他面前，我有种不符实情的开朗。我感觉到他明明看清我底牌却故意插科打诨。而我既缺乏拒绝别人的能力，又没有袒露真心的勇气，只能更加矫饰、美化自己。等我意识到时，我已经把那样一个活泼明艳的小女孩演得让我自己也喜爱得欲罢不能了。而今，我与他对视，宛如站在四面茫茫的戈壁，只有我和他，我瞬间顿悟他另一个身份：一个心理学博士！我的心忽然紧了一下。我的故作姿态被他认真的眼神吸进去，双颊烫得难受。

"是不是晰姐对你说了什么？"我脑袋一热，急不择言。

"江江？"何老板脸上明显疑惑，"你为什么会这么问？"

没有说！她没有说。她清冷虚远的眼神那样高，直直掠过我，比告密还让我挫败。我真是自作多情，她怎么会有闲情操心我呢？她大概都不屑去说的。

我压下心里汹涌的情绪笑着说没事，我告诉他我要乘地铁2号线回家了，我笑得腮帮抽痛，在昏暗的路灯下，何遇那双黑漆漆的眼珠像两块温度渐凉的铁，我假装没看到，飞速从他身前逃跑。我跑了很久很久，跑到双腿发软才敢停下，我喘着气歪身往后瞄，月光照着一地白霜，空旷荒凉，寂寞得迤逦凄迷，四周蝉鸣迭起，除了自己的心跳，再无别物了。涔涔汗水模糊了视线，月亮那么无情拨开真相。没有人会来追我的，我早就应该知道。

他的爱人，乐观率真，赤子之心，却遭遇空难玉殒；

她的男友，才华横溢，放浪不羁，却对她拳脚相向。

一个情深不寿，一个慧极必伤。

完美的爱情都是千篇一律，悲剧的爱情却各有各的不幸。

或许真是万物如刍狗，教授如此，咖啡师亦是。

雨停了，彩虹来了；他们走了，而你们相遇了……

何遇视角

天教长少年

小渔的事情，小江一个字也没对我说。倒是没几天老杨来找我了。他忧心忡忡地说担心小渔的身体状况，问了才知道他曾无意撞见小渔饭后在卫生间干呕，已经不止一次。老杨说自己是个粗糙男人，不方便直接问她，小江又是个事不关己的冷性子，想来想去只有来找我了。

我让他就当没看见这事，别去问，也别和其他人说。他暗暗点头，像得了什么允诺的样子，这倒增加我一桩心事。

梅雨继续，一连下了几天，整个城市仿佛隔着层保鲜膜泡在水里，到处湿答答，新买的信纸捏在手里又软又潮，水笔一沾全化开了，客人写信也没意思。这天难得开晴了，生意回温，回到店里又听说小渔请假了。真是棘手啊，这个姑娘。

午饭后，阿笑不请自来。

"你告诉他们了吗？"他坐在我对面，也不知话题怎么就转到了这个方向。我没有立刻回答，也没有看他。兼职服务员小冯从吧台过来，将一大块欧培拉端到他面前。我已经吃过饭，什么也没要，但她还是给我拿了瓶巴黎水。这个小姑娘入职时间不长，但已经熟知了许多常客包括我这个老板的喜好，头脑活络，门槛也精。

"告诉什么？"我等小冯走远后，身体沐在照射进来的一束充裕阳光里问他。

"装什么戆，你晓得的！"阿笑狡黠瞟了我一眼。

"你也晓得答案，干吗要问？"我将他一军，顺手拿来手边银匙从他盘里抢了口欧培拉尝，甜得喉咙都痒起来。而对面吃得津津有味的男人还在固执地盯着我，锲而不舍又说："也不能一直瞒下去。如果你想让这店营业下去，总有一天要告诉他们的。二分之一个证明可等于零啊！"不愧是理科专家，分析问题总是一针见血又不留面子。高中的时候，他就能用阿罗不可能定理抨击班主任的干部选举制度，成为一拨同学心中的人气王。他的坦率也是我欣赏的地方。他是典型享乐主义者，崇尚Carpe Diem（活在当下）理念，性格洒脱不羁。他与我从小相识，我俩的父亲是大学同学。我们又年纪相仿，所以感情颇深。

"现在还不是时候。"我不知道是搪塞他还是宽慰自己，不由自主叹了口气。他笑我大概是因为目标颤抖了，越是想穿针，线越接近针孔手就越抖。我不响了，我的事情还可以再等等吧，眼下小渔的问题比我想象得要严重。

经过午后的一轮销售高峰，生意进入慵懒的半休眠状态，窗外蝉鸣日烈，金箔似的赤光荡漾在屋内，所有的静物都熠熠生辉，恨不能挤进来一起和久违的太阳亲热亲热。一个五十多的老男人坐在吧台和店员闲扯。男人脸不生，经常捧个鸡蛋灌饼过来聊天，大概是楼上棋牌室的客人，等牌搭子的空隙来消磨时间的。店员们都喊他"老费"，后来听老杨说不是因为他姓费，而是因为他老不消费，大家才故意这么调侃他。吧台角落里坐着一个热衷自拍的女孩，一贯点了一桌点心茶水却"茶饭不思"，忙碌着拗造型自拍。小冯讥诮她"敬事房宫女"。女孩子戏谑起来真是又精辟又刻薄。

阿笑看到小江从休息室出来，忍不住去吧台点咖啡，当然是"教授之意不在咖啡"，卖弄半天幽默，引得小冯和几个女客人都笑声连连。而主角小江则漠然讥诮他："说那么久话，口水还没干？"阿笑不气不急，还因为被搭话了，弯起桃花眼笑说："坐在漂亮姑娘身边一个小时，就好像只过去了一分钟。"这家伙哄女孩子的本事真是无师自通，滑头地将爱因斯坦老人家的话断章取义来"花"人。相映成趣的是小江只冷笑了一声，把一杯刚做好的热咖啡直接烫到他怀里毒舌："你对'相对论'那么有研究，祝你早日拿诺贝尔！"阿笑被烫得差点跌了咖啡，接了逐客令，只好捧着他的焦糖玛奇朵铩羽而归。我不禁好笑，他对江江真是一帖药，"喝那么甜，当心糖尿病。"

"我欢喜！"他白了一眼幸灾乐祸的我，虽然在江江那里碰壁是家常便饭了，他还是忍不住嘴上跟我告状："她吃冷香丸长大的吧！怎么跟雪堆出来的一样。"那表情倒像被心爱的猫抓了，虽受了点疼痛，又宽容她的锋利，欣赏她的机敏，脸上倒还抑不住在笑。

我反笑："那你哈一口热气看看她会不会化了？"他很受用这个玩笑，啜了口咖啡，又望向吧台倩影，眼睛舍不得回来，嘴巴替他表达："唉，狐狸，我想问问你……"

"想也别想！"我根本不给他说话的空间。

他吃了一惊，猛回过脸，审视又怀疑地看着我，笑道："真好笑，我还什么都没说呢！"

"我还不够了解你？"他的确什么都没说，但一系列肢体语言已经足以表明他打的什么主意了。

"我又不问你和她咨询内容有关的事情。"他身子挨近我，嬉皮笑脸地讨价还价，"我们开裆裤的交情，你还信不过我？搭个脉就知道她什么人了，怎么就到你店里来当个咖啡师了？"

"不要在这里跟我打擦边球，想晓得自己去问她。医患有保密协议，是好兄弟就别害我行不行？"他顶顶了解我，看我执意，温笑了下："不说算了！"作势站起来，装得跟真的一样。我问他去哪里。他就笑："走了，你已经没有利用价值了！"我骂他浑。他又嘴上报复："哟哟哟，医生怎么还说脏话啦？"我回他："为人师表还那么马基雅维利主义呢？"想了下我又继续说，"你要是跟我讲讲为什么对我们咖啡西施那么感兴趣，讲不定我可以给你透露点冷香丸配方。"阿笑提眉"哟"了一声又坐了回来，认真盯着我看半天，眼波露慧，笑意慢慢从他细长的眼睛里滤了出来，哼笑道："你这只老狐狸，我还不知道你？你会帮我，蟹也会笑了。你就当我也想做个富贵闲人，窈窕淑女，君子好逑！"他技巧性回避我的问题。

"这是个显而易见的伪命题。"我拆穿他。

"那你说，是为什么呢？"他双手交叉胸前，反而一副满满嗜战神情，"心理学起源于哲学，而一个优秀的哲学家将从一个过分明显的论点出发，导出一个无人会相信的结论。"

"那你更不该来问我了，要知道单一维度的属性值很难准确刻画事物。"窗外的街道沐在盛夏的光晕里，安宁美好。两个学生从街旁经过，树影和阳光渐次落在他们身上，两人高笑聊天，光点斑斓，追着青春少年一动一闪，勾出我的回忆。为避免在蒋教授的射程范围内和他僵持不下，我选择转移话题："对了，过些日子我妈忌日，我想去扫墓，你要不要一起，顺便去看看小路。"

他眉心像被扎了一下，两根浓眉皱起来："你只狐狸，就算不当心理医生春风风人了，也不用字字戳心吧！"

我确实故意，我深知心理医生的治疗就是为了以后不用再帮忙。阿笑重塑了内心的力量，只差一个正式的道别。

小路是阿笑的爱人，任职于联合国记者协会。在三年前出任务时发生空难，至今未找到飞机和任何尸骸。但在半年前，小路父母为了留点慰藉，为其设了墓碑。阿笑却从没去墓前看过一眼。

我没有做过阿笑的心理咨询师，我们俩太熟，我和小路也太熟，我无法做到对当时情境的抽离，客观介入治疗的从业理性。阿笑的悲痛和愤怒一样坦率而直接，他和任何人一样须要靠自己度过死亡五部曲。同年，抚养我长大的养母罹患癌症过世，我深受打击，和他颇有点"我失骄杨君失柳"的同命相连。

"你有时候可真是让人讨厌。"

"我知道！"

他苦笑："我记得你跟我说过时间不是药。"

"是啊，可是药在时间里。"他懒散一笑，喝完最后一口咖啡，"走了，下午还有课。"拿起手机的时候，屏幕亮了一下。他的手机屏保至今还用着小路微博首页的截图。那是小路在空难前留下的最后一句话：

> 求婚怕是等不到了，余生你要努力好好生活哦！我等着你上来给我讲讲人间还有什么好玩的。
>
> 另：早知道选川航了，想死冒菜了。怎么办？要变饿死鬼了。哈哈！

没有称呼，没有署名。只是这样简单、调皮又温暖的话，像小路一贯的作风，乐观开朗、处变不惊。

阿笑说过，这辈子就小路一个人能懂他到让他害怕。他们俩认识时，他就知道小路的工作充满变数和险情。但他从来没提过希望对方改变的意图。弗洛姆说："如果我爱他人，我应该感到和他一致，并且接受他本来的面目，而不是要求他成为我希望的样子。"小路的执着并非浓墨重彩，而是掷地有声、安然于心。他们俩彼此尊重，在世时尽情享乐、体验人生，离开时也不留下遗憾。

下午我出去办了点事，晚上回店里的时候，已经九点多了。远远看见小江坐在笺门口台阶上，凭门望空。夏夜繁星满空，挂在墨蓝天际，忽亮忽暗闪烁。偶有亮红的飞机经过，慢慢滑过夜色。

"干吗一个人坐门口，江江，接驾吗？"我走近才发现一只黑猫躲在她腿下，听到生疏跫声，嗖一声蹿走了。

她托腮眺望着天空："嗯，夜观星象，有酒友来访。"然后站起来，掸掸身上，"真新鲜，没见过太医还需要接驾的。"她在北京待过两年，有时候说话莫名南北掺杂。

算被她说中，我拎起一袋啤酒，说道："好好巴结我，我这太医可是给你发俸禄的。"

咖啡馆楼上是一家棋牌室，每天晚上会传来男女老少嬉嬉闹闹的喊牌声，特别是夜晚。有些客人不嫌吵，反而贪图那种烟灶俗气的欢乐，不过前一阵棋牌室关了，老板拖家带口搬走了。现在静谧的空间里只有咖啡馆放的《鲸鱼马戏团》的原声音乐回荡在宁静如水的空间。

"要看账？"小江跟着我走进来。她常夜留在笺，我偶尔过来和她碰上，会和今天一样一起小酌一番。

"不用。"

"信？"

我摇头。

"烟？"

"你那没味儿，抽我的吧！"我从口袋掏出万宝路烟盒。她平时抽的都是日系薄荷烟，可能是之前在乐队养成的习惯，为了保护嗓子。

我们俩喝着酒，都没说话，平静地度过一根烟的光景。窗外花店老板娘聂霖和欢欢拦了半天车，不是被人捷足先登，就是和司机耳语两句被拒载。

"真可怜。"她凑近玻璃窗，一派认真观察的模样。

"听说阿笑最近常来烦你？"我趁空塞了个问题给她。

她垂了下眼睫，也不看我，冷冰冰说："我也纳闷，回头你问问他，到底是贪财还是贪色？我也好让他迷途知返。"她碰到无聊的问题就会习惯性讽刺。

我笑起来："我不想剥夺阿笑的快乐，这么有趣的问题，你还是自己问吧！或许还有第三种可能呢！"

"是吗？第三种？"她吐了口烟，喃喃，"那我去抽个血查查DNA（遗传物质），没准是同父异母的兄妹呢！江总年轻时候还挺风流的。"她称呼自己父亲"江总"，改不过来了。

第一次见到江灼晰时，她比现在还要瘦，穿着一件半袖白衬衫、一条毛边牛仔裤，雪白发亮的双臂上累累瘀青和伤痕。看着弱柳扶风，一双眼睛却炯炯锐利，像暗夜里一只燕尾猫，想要刺破什么。她由一个四十开外的男人陪着，起初我以为偕同的男人是她的长辈亲戚，在与他初谈江江情况时才知道他是江父的秘书，姓姚。我虽从未见过江江父母，每月倒总能按时从姚秘书处收到咨询费。江父江母都是温州商界小有成绩的企业家，给了女儿优渥的硬件条件。只因父母工作忙碌，江灼晰自幼辗转在各个寄养家庭，有时是远房亲戚，有时是邻居阿姨，有时是父母秘书……小学毕业后她母亲动用关系安排她挤进了教育资源雄厚的贵族寄宿学校，一周回家一次，但偌大的家里也只有她和保姆阿姨，久而久之，她索性也不怎么回去了，学校接纳她全部的生活和成长。荣格说过："一个人毕其一生的努力，就是在整合他自童年时代起就已形成的性格。"

通过姚秘书之口我了解到，高考后江灼晰离开温州，她很聪明，高考分过了清北分数线，她却只填了一个普通的北京高校，这成绩连她父母都不知道，她也不叫他们知道。因为她平时表现得太普通了，普通得令他们早就没了期望，小时候她在学业或艺术上展示出的才华在父母眼里是纯属正常的，大概是相当信赖基因之由，她所体现的聪明正常得博不到一点父母的意外惊喜，大概也没起到分散一星半点他们忙于公司琐事的事业心的作用，后来她便也无所谓了，浑身漫不经心。她在父母眼里成了小时了了，大未必佳的典型案例，她和父母是逐渐地、同时地放弃了彼此的。进了大学，无论考什么都能从几千人中脱颖而出，但她却不考研也不转系，继续待在她报的无脊椎动物语言学系里闲闲度日。我想她学校里是罕有朋友的。很少人愿意自甘绿叶和一个刁钻古怪又天生丽质的天才主动接近，而她也不需要一个配角来烘托点缀。她就这么孤独冷漠度过很多年。

一次机缘巧合江江认识了一个独立乐队的主唱，那男人的颓丧潇洒正逢她的脆弱孤僻，她在音乐上的天赋得到发掘和释放，成为乐队鼓手。离毕业还有几个月，她办理退学，跟着乐队去巡游表演。她父母从学校处听闻她一鳞半爪、似是而非的事迹，又气又恨，自审从小就让她锦衣玉食，并没短过什么，怎么就教出这样离经叛道的女儿来呢？他们想不明白，他们认可的是金色大厅、梵婀玲式的音乐，是穿着拖地晚礼服坐在钢琴前的淑女，自然不是任意退学，未婚同居，浸渍在车库、油渍音乐中的叛逆少女。长久以来的隔阂已似浩瀚大海横在中间，像常年不休的爬山虎浓荫匝地了。争吵冲突只能让矛盾升级，他们百般无奈，在一次次管教失败后，只有接受孩子已经失去控制，长歪走偏的痛心事实，从此便更加疏离了，姚秘书就成了彼此沟通的唯一桥梁。

而那位主唱起初与江江琴瑟和谐，让她得到精神上的虚幻餍足，这是二十几年来唯一走进她内心的人。后来那男人陷入创作瓶颈，乐队内部关系开始瓦解，他的脾气也跟着坏起来。男人用暴力逼她离开，她选择了最极端的方式。

她选择轻生不是因为陷入失恋，而是在寻找生命内涵的过程中产生了生存的危机感，她对那个男人的感情没到深刻到殉情的地步，她遭遇家暴也不离开的实质是不愿接受乐队的解散，而让自己回到她解体家庭的原点。她自己也清楚这点，所以当她无法维系住这种关系后，她选择自杀来拦断之后她所预见的虚妄生活。她预见了父母不可能了解她，也不会给予她所期许的爱，同时深知了那个男人与她的云泥之别，而相处的快乐不过一场被催眠的镜花水月。

她深谙心理治疗的基本流程，虽然素来配合效果甚微。我让她写下自己在世界上担任的六种身份，按重要程度排序。六种身份里没有一项和亲情有关。我告诉她不能忽视过去的意义，让她回忆经历过的快乐。这个过程很漫长，最后评估时发现她的快乐多和一个名字连在一起——未来。

未来是她养过的一条边牧。她从来不使用"狗"或"宠物"来形容未来，她与未来有深厚的友情，未来是她成长过程里唯一得到过回馈的爱。未来去世时，她悲痛不已，后来她把悲痛化成一纸歌谱。那是担任她咨询师的半年后我才知道的故事。也观察到她第一次真正袒露自己的感情——她哭了。

我问她：为什么要给那条边牧取名"未来"？她说她忘了。我让她回家好好想想。一段时间后，意义疗法在小江身上渐渐有了效果。

窗外开始渐渐沥沥下起雨来。聂霖管不住欢欢的调皮，小孩也不介意淋雨，蹦跶着一个个踩着水洼玩，用力至极，溅起的污水淋了车站前的旁人一身。有人皱眉教训起来，那孩子全然不顾，更加肆意踩着，然后从从容容回到母亲身侧，留下一群怒颜的等车人。

"何医生，你知道欢欢……"

"嗯。"

"你说那孩子是什么心态？"她突然发问。

"喂，我不做心理医生很久了……"

"看到了就想分析一下，不是职业病吗？"

"那我得多累啊？"我苦笑。

"那你为什么做心理医生？"

"那么难的问题……"我睃了她一眼，沉吟片刻，"你读过理查德·耶茨的《南瓜灯博士》吗？"

她又点了一根烟，摇摇头。雨夜和她的影子糅合在一起，像置身梦境，好像在这梦里说的一切都可以既往不咎。

"情况和那个故事相似。"我慢条斯理开口，"我小时候身体不好，耽误了大约一年的读书时间，康复后回校，和同学们都有些生疏了。正巧碰上一个刚毕业的班主任。很热心的姑娘，她看到这种情况竭力帮助我融入集体，鼓励同学们友爱待我。后来呢……"说及此，我停了下来，捻着烟蒂慢慢旋了几度又转回去。

"同学们对我过分的客气变成了疏离，我也因这种关心更显别扭。"我叹口气，"有些温柔不能正确被传达，反而弄巧成拙，挺遗憾。人说出口的话往往和要表达的初衷相去甚远。嘴和心难以保持一致，会造成很多误会。"

"像失灵的自动门……"她下意识脱口而出。

"嗯？"

她摇摇头，没做任何解释。我灭了烟，停歇半响，忽而憬悟，续上她的话："是啊！像失灵的自动门……站在面前没动静，离开了它却打开了。"

烟圈在眼前缓缓浮游，越飘得高越消散开了，带着淡淡烟草香。

我问她最近店里有没有发生什么事。她微妙地看了我一眼，自顾自笑了："这是什么评估测试吗？"

"嗯？"

她将烟蒂塞进喝光的啤酒瓶里，说道："你不看信也不查账，显然对店里的新鲜事没多大兴趣，现在又问我有没有发生什么事。还不如干脆告诉我，你想打听的人是谁？"

"我只是随便问一句，你就很有指向性地做出评论，难道不是你自己心里将某个人和最近发生的事下意识联系在一起吗？"

她看着我，说道："那是你的领域。"

"她情况怎么样？"和她那样聪明的姑娘说话，我也无须打哑谜。

"不太妙！"

"我想也是。"

沉静了片刻，她开口："何医生！"

"嗯？"

"酒没了！"

我懒洋洋站起来："回家吧！"

她摇头，提起手里的半截烟："你先走吧！我再待会儿。"

"好。"我把瓶瓶罐罐收拾了，才要带走又愣了下，搁到平时小渔收纳的角落里。

大象很温柔，可它很胖，他们欺负大象，因为它很胖，它内心柔软，接受自己的胖是可耻的。大象有时候很羡慕鱼，因为它只有七秒的记忆啊，而大象却可以清晰记住每一件事：嘲笑、孤立和欺凌……

大象错了吗？它不过是长得胖，那么就努力瘦下来吧！瘦下来就会被人喜欢了。瘦下来就能假装成是一条无忧无虑的小鱼了。

我是祈语卿。小鱼是我，大象也是我。

太阳，你走开，你会烫伤我。

——祈语卿

祈语卿视角

大象深藏的记忆

那天下午，我到点下班，和小冯交接工作的时候何老板让我去一下。"去一下"是一个很笼统的意思，是须要和我私聊的，摈弃其他人的事情。我的表情僵了一下，诚惶诚恐地跟着他走进咖啡馆阁楼的办公室。

这是我第一次进他办公室。光线使这里能见度很好，橡木办公桌上纤尘不染，各种文具鳞次栉比摆放，每份文件都用不同的颜色标签分门别类。只有一张通红烫金的请束，单独搁在黑色座机旁。聂霖的结婚请帖，别人的幸福在阳光下闪闪发光。何老板开宗明义，说有两件事想让我帮忙。我强制自己集中精神，我总是在关键时刻精神游离，紧张会取代其他企图专注的感情。我晃神之际，何老板从抽屉里拿出一支银光灼灼的钢笔给我。笔粗头圆脑，看式样年代久远，但是通体莹亮，保护得很好，主人应是很珍惜的。

"这是那个作家的笔。"

作家指的是方临秋，估计何老板叫不上她名字。我细看笔杆上用极细的小篆刻着两列字，我只能勉强辨出一两个字。没等我蓄起疑惑，他已经解释："那天去她家，给她写药方的时候随手拿了，今早衣服拿去干洗才发现笔还在我口袋里。下次她再喊外卖，你让人一起给她送过去吧！"

我点点头。

他要我帮忙的第二件事更为意外。他拿出一大袋子五颜六色的卡片，都是小孩子的画，他告诉我是他在一些学校做心理评估时让学生们画的。我的任务是记录下每个孩子的基本信息和图片概要。我开始记录，他坐我对面，伏案写东西。我起初有些拘谨，不过很快注意力就全到那些趣意盎然的画里去了，一晃眼就两三个小时过去了，我看得两眼昏花。老杨给我们端来了几个刚出炉的夏巴塔面包，问我们还要吃点什么，我摇摇头，抖擞出笑来感谢他。我已经很久没吃过"晚饭"这种东西了。

几天后，他又让我帮忙统计画。这一次，我发现了一张与其他天真烂漫的画格格不入的作品。铅画纸上用黑色蜡笔画了一只跷跷板，一对母女坐在跷跷板两端，母亲戴着花环，面露微笑，女儿那头的跷跷板却断裂了一截，孩子身体后倾，即将摔落。我的眼睛久久羁绊在那幅画上。右下角有绘画人的名字——甄欢沁。

　　我怔忡着，画工很好，一如她的字。甄欢沁，欢欢的名字。

　　我登记完她的画，继续下一张，却集中不起精神，像织毛衣时哪里漏了一针，再继续也无法让毛衣完整。欢欢总让我想起自己，单亲家庭，敏感早熟，可她又有我没有的勇敢。我磨砺着自己来适应世界，而她能独自凌霜绽放。我对她有疼痛而矛盾的喜欢，我希望她好好长大，真的，别留下和我一样的生长纹，哪怕生出一条都挑着我的神经一起疼。可又担心她长得太好了，太好了，完全甩开了我和她那点稀薄的同命，长成一棵玉树。当我知道她只是为了和母亲赌气而装作哑巴时，心里的天平失重了。她在信里告诉我，只要妈妈继续婚约，她就拒绝和妈妈说话。而聂霖为了惩罚她，便将计就计，故意当众说她是哑巴，让欢欢骑虎难下。而这种交织着强烈爱恨的母女关系却也让我嫉妒难过。至少她还有可以和她吵架的母亲。

　　何老板问我看了那么多画有什么感想。我口是心非说孩子们的画很有趣。他邀我下次去学校要不要一起。我拒绝了！

　　我讨厌学校！

　　我把资料都整理好以后和他道别，他送我到楼下，说道："这两天辛苦了，弄到这么晚耽误你吃饭了！"

　　"没关系，我回家随便吃点。"我蒙混着回答，外面又下雨了，上海已经连月不放晴。我从雨桶里拿出一把透明长柄伞，推开门的瞬间，雨丝携风溯了进来。背后的叹息声像低了八度冰冷而来："真的能做到只吃一点吗？"

　　我诧然回头，疑惑而警备看着他，何老板站在不足我两步的逆光处，只剩下一团金色的光晕。

"小渔，人的身体是会产生预防荷尔蒙的。" 他平静又凝练，像在跟病人叙述病症，而我浑身一个激灵，几乎站立不住，记忆深处的痛抽搐了一下。我想逃，趁他什么都还没说之前。

"因为节食而遏制食欲，会让身体对食物产生空前的欲望，从而引发暴食症。"门外雨水锋利打在我身上，牙齿在口腔里不停打战。他又走近我一步，脸从光里走出来，"你回家以后能做到只吃一点吗？"我终于看清了他，他脸上的表情是我没见过的。我第一次觉得他展现出医生的冷峻犀利。

我整个嘴唇像被粘住了，身体骤然冰冷，像在他面前赤裸着一样羞愤。我应该离开，可是双腿却像钉在原地，一动不动。否认吧！只要一口否决就行了："我不知道你在说什么。"

他在黑暗里窥视着我。"把你的手给我看看。"

我不受控攥紧了伞柄，将手往后隐。

"怎么？不能给我看吗？怕我看到手背上的牙印？你催吐有多久了？"他眼睛里泛着青蓝色老练的锐光。

恐惧像一具躲在茧蛹里的尸骸突然复活，我往后趔了一步，脚下像踩着薄冰，裂纹随着脚跟裂到心口。我遏制不了眼睛里溢满的泪水。我恨他。喉咙一股血腥味涌上来，爆出猛烈的咳嗽，我真希望我能一直咳下去，不用回答他的问题。于是越发卖力地咳嗽，一声比一声重，自己也分不清是真的还是假的。可他就那么一言不发看着我，我躬着腰，我扶着墙，我咳得满脸通红，越咳越觉得胸口胀痛，最后喘不上气，只能停下来，耳边全是自己急迫的呼吸声。他递了一张纸巾给我，我抓到手里的时候，嘴巴不受控发出声音："我不能胖！"声音像是从井底喷涌上来，我被自己骇住，顿觉四肢无力，软绵绵的身体突被两只臂弯抓起，他说道："那你要不要食道溃烂？要不要肾功能衰竭？要不要心脏肌肉收缩功能减弱？"

我盯着他的脸，心脏咚咚乱跳。

"你不用这样惊讶，我相信你催吐时间不短了，每次头晕眼花，心悸难受，你难道没有上网查过？你查过，对不对？每次下定决心想改，可一吃多就开始懊悔，怕自己变胖，不吐出来就没有安全感。"

在他的眼睛里我纤毫毕现，我的病症没有其他能补充的。可是他根本不会知道这个世界对一个胖女孩有多残忍，全世界能体会这种屈辱的只有我自己，只有我在保护我自己。我不能回到过去，我不能！

他没见过一个150斤，满脸粉刺的女孩有多丑。同学们喜欢看她出洋相，他们戳破她的自行车轮胎，就为了看她从瘪了气的自行车上跌下来，呼哧着喘息，然后整个操场欢腾一片。男孩子喊"地震来了"，女孩子抿嘴看着她笑。她冬天不能喊冷，因为她脂肪厚啊，她夏天不能出汗，因为她会散发臭味。每天她都得拘谨着身体写字，怕侵犯了同桌的空间又被迁怒于她的体积。她最害怕体检，因为每双眼睛都在期待她站上秤……当你是个胖女孩时，你的一切错误都和胖有关，你跑步不及格，你脑袋不活跃，你做值日没到位……还不都是因为你胖！"胖"是个奇幻的词，可以和一切贬义词扯上关系：懒、迟钝、笨拙、不知羞耻、脸皮厚。

你以为这就结束了？生活远比故事残酷，故事只是截取，是提炼和筛选，而生活是分分秒秒滴水般捱着、熬着过来的。她的故事没有结束，她遇见了一个男孩，一个出类拔萃、善良温柔的男孩，会在她抬不动东西时伸出援手，会在她被戏谑摔倒时陪她去医务室，会关心她痛不痛，有没有受伤。他是学校里唯一和她说话的人。她倾慕望着男孩修长明亮的眼睛，望着他右手臂上那飞扬的三条杠，开始想入非非，她和所有普通同龄女孩一样点燃心口的朱砂痣。但她错了，她不是普通女孩。她犯了胖女孩的忌讳，当他们发现她的秘密，像一面平湖激出浪花，七零八落的牙齿露出刻薄的笑意，没有人懂得尊重隐私，一个丑陋的胖女孩不配得到尊重，他们把她的"喜欢"昭告全校，让更多人加入他们的嘲笑队伍来惩罚一个胖女孩不自量力的爱情。

那一回他们又围着她奚落，如血黄昏里，那个男孩突然出现。为首欺凌她的男生喊住他："顾禾南，听说祈语卿喜欢你。"

她一直记得，顾禾南挪开看她的视线，橙色的夕阳打在他的脸上，他的表情焊在她脑仁里，他嗤笑了一下，冷冰冰说："谁会喜欢一头猪？"

一头猪！

啊，那是在说她。

夕阳似落未落的金光里，她看到那血红的三条杠飘舞起来，艳丽的光芒刺痛了她，原来她配不上。

学校的钟声震耳欲聋地敲响，却掩盖不住此起彼伏的笑声。她哭了，她越哭，周围的笑声越大。她看着顾禾南在血红暮色里离开，他踩着脚踏车，迅猛疾驰而去，白色的卫衣帽子闪烁着投降的气息。他连一次头都没回过，像要摆脱什么洪水猛兽。

后来她努力减肥，运动、绝食、吃药……把肉一两一两从自己身体里抠出去、割出去，她对自己下狠心，像一条鱼刨掉身上的鳞片，她尝试所有办法，用了整整三年，脱胎换骨，和过去诀别。之后，她再不和人提起自己曾是个胖女孩，那像她生命里的一只怪兽，她把它狠狠闷死在那个幽深隐秘的黄昏里。再后来，她便不再称呼自己真名了，光是看到"祈语卿"三个字就让她浑身发虚，心脏早搏。

我扭过身，把帆布包背起来，躲避何遇的目光，强忍着眼前的眩晕。

他的声音越过脑袋："小渔，心里裂开的洞不填好是无法治愈暴食症的。这不是意识所能控制的。心理医生不能治愈病人，只能帮助唤起病人想要康复的欲望。问题是你想康复吗？"

我虚伪而别扭地点了下头，然后转身跑了出去，没有拿伞，大雨如注……我要辞职！这里不安全了！

十岁生日时我许了个愿，我不想读书，想待在一个只有自己的空间，空间里堆满食物。因为只有食物不会丢弃我，只有在一个人没有阻碍地进食时，我才能感觉到自己是存在的，我希望能用食物延续这种存在的感觉。

——祈语卿

助理让我戒酒，真好笑，关羽能没赤兔？丘吉尔能没雪茄吗？医生说我有酒精依赖症。是啊，我有！连酒都不让依赖，我还能依赖谁？能不能让我和我的酒安静地待一会儿？毕竟，只有它还能让我觉得这个世界还有点意思，值得去努力一下。

——方临秋

祈语卿视角

原来你也在这里

老头去打麻将了，我一个人在空得透出阴森的房间里吃到凌晨。

薯片、巧克力、面包的包装袋散落一地，包装袋的反光刺得眼睛生疼。月光清冷从老虎窗泻进来，像一双无声的眼睛审视着我，四周越寂静，我便越吃得凶，这是我的报复，除了我自己，没有人能够任我拿食物来填补这报复的痛快。耳边只有自己野兽般混重的咀嚼，恶心，我把电视打开，体育频道正在直播一场拳击赛，一黑一白两个精壮的男人瞄着彼此的要害出拳，打得满脸血痕，台下的人举臂高呼，嘶声呐喊，像另外一个星球里的快乐，那么遥远，那么无情，而我像沉在水底的鱼，怎么往上游也挤不进水上的世界。

催吐的时候意外遭遇了失败，我吐不出来，胃里一阵阵翻江倒海，可什么也吐不出来，只抠出阵阵苦水，食物像长在胃壁上的肉，无法消化，不能摆脱。我累得精疲力竭，趴在马桶边昏昏沉沉失去知觉。

第二天我迟到了。大家看我的眼神都有点奇怪，去更衣室换衣服时才发现脸浮肿得厉害，又因睡眠不足而一脸菜色。眼睛里满是血丝。制服洗过以后又缩水了，我艰难地穿上。

没关系，我对自己说。最后一天了，今天就提辞呈。

八月的台风来了，疾风骤雨雷霆袭来，窗户被大风呼得砰砰直响。咖啡馆门可罗雀。我像宿醉一样脑袋发昏，划开手机刷了会儿微博，无非是一些明星分了离了的消息，粉丝们各护其主，互相泼脏，刚培养起的一点兴致也荡然无存，越看越烦，飞速划过，目光猝不及防扫到一条时事新闻：

知名作家方临秋今晨紧急入院，疑似自杀未遂。

我心里咯噔一下……

"咦！是她呀！"我耳畔一热，小冯忽凑身挨过来，声音又脆又亮，讶异又不可置信的样子，指着门外说，"她现在就在对面的医院里！"

我惊奇："你怎么知道？"

"今天我早班呀，来开门的时候看见救护车呼啦呼啦开过来的，车上下来两个男人把她用担架抬下来，她罩着氧气罩，一动不动，脸色像死人一样。后来医院也奔出来两个人推着滚轮床，把她放到上面就送进去了。附近小区里练太极的阿姨和买菜的阿叔们都看到的。就是这个女的。"她食指点在手机屏幕上方临秋的一张照片上。我一边听一边惊奇，竟然半天也回不出一个字。

小冯是兼职服务生，一周过来两到三次。她看着和我年纪相仿，却已经结婚一年多了。她对我很友善，但不知为何，比起冷傲的晰姐，我更害怕她。她看我的时候，目光里常有探究和分析的意味，虽然总是笑着夸着，对谁都一派溢美之词，但那笑容又天真又老练，静水深流的样子。只是此刻我顾不上她的惊诧，匆匆跑去更衣室，打开柜子，幸好那支笔还在。我对着钢笔凝思，感觉自己像一个重任在肩，可又找不到前进地图的勇士。

我踌躇许久，脑袋一热，抓着笔直奔对面医院。

我当然吃了闭门羹，被护士言之凿凿回绝了以"还笔"的理由探病。我望着狭长走道上冷漠锋利的白光，钢笔贴着掌心，我的手因为浮肿而无法紧握，只感觉到冰冷的金属感。我眨了下眼，泪水就涌出来了，仿佛看到从小到大无数的挫败。明明没有做好要哭的准备，心里的悲伤被泪水勾了出来，我抱着双臂蹲着抽泣。

我哭得很认真的时候，感觉到身前的光线沉了许多。浊重的气息在胸腔里延绵，我目光带着怯懦的验证往下挪，赫然一双男士牛津鞋就立在我的影子旁，裤脚的褶皱自然熨帖。我局促地将头埋得更深，企图假装毫不知情，只是哭也不真，装也不自在了，而那双鞋的主人像看透了我拙劣的演技，恰如其分开口道："一声不响跑出来，可是要算旷工的。"我放弃伪装，消极抬头，和他的目光撞在了一起，他看我哭得狼狈居然还能开玩笑，虽然他没笑，正俯身明察秋毫地看着我。

"起来吧！"

我忽视他伸出的手，靠着墙自己站起来。他怎么能表现得好像昨天什么也没发生过一样？

"是不是想去找方临秋？"

我逡巡不语。

"跟我来吧！"我没跟他去碰钉子，他见我没动，自己走去护士台，我隔着一米的距离看着他笑嘻嘻和护士说了些什么，护士对他的态度友善得多，冲着走廊比画了几下。后来何遇告诉我，她母亲生前是这里的医生。

方临秋的病房在另一栋楼。我跟在何遇身后七绕八弯，来到VIP区域，这里与其他区域的人声鼎沸真是天壤之别，幽僻而清净。单见病房外独独一个年轻女人坐着玩手机。何遇镇定自然上去搭话，跟那女人说他是方临秋的侄子，我简直惊愕，愣生生为他捏了把汗，大气不敢出。我也知道说实话是不可能得到探病机会的，可自己却完全没有这种随机应变的能力，我甚至有点痛恨别人有这样轻巧驾驭自己的能力。那女人听了，目光打量了一下何遇，居然不疑有他，又似是疲于甄别，自报是方临秋的责编，一听我们是来探病的，收了手机，伸了个大大的懒腰，直接领我们进病房。嘴里嘟囔："你们俩有空就到她家给收拾一下，那地方真乱得没法住人。还有她的颈椎病，让她别写起来就忘了自己年纪……"我跟着何遇静静听着。

"她不是自杀吧？"我问出口马上懊悔自己的心直嘴快。

"自杀？"那个编辑顶着两个大黑眼圈疲惫无力苦笑了下，"我自杀她都不会自杀。酒精中毒罢了！你们好好劝她戒酒吧，下回可没那么幸运，要不是我碰巧去催稿……唉！"她又放弃似的叹了口气，"我看也是很难改得了了，算了吧，你们陪她说说话也好。"

病房约十平方米，一张大床放在正中，方临秋就躺在那儿睡着，比起上次消瘦了一圈，手背发青，吊着点滴。

听到我们进来的声音，她轻吟了一声，徐徐睁开眼，见着两张陌生的脸，神色大变："你们是谁？哪家报社的？给我滚出去！小赵，小赵！"她情绪激动坐起来。我即刻解释："方女士，您别激动。我们不是记者！我们是……是……"我一时说不出自己是谁，因为无论哪个身份和我们的探病都没有因果关系。

"小渔，笔！"何老板一语点到要害，我立马把那支钢笔交予他，他镇定而语调舒缓解释，"方老师，我是对面咖啡馆的店主。我叫何遇，因为上次我们员工给您送外卖时不慎把您的笔错手带了回来，今天特地来物归原主的。"他说的是事实，但又不是真相。我今天突然发现自己一点也不认得这个人。

方临秋见了那笔，怒火慢慢消了，但那犀利的眼神还是没有饶过我们，狠狠在我们俩身上转了几转。她虚弱地咳了几声，双颊的通红一散，露出一张苍白的倦容。此刻不同上次在她家了，她褪了妆容，岁月留在女人脸上的痕迹无处遁形。她看着大约有五十多了，因为虚弱更显苍老憔悴，只是五官底子还在，瞧得出曾经也是个容貌颇佳的女人。

她呆滞地望着何遇手里的那只钢笔，好像被点了穴，久久地一动不动。

末了，像想起什么遽然浑身颤抖了一下，我也跟着一吓，她扭过头，摆手：
"拿走吧！"我们俩惊疑地交换了一个眼神，一时傻愣不知该怎么回话。

"拿走！我不要了！"她虚弱却坚定地重复。

"可是……可是这笔看着很有纪念价值啊！"我忍不住开口。

方临秋躺到床背上，嘴里发出两声凄厉的笑："人都死了，我还留着
这破笔干什么？"

我怔住了，半天说不上话来，何遇暗示我暂时先收了笔。这下我们也
无趣多留，刚要告辞，"喂，我渴了！"她回头，很好意思地对我说。

我想找个杯子给她倒水，却遭她掣肘，脸上都是鄙夷："这里的水
哪儿能喝？一嘴杂质。我要喝拿铁，再给我带个萨芭雍，记住让师傅别做
得太甜。咖啡要榛果拿铁。"我原本只想给她那编辑传个话，哪知那人一
见有人来看望方临秋，自己跟解脱似的早就撤了，走廊上哪里还有半个人
影。现在我跟何老板成了她身边唯一能使唤的人了。

"我去吧！"我主动请缨。何老板点点头。

等我拿着晰姐和老杨亲手做的咖啡和蛋糕回来的时候，方临秋已经鼾声
匀长。房间里充盈着一股难以忍受的刺鼻烟草味。我不禁皱眉，何老板坐在
床边，目光"指控"大作家，声音悄悄的："老烟枪一个！"他手里翻阅着
一大沓纸稿，而床头柜上一个空的牛皮纸袋印着鲜红的"稿件"两字。

"她的小说原稿，说不要了。你想带回去看吗？"

我很好奇，但依然口是心非摇头。我无法做到坦率表达自己的欲望，
因为不是得不到就是被嘲笑，逐渐地，表达欲望让我觉得羞耻。何遇把稿
纸塞回去。我渴望他再问我一次，再问一次，可他没有，他站了起来向门
外走了，我望着透明点滴一颗颗落下，忍不住老毛病又犯了，只那么一转

身的工夫，我一把将稿纸藏进帆布包里。只那么小小一个动作，骗过了所有人。当时谁也不知道，这沓纸稿会改变我的人生，谁也不知道，方临秋、何遇、门外打电话的护士、窗台上停着的一只麻雀，还有我自己……

像大卫·芬奇的《返老还童》里那个美丽的早晨，谁也不知道下一秒会发生什么。

有一首歌，叫《世上只有妈妈好》，我从小就渴望唱，想唱一遍给妈妈听，可是我没有妈妈。

我没有妈妈，可每次听见别人唱，还是会感动痛哭。我总幻想有一天妈妈会突然出现，可我知，她不会来了。世人总说母爱伟大，原来也有例外。

我是没妈的孩子，我是像根草的孩子。我知，我一直知，可我希望被欺骗一下，因为在欺骗里，我还有一个爱我的妈妈。

——祈语卿

"利奇马"来了

天空如注入乌墨，阴沉灰暗，云层凝聚出诡谲的形状，新闻里九号台风的登陆情况时时更新。才傍晚五点多，雾色催云，亮蓝的天空变得灰青一片。为安全着想，何遇决定歇业半日，让员工们在"利奇马"发挥威力前下班。不多时，大雨似厉鞭挥挞下来，打得四周一片纷红骇绿。

小渔回到笺是那天晚间，外面已是风雨肆虐，她拖着一把被风刮破的折伞，黛绿碎花连衣裙被雨水淋透，贴附在身上，高耸的胸部不断起伏，像是疾风暴雨里窜进来的一只受惊的兔子。她的脸在一径微明的灯影下显得蜡白僵硬，嘴唇青紫，哆嗦了两下，问："你说的心里那个洞，能治好吗？"

何遇拿了条干毛巾给她，她的手凉透了，蓦地抓住他，说道："你们是不是有个什么协议？我告诉你的事情，你不会告诉别人的，对吗？"何遇发现她单眼皮的眼睛里透出一种神经质的勇猛，他安抚她坐下，给她泡了杯热可可。他再次回到她对面时，她情绪已经稳定许多。

"我妈……"小渔捧着杯子，看着褐色液体里倒映的灯光圆弧，瞬时闭上眼睛，她知道这决堤的情感，今天要释放，再次回到话题上，"我妈在我很小的时候就离开家了。我对她基本没什么印象。全部的事情都是通过我外婆知道的。"

何遇安静聆听，认真点点头。

"我妈是家里唯一的女孩子，她上头四个哥哥，我外公外婆从小就偏爱她。外婆看不上我爸，嫌他档次低。可我妈不听，还是跟我爸结婚了。我出生没多久，我爸故态复萌，抽烟、喝酒、赌博，我刚满周岁我妈就离开他去新加坡了。"她一口气说完，越说越急，顾不上换气，猛然咳了几声，何遇让她停下来歇了会儿，她摇头又道，"有一件事，我从来没告诉过我爸，也没告诉其他人。"她说完，抬头无助地看着何遇。何遇没有催促她，很有耐心地等她再次开口。

"五年级暑假，我去外婆家住了一阵子，在五斗橱抽屉里看到一封信。"

"能说说这封信吗？"何遇调整了坐姿，接入话题。

小渔手里的可可完全凉了，她一口没喝，放到面前的茶几上，杯里的光圈晃了一下，她不由背脊跟着一抽，神经质地捋了下头发，说道："信是我妈写给外婆的。"

何遇抓住她轻轻飘上来那一瞬的目光问她："是你妈妈去新加坡以后写给你外婆的吗？信里她说了什么？"

"不是！"她摇头纠正，"是她离开前写的！"她十指发颤，一会儿交叉胸前，一会儿搁到椅柄上，神色涣散，"信里说她过得很难受，后悔当初没听外婆的话。我爸每天只知道赌钱、喝酒，脚不着家，三日两头跟着朋友消失几天到外地玩，她受不了了，说她对不起父母，但决定要离开我爸了。"她身体不由自主前后晃摆着。突然笑起来，这是个无声的笑容，想要极力掩饰脆弱，双颊憋得酡红。

过了很长时间的宁静。何遇清了清嗓子："看到那封信以后，你有什么感觉？"

她僵硬扭动了一下脖子："我觉得我爸真是个浑蛋！"

"还有呢？"

"没了。"她说得干净利落。

何遇沉吟须臾，目光刚柔并济看着她："小渔，人们有时候会隐藏自己真实的想法，不仅骗别人，还会骗自己。"

她一声不吭低着头，何遇就继续下去："你妈妈留下的唯一一封信里，一个字也没提到你，你一点感觉都没有吗？"

小渔目光一瞬不瞬，仿佛是在看他身后挂着的几幅风景照，有撒哈拉沙漠上新出的嫩芽，也有斐济的椰影碧海。她觑去，仿佛看到照片的角落有银色勾痕，弯曲迤逦，看着像是个"迎"字，又像是个"迅"字，她辨不清，看着看着她就失焦了。她咬着下唇嗫嚅："她有提到我的……"身体摇晃得更厉害。

"她说什么了？"

她深吸一口气，发出一声近乎嘶叫的短吼，她看着何遇，脸上挂着笑，眼睛里已经有泪光："她说，那孩子不停地哭，每天醒来就知道哭，她每天不停喂奶换尿布，让她烦透了。她真后悔生下我……"小渔的脸部失去了控制力，一下下抽动。

何遇沉默了会儿，注视着她的脸，沉下声，依然是那个问题："看了那封信后，你有什么感觉？"

她嘻嘻笑了一下："我不知道。应该有什么感觉？伤心？难过？"

何遇放下话题，另起一章："你从什么时候开始暴食的？"

小渔的视线落到他笔直的裤线上，慢慢往上移，他两条长腿交叉着，他单手靠在一侧椅把，手掌扶着太阳穴，神情专注，岳岳莘莘。她心里像点燃了磷火，她从来没看过心理医生或任何咨询师，但她好像认定了这种闲然姿态是一种对她生命的歧视。

"你在分析我吗？"

"你希望我分析你还是不希望？"何遇反问。

"你们不就是擅长分析人吗？"她又反问回去，声音加大了一倍，全落在寂静的阁楼里。

何遇将语气压低了："我只是想和你一起捋清你的感情，从而能帮助你更了解自己。"

"你是不是觉得我暴食是因为我母亲？因为我得不到母爱，所以用食物代替爱。"她叫着站起来，"你心里是不是这么想的？觉得我又懦弱又可怜？"茶几被震得阵阵作响。

何遇看着她，说道："小渔，你正在生气。为什么？假如我这么认为会让你觉得愤怒吗？"

她不说话了，双手抓紧拳头，下颚颤动不已。她当然生气，如果心理辅导就是要强迫她接受自己否定的感情那她失望透了。

"小渔，如果想医治好心里的那个洞，我须要知道你是从什么时候开始依赖食物的。如果我轻易就做出任何判断，那都是很不专业的。我们不能沙上建塔。你能不能告诉我，吃东西的时候，你有什么感觉？"

他的声音有奇特的镇定作用，让她逐渐冷静下来，她慢悠悠扶着茶几坐下，粗喘了几口气："安全。"

"安全？"

她精神委顿，嗓子沙哑："你不晓得这个世界有多严格！只有一个人随心所欲吃东西的时候，我才能感到安全。"她把脸埋进双手里，身体躬成一只虾状，"每天都有好多声音，不管是谁，都能对你不负责任地评头论足，一会儿说你没妈妈可怜，一会儿又嫌你没妈照顾邋遢。当那些声音统统都厌恶你，嫌弃你长得恶心，你知道那是什么感觉？"她的脊梁一阵阵颤动，"会受伤，会在意啊！我只是不想被别人讨厌，难道也做错了吗？"她觉得心里的罅隙被自己猛烈掰开，那些腐烂发霉的陈年污迹一点点往外冒，拖着血，连着肉。

她哭了很久，沙哑的哭声在寂静无比的夜色里回荡。她婆娑着眼看他，又开始说起来，她说了很多很多，像喝了吐真剂，完全超出自制范围。

何遇安静听着，又给她重新倒了一杯白开水，这回小渔咕咚喝下。何遇重新回到座位开口说："小渔，一个陷在沼泽里的人是没有办法自救的，陷的时间越长，他就会误解自己对沼泽最了解。不愿意暴露自己的困境。他们觉得笑着隐藏自己的负面情绪就会更容易被爱。这不是正常、健康的交际方式。我们不能忽略负面情绪所产生的原因。别人对你的喜欢和接纳并不取决于你必须做什么。"

小渔捧着杯，看着他不响。

何遇对于小渔的病况并不陌生，他可以用学到的专业知识把诊疗变成一项工作，循序渐进、控制得当、按时收尾。但他一直聆听着小渔泛滥的情绪，起初他按照习惯略做笔记，当他注意到小渔的拘谨便悄悄收了笔。他对小渔的干预治疗是带了些私人感情的。他在小渔哽咽停止诉说时走了神，他想：自己是不是有些残忍呢？就算治愈了她，却要把另一个坏消息带给她。他的脑袋微微震痛，他克服着昏涨感听她叙述，至少这是他能为她做的。

小渔回到家的时候已近凌晨，她洗完澡骤感浑身发冷，预计是一场伤风来袭。她从衣柜里翻出一条春秋厚被裹在身上，她习惯了把自己裹成茧状的睡姿，从不能将身体漏出一截在外面，哪怕三伏天气，只要意识到自己有一处没有让被子覆盖到，她就会惊醒。然而今夜的寒冷并未好转，她仍瑟瑟不已，毫无睡意。潮湿的头发披散在颈间，窗外台风呼啸，她霍然坐起来，撴开书桌上的台灯，呆呆坐了半响，又从抽屉拿出纸笔，开始写起来。才写了一个名字，她便止不了悲从中来，她边写边哭，泪痕倒把字迹洇了一半，最后，她在微暗的台灯里默读自己的信。

叶可容：

你好！

好久不见。我是祈语卿，你的女儿。

我今年二十六岁了，在一家咖啡馆工作，这不是什么值得炫耀的职业。

不知道你对于女儿的设想是什么样的呢？和你一样爱读书写字

的女文青吗？可惜我的中考成绩只够低空飞过一个"三加二"的录取线。看来我在学习方面没有遗传到你的优良基因！

外公外婆都很好，四个舅舅填补了你的缺席。祈鸿鸣还是老样子，每天一包烟、两场麻将、三瓶老酒，身体倒是好得能打老虎。大家都很有默契不会再提起你。大概只有我还在没有你的痛苦里希冀着。

其实自从看到你写给外婆的那封信，我就知道你不会回来了。或许我内心拟定的那一个归来的母亲根本就不是你，不过一个念想，有时候坚信假象会让我好受些。

我所工作的这家咖啡馆，它可以让客人写下心事，也可以保存客人的信，直到想寄出的那天。我的老板是个心理医生，他鼓励我给你写封信，把我内心的想法都写下来。

他说得轻松，我对你的感情怎么可能一封信就能说明白？

你离开以后，老头把家里所有和你有关的东西全都扔光了，你的衣物、照片、书籍，还有他给你买的手风琴和口琴……这些都是楼下邻居康奶奶告诉我的。她还跟我说："那会儿天天听到你妈妈半夜一个人哄着你睡觉，要么来回抱着你颠，要么唱歌，老房子隔音就这样的。后来你不哭了，她倒哭了。"

我跟何遇说了你的事，何遇就是我的老板。他说你可能得了产后抑郁症。我对他喋喋不休说了两个小时，我还想说，他制止了我，说我讲太多关于你的事了，他想听听我说自己的事。我顿住了，突然什么也不想说了。

他问我：是否在谈论自己的时候会感到不安？

我像被人用冷水浇灌在头顶心，又像被刨出一些连我自己都不曾认识的内心领域。那感觉很奇妙、很奇妙。

他问我减肥成功以后的感觉。我说很开心。他又问我：是不是为了自己开心而减肥？

我急得想回答，他又一次制止我，让我好好想一下，下周会谈时再告诉他。他说如果我愿意，可以再继续为我诊疗几周，作为补偿，我也须要每星期抽两小时帮助他整理一些文书资料。

临走前，他问我：为什么会突然同意接受治疗了？

我没告诉他，但我想告诉你。

因为一本书。

机缘巧合，我认识了方临秋，那个很出名的作家。她是我们咖啡馆的客人。

她有本小说叫《出路》，故事讲述一个家庭美满的女人，培养独生女考入寄宿中学，在收拾房间时找到自己学生时代的日记本，她读完日记，幡然觉醒，重燃激情，要实现自己儿时的作家梦，所以她决定和相濡多年的丈夫离婚，抛下女儿，独自环游世界，潜心写作。一去便杳无音讯。她的女儿一直没放弃寻找她，经过十多年的时光，女儿在瑞士的一间小木屋里找到了她。但母亲伏在桌上已经停止了呼吸，她的身下压着厚厚一沓稿子，那是她用生命最后余力写完的小说原稿。女儿为实现母亲的遗愿将小说出版了。

一个不知所谓的故事！

我半年前就已经读过。但是在偶然的机会下，我得到了小说的原始稿件，原稿的结尾和出版后的大相径庭。

原始稿中，女儿在瑞士小屋里看着母亲冰冷的身体，万念俱灰，她迷茫失措，抱住母亲放肆大哭，后来，她冷静下来，抽出那一沓书稿，一张张扔进壁炉，全部烧尽。她没看，一页也没读，只是把它们都焚得灰飞烟灭，挫骨扬灰。

我看完以后很震撼，那天晚上我顶着台风去找方临秋。

她不在病房里，而是一个人站在灰黑的走廊尽头，她指尖夹着一根雪茄，茫然望着窗外暗蓝如墨的夜空。

我很小心走近她，因为那场景太像一幅画了，我害怕惊动她，却又渴望介入。她灵敏的耳朵微微一动，半侧过头。我抓着这个机会问她：为什么《出路》的原稿和出版后的结局不一样？

她不说话，默默呼着烟，缭绕如迷雾，冷风从窗外梧桐树叶里呼啸进来，黢黑的走廊只见那暗红色的烟头，一点点往上爬。

我意识到自己不会得到答案了，带着种被奚落和无视的悲怆，慢慢离开。她的声音就是那个时候飘起来的，她说："因为他们不喜欢。"然后冷笑吐出一口紫烟，深黛色的眼睛看着我，"那些蠢货编辑说读者们不喜欢那么阴暗的结局，所以改了。"

夜色如洪水把她孱弱的身体吞进去。我第一次看到这样一张悲伤的脸，我的心脏像被谁踩上一脚，狠狠地，不留余地。原来取悦别人的表情是这么难看，哪怕她是大作家方临秋。

她又转头去看半透明的夜空，台风已经来了，一阵猛烈的大风吹得窗户吱嘎直响。雨丝无情侵袭进来，可她并不关窗，安静得像座雕塑，条纹病服被吹得鼓动起来，身体空荡荡的。她抽烟的时候，腮边显出一个瘪塘，我起初以为那是个酒窝，其实那是因为长期抽烟使腮帮凹陷了一块。真讽刺啊，她笑的时候，它就跟酒窝一样，一模一样的。

我不想再活在那样的生活里了，妈。

我也不想等你了。

我这些日子过得不太好。

很久以前看到微博有个段子说假摔球员的：当别人都在关心你摔得真不真的时候，只有我关心你摔得疼不疼。

我看到那条微博的时候就哭了，因为我摔得很疼、很疼，我也装得很辛苦。我怕失去这层伪装的可爱，大家又会抛弃我而去。像你，像顾禾南一样……

我告诉方临秋，我更喜欢她自己的那个结局，喜欢得要命。她居然问我："你妈怎么你了？"

我和她才见过两面，她几乎不认得我，更不认得你，却这样问我。这世道，好像人人都是心理医生。

那些受过的伤害是结束不了的。那些侮辱的谩骂也会一直都在，不管我变得多瘦，我还是没办法自信起来。当别人质疑我的时候，我就开始恨自己。我恨自己的时候，就会疯狂想念你。

妈，我多想念你，想象你能和别的母亲一样看着我成长与跌倒，能在我痛得爬不起来的时候拉我一把，能在我吃得把胃要撑破的时候严厉制止我。我多希望有个人能在我自虐的时候心疼地抱紧我，对我说，一切都会好的！在我情窦初开的少女时代给我鼓励。

很久很久以前，我喜欢过一个男孩。

第一次见他，他穿着藏青色校服大衣，领口翻出里面白色卫衣的帽子，站在领操台上发言，个子高高的，冬日温暾的暖阳轻轻洒在他身上。我想到了王维的那句诗：日色冷青松。或许词不达意，但就是那样一种感觉，说不上心脏被哪一道闪电劈到。后来有一次我给班级同学搬饭桶时绊倒在楼梯上，大家都在笑的时候，他从容坦然穿过那些笑声，把我拉了起来，他帮我把沉重的饭桶搬去教室，他还问我有没有摔伤……我知道自己不该对他有想法的，我难道不会照镜子吗？我知道，我应该深铭肺腑，时刻警示，可有什么用？感情依然像初春里破土的嫩芽，越发郁郁葱葱，不可遏制。我一直睡不好觉，总是梦见他。我实在没有想到一周前，我居然会再见到他。

康奶奶生了飞蚊症，她儿子在国外，我陪她去看医生，推开诊室门的那瞬间，仿佛是条时光隧道，他就坐在里面。

他穿着一身白袍，干净而冷峻。诊室很小，到处是白花花一片。

白色灯光把他照得雪亮，他的手指游走在病历本上，干净的、骨骼分明的手。之后的十五分钟，他说了许多我听不懂的东西，我的脑袋里像炸开的水银，什么也拼凑不齐，愚钝而无效地接受着他的声音。

他和我对视，他和我对话，他保持他惯有的说话节奏。他身后是一扇小方窗，四周封闭，几棵梓树枝繁叶茂，恰恰遮蔽日色，什么光也没有，像我的心一样。

我看着他手下的病历，密密麻麻打印着浅黑色的字，全体向左上角倾斜，像扣错纽扣的衣服。病理最后是医生的电子签名——顾禾南。一贯的苍劲峭拔，我看得眼睛发胀。

他怎么能这么对我？他怎么可以这样？

妈妈，他根本不认得我了。

我爱他，我恨他，我每晚被有他的梦魇折磨，我对着洗手盆抠着喉咙的时候都在想他。可是他却不记得我了。

今天是我的生日，你还记得吗？早上我却从马桶旁醒来，带着一脸浮肿想要辞职。微博上说上海20路公交车过九十岁生日了，连公交都有人给它过生日。我二十六了，却没有一个能谈心的知己，也没有谈过恋爱，因为我害怕，害怕和别人走太近就会暴露自己阴郁自卑的性格，没有人会喜欢真实的我，我知道的！

我的心里有个洞，从你离开后就一直在那儿。

我问何遇能不能治好我心里那个黑洞。他告诉我，心理治疗不像拍X光或验血那么简单。他说没有什么比把握自己的感情更难，因为那是意志的胜利。

端午节正逢全国高考日。早上经过市三女中的时候，看到一群殷殷期盼的家长们候在校门口，马路上到处都是交警，严禁车鸣。我忽然有一些羡慕，虽然身负重压，并且可能会遭遇挫败或打击，但这种被期待和保护的待遇我从未有过。保持自我的姿态高雅极了，我只能通过伪装自己在别人那里索取认同。因为祈语卿的自我太难看了。何遇的问题在我写到此处时猛然闪到脑海，我到底是为了什么减肥的？你不会回来，顾禾南也认不出我，店里的客人们也更喜欢和晰姐搭讪。

刚刚分针走过了零点，我的生日过去了，窗外一片黑暗，无星无月。

莎士比亚说："黑夜无论怎样悠长，白昼总会到来。"我表示怀疑。也许有的地方是极夜呢？有的人活得像动物，有的人活得像植物。《出路》里的那个母亲还有你都像迎阳的植物，我类芸芸众生，不过"社畜"一个，注定是生死都在鱼缸里结束的动物。

妈，从今天起，我不想再等你了。我可能会留一隅角落永远怀念你，但不会时刻牵挂了。

　　最后望你在世界某个角落里岁月静好，安康顺遂。

　　祝好!

你的女儿祈语卿

2019年夏

　　许广平遇到了鲁迅，从此相濡以沫；沈从文邂逅了张兆和，成就一段佳话。遇见他，曾有过妄思，他是青衫慈眉的儒雅先生，我是蓝衣玄裙的纯真学生，叹只叹人间自是有情痴，有人曾经沧海难为水，有人只能风陵渡口误终身。

　　　　　　　　　　　　　　　　　　　　　　　——方临秋

何遇视角

风 陵 渡 口

　　手机响的时候，我还在看小渔的TAT（主题统觉测试）。我一般不接陌生号码，但是对方锲而不舍来了三趟电，一趟比一趟坚持时间长，哪怕是推销卖房、银行保险，这样的"敬业"精神也值得我亲自接一接电话了。我接起电话，听到的却是对方语气汹汹的质问："何遇吗？你们店里那个小姑娘把我的手稿拿走了，你打算怎么补偿？"

　　我倒没想到方临秋会给我打电话，一时说不上话。她在电话里急不可耐地又"喂"了一声。

　　这自然是补偿不了的，想她也是有事体找我，存心用了先发制人。我也顺水推舟，说话不托下巴："那么大不了我也写一本书给你吧！从现在开始动笔，每天写一百字，你看可以哦？"

　　她听了我揶揄咯咯笑起来，笑出常年烟酒的那种沙哑："我倒不知道自己有个这么幽默的侄儿！"估计她那个编辑竹筒倒豆，全跟她招了。

　　"这样吧，你明天下午空半天出来，送我去个地方，就当还情了。"她顿了下又补充，"就你一个人，不要带那个小姑娘！"

　　"晓得了。那么嬢嬢明朝要去哪里白相（上海方言，玩的意思）？"我踱步到窗口，望出去是一丛丛红瓦小洋房，半个长宁区的景色都在面前。赤日落晖，那些楼宇建筑半边染金，半边红。

　　"去了你就知道了。"

　　"你不告诉我地理位置，我不能确保油够不够啊！"我要了个滑头，不想明天被她牵鼻子。

　　她静默了，声音骤沉了下去，辣霍霍讲："漕溪路210号！"我吃了一大惊。她的声音又来了："不是触你霉头，真的要去那里。你不是喜欢听故事吗？明天下午一点，到医院门口等我。"说完就挂了，像生怕被追问什么。

　　漕溪路210号，龙华殡仪馆啊，真是出人意料的地方！

　　翌日，我应约去接方临秋。她穿了一身罗马棉的黑长裙，化了淡妆，气焰收敛不少。只是本性犹在，一路上不停抱怨高架上挪几米停一阵的车况，又说车内冷气太低，开了窗又嫌知了太吵。好吧，孔夫子有时候说的话确有三分道理。

　　我问她："怎么除了我这个侄子，你就没有其他能当司机的人了？"

　　她倒是很同意点头："是啊！像我那么挑剔难缠，只能临时抓壮丁了。算你运气不好吧！"她将了下蓬松的头发，身子微微往右倾，朝着窗外看了半天，眼睛里有些颓唐。

之后的路况很顺利，沿着沪闵高架，很快到了漕溪路，我解下安全带，偏头见她脸色煞白无血，目光也是怔怔的。

好容易泊车下来，外头烈日如火，她却失魂落魄立在毒日下凝滞不动。我问她怎么了。她哆嗦着嘴唇，回身扶住车门把手，拉了几次都没打开，身体又有了下倾趋势。我掁身去扶她，开了车门，稍迟一步她就要瘫软下来，面色又比先前更白了一层，我问她是不是不舒服，她不回答。对于这个结局我是有所预料的，在车程后半段，她不同寻常的静默已经是个信号。

她摆着手，轻轻摇头，额上已是细汗密布，对我说："我不进去了。你代我去吧！"我始料未及，可她语气坚定而急遽，"你代我送个花圈去！我在车里等你。"

既到了此处，只当对逝者的尊重也只能答应。

临行前，她问我要那支钢笔，幸而我疑她会要，特地搁在身上，立即掏出来还她。

追悼会上两排黑压压的人影，全在凄婉啜泣。方临秋情绪失控，我也没有过问详情，此刻都不知道要送的人姓甚名谁，与她何亲何故，只看到追悼会现场正中央的照片上是个年逾七旬的老人，慈眉善目，一脸正气。

两侧花圈多半写着"沉重悼念恩师萧念勋"。料想他为人师表。追悼者的年纪各异。按年龄推算，方临秋倒是也能做他的学生。

读悼词的是萧念勋的女儿，约莫比我年长四五岁，清瘦而温淡，娓娓说的都是父亲从小的言传身教，她眼神坚定，并不流泪，却看得出深藏的哀伤。底下的人好些都啜泣不已。

　　我跟着哀乐走了一圈，向萧念勖的女儿问候了几句，当她问及我身份时，我只说是方临秋的代表。她神色微微变了变，问我她可还好，我只敷衍两句，她也没说什么了。我夹在双方的哑谜里，一头雾水，待尽了礼数便匆匆离场。

　　走出追悼会，正值七月伏暑，火红的酷日炙烤大地，我的车停在一棵茂盛的杏树下，地上落了几颗白色的杏果，一路走去，就见斑驳的树影洒在车窗里，绿意茸茸里映出一个侧影。方临秋靠着车窗，保持着我离开时一样的姿势。她端详着那支笔，一手托着笔，另一只手轻轻抚过笔身，从笔头到笔尾，眼里荡漾温柔，那一霎仿似少女。她目光变得越来越柔和，突然一颗晶莹的泪珠夺眶而出，啪嗒落在银色的笔杆上，然后又是一颗。我本想回避，多给她点时间，车门却兀然打开，她避开我眼神，迅速坐到副驾驶。

　　"人多吗？"她声音有些哽咽。我一五一十说了情况，她默默点头，戴上墨镜，掏出一根烟对窗抽起来。

　　我没再说话，安静送她回医院。

　　车停了，她没有急着下车，闭目沉吟了一会儿，缓缓道："听说你们咖啡馆有个分享心事的规矩？"

　　"不算什么规矩，任凭客人意愿。"

　　她点点头，"那我也不能让你白辛苦这一遭。"她边说边从自己的贴身橘包里取出一封信给我，"这是我的秘密，请你好好保管。"她不待我回应，已然下车而去，没入炽热如血的夕阳里。

　　我打开信，字迹犹新，墨色正是那支钢笔的，大概就在适才我去悼念萧念勖的时候，她在车里写下了信。信上没有称谓，却也知道她要写的故事必然和那位萧老先生有关了。

　　如今想来，我和他的故事，好像几生几世前的事了。

　　此刻我坐在车里，外面阳光灼灼，想起我十八岁那年，坐在教室听他讲课，也是这样的季节，微风轻摇浅蓝的窗帘，他穿玄蓝的风衣，站在教室中央，长眉浅眸，高鼻阔额，衣冠楚楚，娓娓讲述着魏晋李唐的文化、唐诗宋词的玄妙，有时他也会"超纲"给我们说胡适惧内的轶事、梁秋实肉麻的情书……我跟着心旌摇荡。

　　他叫萧念勋，是我大学的中文系教授。

　　我来自一个偏远的小镇，父母重男轻女，偏爱弟弟。所以当我考取大学那刻起，我便开始了半工半读的生活。屋漏偏逢连夜雨，弟弟在老家肇事伤人，赔了一笔数目不小的医药费，本就拮据的家庭更加雪上加霜。为了父母和弟弟，我不得不日夜打工，贴补家用，因此误了很多课，到了夏末期终，我缺的课已经超过三分之一，好几门课都是"满江红"。系主任劝我退学，我才意识到问题的严重性，在办公室哇哇大哭，抓着她求饶。她是见惯了这些操作的老法师了，铁面无私，毫不为动。就在这个时候，他出现了。我至今都不知道他是一直都在办公室里，眼看着我一哭二闹三上吊，折腾半日才援手相助；还是恰逢授课完回来，看见了一个我见犹怜的女孩正走投无路而动了恻隐之心。

　　他微微摇着折扇，温和规劝系主任手下留情。系主任自然少不了抱怨我的各种违纪和劣迹，并且拿出我门门红灯的数据加以辅证。我越听心里越凉，句句真实，字字有理。他却一面听着，一面微笑看着我，慢条斯理问我："如果再给你两周时间，你能通过补考吗？"我心虚点头。系主任估计也知道这是个不可能完成的任务，一来能让我彻底死心，二来也不想驳同事的面子，就答应了他的提议。

我原本已经做好悬梁刺股的准备，一个人闭关复习。第二天下午，有个同系师妹在宿舍楼下叫我，说萧教授让我去趟一号楼。

我捧着一颗怦怦乱跳的心飞奔过去，但见晚霞烟空、明净宽敞的教室里，他穿着一件浅蓝暗纹格子的衬衫一个人坐在那儿，摊着一桌的资料，见了我，莞尔一笑："快进来吧！"

他说我既然答应他要全过，就不能让他丢脸；他说他会亲自辅导我几门文科，理科也会想办法问其他几个老师要到讲义。我就这样成了他的亲授弟子，他一有空就抓着我补习，他讲课提纲挈领，浅显易懂，我很快就理解通透了。

我们补课间隙也会聊天，渐渐地，山南海北，无所不聊。他听说我是江西人，高兴得眉飞色舞，说他妻子也是江西人。然后意犹未尽和我聊起他和妻子头一次去江西的趣闻轶事。

我默默听着，也想起以前听师姐们说起过，萧教授的妻子在几年前病故了。但见他聊起妻子满眼泛光，神采奕奕，又觉感动又觉悲哀。

我们聊得越来越多，我将自己的家事也悉数告知，他佩服我排除万难来这里求学的精神。看到他琥珀色清澈的双眸，我心里微微地轻颤、轻摇，慢慢浮想联翩。他比我大上19岁，那时候他已近不惑了，却全然没有中年男人的油腻浮夸，浑身清雅蕴藉。

我终于通过了补考，想请他吃饭感谢，却被告知他已经休假陪女儿去旅游了。那一个夏天是如何寂寞难耐啊，只有那些喊了一季的知了明白，只有那空盛了一夏的荷花知道，只有那见过杨过的郭襄了解……

又到了缴费的时节，我打工的钱绝大多数给了家里，余下的，翻来覆去也凑不够。我跑到教师办公室，结结巴巴地想延缓几日，哪知道系主任直接把一张缴费发票给了我。我又惊又喜，她拍拍我肩膀，让我好好读书，说学费是萧教授给我先垫上了。我的双手在空空如也的口袋里反反复复地搓揉着，眼睛像进了沙，越眨越酸涩。在这个世界上，从来没有人如此为我打点好一切，我贫穷的、狭隘的人生蓦然被一束阳光融开了。

我依然坚持着半工半读的状态，偶尔有了些钱便会还他一点。在他的影响下，我越发激起了对文学的热爱。他常常会带我和几个同系学生去看话剧和展览，然后大家各抒己见。他总爱听我们有不同的见解和想法。他从不给标准答案，鼓励我们要独立思考。

我内心有一头沉睡的小兽在那些日子里慢慢磨齐了爪牙，深深的表达欲在体内翻腾。我天真地告诉他，将来想要当一个作家。他听完特别高兴，鼓励我内怀锦绣一定要立马动笔去写。

那一回，我去他家还钱，他给我开门时，我见他穿着围裙，手拿菜铲，还没来得及招呼我就满头大汗又跑回厨房。房间里全是油烟味，一个四五岁的小姑娘在地板上爬着玩儿。那是他和亡妻的独女。

我瞧他焦头烂额，什么儒雅风度、文质彬彬统统没了，那一刻他就是一个手足无措的超级奶爸。我心里特别高兴，因为我看到了别人瞧不到的萧教授的另一面，越发觉得自己特别而独一。原是钟点工临时有事，所以逼得这位大教授也要入得厨房了。那一顿饭自然是我"拯救"了他们父女俩，他在旁边给我端盐递糖。我笑着对他说："没想到萧教授也有给我打下手的一天。"他笑着哀叹:"始愿不及此啊。"眼睛里全是亮光。那样的笑容,我再不承认他只是我的导师了。

我和他女儿很快熟起来,小姑娘一口一个"阿姨"地黏着我。萧教授每次总纠正:"要喊姐姐。"我笑着说无所谓,他却很坚持笑道:"你们这些孩子,我内心都把你们当成自己孩子,所以都是她的哥哥姐姐。辈分可不能乱了。"我心里微微一空。他招呼着我吃饭,我却食之无味了。

他丧妻已久,听说许多好事者见他一人拉扯女儿辛苦,想为他做媒再娶,都被拒绝了。

我问他:难道此生都不打算再娶了吗?

他的目光移向客房墙上一张大大的结婚照,静默了半晌,才对我笑道:"不想耽误别人了。"

在夕阳圣晖里,照片上他亡妻亲昵挽着他,脸上是温和恬然的微笑。与世无争的笑,我看着发愣,虽与世无争,却是有恃无恐。他望着照片,目色温和,眉眼上扬,仿似陷入了无尽的回忆里。我知道这一眼,是我千千万万年也及不上的了。失去了芸娘的沈复,灵魂也死去了一部分。

我靠着奖学金终于把欠他的钱都还清了。从此我再不愿去他家,在学校里远远见着,我也转道离开。他的课我始终坐最后一排,在他看不见的角落里偷偷记录他的每一个表情。

研一的时候我恋爱了,对方是和我一届的同学。很不幸,那是一场非常悲痛的回忆。我因怀孕而被学校开除了。而那个男人只给了我手术费就与我不了了之。幸好有几个女同学的接济让我渡过难关。

在那段灰暗的日子里，我开始了写作。日复一日，笔耕不辍。可惜投出去的稿件全都石沉大海，杳无音讯，我一面打工，一面继续写，继续投稿。又是半年过去了，我的经济压力越来越大，家乡的弟弟要结婚了，父母的压榨从未停止。渐渐地，我想要放弃了。或许是自己太天真，写作这条路除了熬得住寂寞，还要有天分和运气。我退了房，收拾了行李，买了回家的火车票，我要离开这个让我成长也让我心碎的地方，像无数满揣梦想的年轻人那样，听着《乡村路带我回家》踏上回程。

人生就是如此奇怪，我坐在已经空无一物的房间，正等着一桶方便面泡熟，座机响了。那是一家工作室编辑的电话，让我去签合同，我完全懵了，花了足足半分钟才缓过神。

签约的时候，我如坠梦境，觉得太不真实。那位慈眉善目的编辑告诉我，他很欣赏我的文笔，他的一位熟友也对我的小说推崇有加，之后自然是各种再接再厉的鼓舞。怪只怪我眼睛太尖了，在我将合同交予对方之时，看到了他名片盒里一张我再熟悉不过的名片。我趁那编辑在审核合同之际，偷偷顺了过来。

我没有看错，当我看到"萧念勋"的名字银光灿灿躺在那名片上时，我的眼皮不停乱颤，胸口怦怦狂跳，那颗心似乎要跃出喉来。

那个熟友，那个对我推崇有加的熟友除了他还会是谁？在我的一再追问下，那位编辑承认了出版我小说的资金是那位熟友和出版社平摊的。可他无论如何也不愿透露他的姓名。

我只能亲自去问他，他还是那么儒雅闲逸，我避开他的眼睛，开门见山。面对我的问题，他不答反问，问我的近况，问我的身体。我知道这一年来我瘦得皮包骨头。

当我拿出名片，他也只是笑笑，说自己和那位编辑萍水相逢，交换了名片而已。他又挥起扇子，拿出钱钟书鸡蛋和母鸡的道理，劝我不必追问，劝我应该努力写作，不让赏识自己的人失望才对。我知道他已打定主意不愿说，便告辞离开了。

后来我收到编辑给我发来的修改意见，虽然在措辞上极力隐藏，但那细致入微、鞭辟入里的风格，我是永远不会认错的。

我记着他的教诲，煮字疗饥，全情投入。出版了我的处女作《恁时相见》。

小说家的出道作是他的一切。

《恁时相见》是我人生的一个转折。连我自己也没想到它会火到那样程度，我乘胜追击又写了两部小说，一时声名鹊起，销量冲榜。我终于成了一个炙手可热的作家。

两年后，我拿到第一笔稿酬，再次登门拜访，要把那笔钱还给他，却发现那旧址早已人去楼空。跑去母校打听，得知他一年前已辞职去了别处任教。一时之间，我顿感天地之大，我却缥缈无依。我攥着钱，心头凄惶空虚，失了方向。

教务室的一个老师将他留下的一些东西交予我，不过几份讲义和一支钢笔。讲义纸张斑黄，密密麻麻全是他潇洒清瘦的笔迹，我翻着翻着，就像听到他清越的声音在耳边一般，脑海里全是当初在教室听着他讲课的样子。翻着翻着，悲怆难以抑制；翻着翻着，心里一点点被抽空；翻着翻着，笔记变得一片空白。可我还是在翻，一页一页矢志不渝地翻。他就这样狠心像这未完的笔记一般留给我一片空白吗？

他就这样不告而别了吗？他究竟对我是何意？难道这些年来从来没有一点点思念？难道他不明白我借着欧阳修的"恁时相见早留心，何况到如今"在向他传递我的情愫？他终究是对我有恩却无情吧！

我翻着翻着，笔记本已到了尽头，泪水一颗颗落在焦黄的纸页上，倏忽眼前一明，在笔记的最后一页再次出现他的字迹，我几乎窒息，颤抖着手摸着他誊写的两句诗："从此山水不相逢，莫道彼此长与短。"

我捧着那本泛黄的笔记兀然放声大哭。我知道的，我这辈子再也见不着他了。他以这样的方式和我诀别。他让我的感情永远活在了那本小说里了，我知道我可以再打听，再寻找，可是他已经给了我答案了。

三十多年了，我将笔记和钢笔留在身边。后来我也结过婚，也爱过别人，可是再没有人能潜入我内心那块单单只为他保留的角落了。

今天，他死了，我内心的那块角落也死了。从此，我再不写书了。

我原本只想来看他最后一眼，想看着他的脸再喊他一声"萧教授"，像少女时那般冲他笑一回。可我终究不能，我老了，我承受不起这最后一眼。

一晃眼，半辈子就过去了，这个历程太长太长了，从十八岁一直到五十岁。感谢他，给了我一个梦，一个作者之梦，能让我半世尽情，用自己的语法完成自我。我不配说爱他，他终究比我更懂爱。浅喜似苍狗，深爱如长风。我认识他，无怨无悔。

临秋

2019年7月30日

你了解校园暴力吗？你知道青少年犯罪吗？

遭受过校园欺凌的孩子能痊愈的例子几乎没有。有些中途好转了，而一旦走上社会，遭遇挫败就会患上抑郁症，甚至自杀。

心理强大的能挺过来，但伤痕还在，有些孩子转学以后会变相对他人使用暴力。他们讨厌活在阳光里的人，对别人的善意靠近又向往又害怕。

何医生，那些孩子里有我，也有她，请你让我见一下她吧！

——顾禾南

高中，永远不会结束

小渔的第二次会诊在周日晚上，她跟在何遇身后，亦步亦趋踩着月光走上阁楼。原木书桌整理得干干净净，只放了一本《瓦尔登湖》，书面已经很旧，大约是被何遇经常翻看的缘故。办公室的墙上和楼下一样也挂了风景照，暗夜天空里满是灿星。因为背景深色，她上一次在右下角发现字的地方在这一张上也赫然而现，这一次她认清了，是个"迅"字。原来何遇挂在笺的所有风景画全都出自一个摄影师。何遇招呼她坐下，她光顾着惊讶，没搭腔坐了下来，手里不自主抱住一只靠枕。

何遇问她喝什么，她说都可以，何遇给她泡了杯热可可。她象征性啜了一口，放回茶几上。何遇问她睡眠、饮食，问她上次谈话以后感情上的变化，她总是想很久然后小心地回答。何遇友善得像个老朋友，跟她说这不是测试，让她尽量放松，她点头，但她做不到。刚经历了欢欢的失踪事件，她没法平复情绪。

他们又聊了一会儿，而她的眼睛时不时与墙上的时钟会晤，不踏实从心口涌到脸上。何遇静默了片刻，慢声慢气却又十分郑重地开口："小渔，有件事应该让你知道。"他边说边从口袋里拿出一根手机链，闪闪银链上挂一个咖啡杯形状的吊坠，小渔的眼睛瞪大了。这是开店不久，何遇找朋友定做的几枚纪念品，当时他分别送给老杨、小江和她每人一个。

"这是你的吗？"白色的咖啡杯晃到小渔面前，答案昭然若揭。她有些懵，喉咙艰涩，说不出话，低颚点了下头。其实他都不用问，吊坠背面还有她的名字。

何遇把手机链还给她，"周五有个男孩子来找你，你那天正巧轮休了。昨天早上他又来了，你又恰好晚班，他说这手机链是你落在他那里的。"何遇冷静凝睇了她片刻，见她没有要接话的样子，翻开手上的笔记，里面夹着一个浅绿色信封，"这里有封信，他走之前写的。"

小渔瞥到信封上的字迹，眼皮骤然跳得厉害。她惊讶极了，看到信封上居然写着"何医生亲启"的字样。

她的医生代她讲出疑惑："这封信不是写给你的。我也觉得很奇怪。

"我现在是你的治疗师，我预见这封信可能会和你有关，所以想征求你的意见，你希望我看吗？"

她蓦地扭过身体，觉得身上的衬衫又紧了，使劲拉了拉黑衬衫的下摆。张着嘴却不知道自己想说什么。

"他说是你的初中同学，叫顾……"

"我不想知道！"她身体本能抖了一下，被自己的反应吓到。她很羞愧，生气得非常不体面也不合时宜。她觉得自己粗鲁又不成熟，眼睛瞥了何遇一眼，垂颈咽声："对不起。"

"你不必道歉。"何遇将信放到两人之间的茶几上，"如果你还没有做好准备的话，我可以暂时保留这封信。"

她的眼睛紧紧粘在信封上，"我不想和他见面。"语气坚定又急促，"我不需要！我已经不是当年那个胖女孩了。"

"你觉得他为什么来找你呢？"他另辟蹊径。

她眼角漏出古怪的笑："大概是找我填他的愧疚吧！"她真讨厌这样阴阳怪气的自己，可她遏制不了，她在一种自欺欺人的悖论里希望自己是错的，并且希望她的医生能反对她，给她想要的答案——他记挂她、怀念她，想和她重逢。可是她失望了。

"如果是的话，你会接受吗？"她的医生同意了她的揣测，并在那个残忍的揣测上向她递问题。她盯着医生看，仿佛他不是提出一个问题，而是飞过来一把刀，她的眼睛红了，被那把刀扎伤了，她止不住双颊抽搐："我接不接受又有什么关系？我上次去医院，他根本就没认出我来。可能早忘记我了。不过是看到我遗落的手机链上的名字才想起来。他连信都是写给你的，跟我有什么关系？"

"所以你生他的气，是因为他没认出你？"何遇极有分寸地插入问题。她顿时语塞，何遇在等着她回答，可连她自己也不清楚真相，吃惊地看向何遇。

"小渔，你有没有想过你为什么会把手机链留在他那里？"

她目光变得幽暗固执："我不小心弄掉的。"

何遇默然良久。她觉得四周太静了，只有秒针的走动混合着自己怦怦的心跳。他在怀疑她吗？她厌恶这种沉默的审问，就好像一种套着大度外衣的原谅。她控制不住自己内心越来越深的委屈，她后悔自己踏进这个门了。她才不需要这种凌迟似的"治疗"。

"小渔，你上次告诉我你是从什么时候开始患上暴食症的。今天能不能跟我说说当初又是为了什么开始下定决心减肥的呢？"

"大家都讨厌胖子。"她嘴边含着笑，她是哼了一声笑出来的，"你看看晰姐多受欢迎就知道了。没有人喜欢善良的胖子。"

"那你自己呢？你也讨厌长得胖的人吗？"他的话接得那么紧，咄咄逼住她。

小渔抓牢靠枕摁在胸口，"我？"她顿了下，另一只手在沙发背上又搓又揉，嘴角在笑，眼睛里又没有笑，"我喜不喜欢有什么关系？我又不能改变这个世界对胖子的看法。"

"当然有关系！"何遇表情瞬忽严肃起来，他双手交合，加强了语气，"你不停给自己灌输瘦的人比胖的人更能得到优势的观念，哪怕你自己并不完全认可，却强化别人的眼光训练自己去相信。你总是说江江比你得到更多的关注，先不说这个观点是否客观，但你有没有想过除了胖瘦之外还有其他原因？"

这一回她心里注满了酸痛，咬着牙就喷出来："有啊，因为她聪明、漂亮，她家庭……"

"因为她是她自己，你不是！"何遇干净利落砍断她的话，"你不相信真实的自己能让别人喜欢！"他冷静看着她，语气逐渐生硬。小渔感觉头皮被橡皮筋弹了一下，辣霍霍痛起来。她一边替自己委屈，一边又鄙夷自己醒醒龊的嫉妒。她胸脯随着呼吸剧烈耸动。何遇的目光像抓住她的脉搏似的让她无法对抗，"我们不能失去自己的底线和标尺。我给你倒热可可，你不喜欢就告诉我。不要捧在手里假装自己会喝，那样下一次别人还会给你倒热可可。"她脸上慢慢憋出红晕。俄尔，何遇收了大斧的锋利，换了小钻刀："好，我们回到刚才的问题。你对顾禾南没认出你感到生气。但你得承认自己身上发生了很大的变化，对吗？所以他没有认出你难道不是合情合理的？但你当时没有质问他，也没告诉他你就是祈语卿，却在回来以后对他生气。为什么呢？"

她不喜欢他精准锐利解读她的感情，也不喜欢他这样简单说出顾禾南的名字。他知道什么？

"他是我的初恋。"

何遇惊了一跳，不是因为这句话本身，而是她在无任何暗示的情况下大胆说了出来。他的担忧也更甚了，这个男孩直到如今仍旧能让讳莫如深的小渔带出自己都无意识的炫耀。

小渔眼眶里的水光忽闪忽闪："他骂我是……"她吸了一口气，又慢慢吐出来，最后那个字被她自己咬进嘴里。这十年来，那个字一直长在她身上，不管她吃多少减肥药，从身体里剜掉多少脂肪，那个字依旧固如磐石，扎根在她体内，长成一个器官，一根阑尾，时不时要痛上一阵。眼泪来了，她撒手去拭，想阻止，它们就从指缝里往外钻："他凭什么先忘记我？"声音像被巨大垒石挤压出嗓门，哀伤极了。她怎么也没想到自己居然会说出这么一句话来。可她说得那么自然，像水到渠成、瓜熟蒂落一般滑出舌尖。

何遇将纸巾盒递给她，聚精会神看着她，隔了会儿，温和沉着道："我了解你的愤怒，他曾经用语言侮辱你的体型，但当你变瘦以后，他却没对你的变化做出反应。这让你对这些年的努力感到有点挫败是吗？"

小渔看着他镜片后一双浅浅琥珀色的眼睛，看到了自己，也看透了里面的"蓄谋"，细微的战栗掠过她嘴角："你觉得我变瘦和他有关？"她双手捏着靠枕的两只角，感到津津汗水正被稀释。

"每个问题的内核都不会是单一的，但我们选择这样做一定有很强的驱动力。我们在意任何事情都是有原因的。我们要和过去和解，带着愤怒和恐惧对今后的生活没有好处。"他字斟句酌。

她闭上眼，狠劲甩了甩头，又慢慢睁开，抬起头来："怎么样才能做自己呢？"

"先从了解自己开始！不管是优点缺点，都不要逃避接受。"

小渔点点头，目光里凝出一种大浪过后的平静，眼眶还遗留着水光："你可以看那封信。"

"你确定吗？"

她苦笑了下，说道："本来就是写给你的，我哪里有权利阻止？"她知道何遇终究要知道她的故事，与其要自己扒开伤口给他看，不如让顾禾南告诉他吧！她甚至自己都想看看那封信。

小渔走了，何遇回忆起顾禾南的样子，一个斯文清癯的大男孩，干净整洁，穿着白府绸衬衫，有点洁癖，也有点怯生。

他整理好笔记，走到楼下，回到窗边的专座，喝着江灼晰留给他的美式咖啡，拆开了信。

何医生：

　　你好！

　　我想你大概不认识我。华医生，也就是您母亲，曾是我的导师，我在她办公桌上的全家福中见过你，世界如此之小，你一定也非常惊讶吧！对于令堂的过世，深表遗憾。她是个好医生，是我们晚辈学习的楷模。

　　没想到毕业论文以后，再次这么长篇大论居然是写信给你。我从其他医生处也听闻你一些轶事，知道你曾就读斯坦福心理学专业，我想祈语卿在你的咖啡馆工作大概也并非偶然了。

　　我来找她两次，她都不在，我也心知肚明是她不想见我了。

　　我叫顾禾南，和祈语卿读同一所初中，既不同班也不同级。或许你已经听她说过我们之间的渊源，而我希望你拨冗从另一个切面再看一次故事的骨骼脉络。

　　虽然我比祈语卿高一年级，但授课的却是同一个语文老师，因为我们俩都写得一手好字，常常被老师留下帮忙誊写东西，没多久就熟识了。

　　祈语卿喜欢看书，闲暇之余手里都会捧着一本书。有一回，我无聊翻开她正在读的一本书，发现书签居然是一张陈旧的借书卡，上面的名字不是她，而是一个姓叶的女人。借书卡写满三分之二，最后一本没有归还记录。我一时贪玩就用笔在归还日期上写了2012年12月22日，因为那是玛雅人预测的世界末日。写完我很得意，没想到祈语卿脸色大变，抢过借书卡，猛力用橡皮擦掉我的笔迹。我心里也气，一张借书卡至于吗？提了书包就走。走了几步，她也没喊我，我回头见她一动不动地盯着那张卡，等我走到教室门口，我听到轻轻的啜泣声，再回头一看，她伏在桌上。她哭得很厉害，我花了很长时间才让她停下。后来她告诉我，那张借书卡是她母亲离开前留下的，那里寄托着她对母亲所有的怀念。我既愧疚又感同身受。在十几年前，离婚还没有那么常见，父母不在一起对孩子来说更是羞于启齿的家丑。而我的父母那段时间也在闹离婚。我自小争强好胜，在同学、老师面前，装作家庭和睦、父慈子孝的模范生。但我始终是个孩子，在倔强的尊严下同样渴望被理解和关心。这个女孩的文章让我感觉自己找到了一个同伴。

后来我父母离婚，我跟着父亲和继母住在一起。母亲回到了娘家，她失去父亲这一个经济来源，重回职场，压力颇大，持续很长时间没有来看我。所以我对同样没有母亲的祈语卿油然升起"同命相怜"战友之感。不知不觉也把自己的情况告诉了她。她问我想不想妈妈，我嘴硬说不想。隔了一会儿，她反而跟我道歉，说自己刚才太凶了。

我为了道歉，送给她一套新书签。她为了还礼，说要给我画一幅素描。没想到这幅画导致了我们的悲剧。

你了解校园暴力吗？

如果你以为所谓的校园暴力只是被恶作剧地被关在厕所，或者被勒索零花钱的话，那就大错特错了。我要说的，是世界上最可怕、最残酷的暴行。

首先，每一个欺凌组织都会有一个领袖，而我们班的那个就暂且称他为A吧！

故事是怎么开始的呢？其实他们一直存在，不过是我注意到的时候，他们才在我的人生里登场。那起源于一次下发作业本，班上有个女生突然哭起来，因为她的作业本上被人写上"我想和你×××"的淫秽话语。我们都清楚那是一直缠着她的A写的，他已经对这个女孩多次骚扰。A是留级生，比我们大两三岁，他没有染头发，没有打耳洞，看起来是个非常正常的孩子。但他上课睡觉、不怕老师我们也是知道的。他坐在被边缘化的最后一排，几乎被公认是学校放弃的孩子。

那个年纪，一个男生对喜欢的女孩有点恶作剧好像也不是多大的事情，别说老师，同学们也并未介意。可是那天，一个男生站了起来，他为女生打抱不平，他问A："你闹够了没有？"像所有片里的正义男孩。我那一刻也对他刮目相看。

可这毕竟不是电影，而是一场残酷青春。

这个"英雄救美"的男生在几年前去世了，他未结婚生子，数次自杀，你知道是为什么吗？因为他那么正义的一句话。

那天傍晚，我出完黑板报，去男厕洗手时意外目睹了一切。

我进去的时候，只觉得脚下湿漉漉的，A和几个男孩围作一圈，我瞧见他们一脚一脚地踢向地上蜷曲一团的一个人，A冷冷站着，嘴里大声问："刚刚不是很老卵吗？怎么现在不说话了？"

另外一个口吃男孩也跟着起哄："你……你……你怎么不说话？你……你不是想……想英雄救美吗？站起来呀！"

男孩一阵阵发出闷哼，已经说不出话来。我看不清他的脸，只觉得又红又青恍在眼前。他的裤子被褪到脚踝，整个下体全暴露在外。我终于知道地上的黄色液体是什么。我惊呆了，忘了关水龙头，声音惊动了他们，他们几个转过了头。我觉得自己浑身都麻痹了。A很慢走过来，看着我，问我：是不是有意见？我说不出话来，和他四目相接。我想那是我那短短十几年人生里看到的最可怕的一双眼睛。他看了我好一会儿，确认我已经无缚鸡之力，又"咯咯"笑起来，回去继续关注那个男孩。他们几个嘻嘻哈哈有一下没一下地踢他两脚，然后A拿出了手机。

手机没有关闪光，发出"咔嚓""咔嚓"的声音，我逃也似的跑出厕所，不想再听他们的嬉闹和那个男孩微弱挣扎的哭腔。我不知道后来发生了什么，可是几天后，我收到了那些"照片"，我看到别的同学看那个男孩的眼神，我知道他们都收到了。从此他像变了一个人，再也不和我们说一句话了。最可悲的是那个被他拯救过的女生渐渐也开始鄙夷起他来。老师依然什么都不知道，没有人会去说，说了又如何？或者只是多一个被欺凌的对象，或者会让他被欺负得更惨。

这场欺凌没有坚持多久，他们好像厌倦了一个任人摆布的对象。我怎么也没想到，上一次还和A站在一起欺负别人的那个口吃男孩会成为他们新的目标。

我在停车棚看到他一个人半跪在地上，其他人已经走了。他抓着我的手，眼睛里又是惊恐又是无助，他让我扶他起来，他的腿麻了，膝盖上已经跪出淤青。我问他为什么。他吐掉嘴里的一颗牙，肿着眼做出似笑非笑的表情，对我说："我爸妈离婚了！"我的脑袋一震。他说A最讨厌没有老妈教育的人。A的母亲在他很小时抛弃了他，父亲对他一直施以暴力。后来他能够反抗了，就去欺负那些同样没有母亲的孩子。

接下来该说什么了？该说我最不愿回忆的，祈语卿为什么恨我了。

　　我知道她在自己班里也时常被欺负，可她从来不跟我说起，我也没有勇气过多询问。

　　她曾经问我将来想做什么，我说我还没想好，反问她，她说她长大要当图书馆馆长，认真问我："以后我在图书馆，你来不来看我？"我说当然来。她笑了下，又问："那你说我妈妈会不会来？"我说会，但其实心里不希望她母亲回来。那样没有妈妈的就变成我一个人了。

　　祈语卿进入A的视线全是因为我。因为她画我的那张画被那些人知道了。他们发现又找到了更有趣的欺凌对象。

　　那时临近期末，有一天，我们俩约好一起去图书馆复习，她却没有来。我把作业做完打算回家。看到操场上三男几女聚在那儿，那一刻，我的心骤然停跳了。

　　是A和那几个熟悉的脸，而被围在中间的是祈语卿。

　　我巨大的身体，藏也藏不住地已经被A看到。他的衬衫松松垮垮穿在身上，甩着袖子，摇摇晃晃过来，说道："哟，我们男主角来了。"我的一口气，全凝在嗓子口。

　　我看到祈语卿站在那里，头发披散着，好像还被剪了一撮，白色的夏季校服上用红色的粉笔大大写着一个"猪"字。她看着我，我也看着她，可我的目光那么脆弱而躲闪，只那么一瞬，我便不再看她。

　　A已经走到我身旁，他钩住我脖子，拖着我往前走，边走边说："真有意思，这只猪说喜欢你，她还给你画了图，你看看，快看看呀！"他重重压着我后脑勺，强迫我低头。

　　我压根没情绪看那幅图，只见一张黑白素描早已被捏得不成样子。我不停咽口水，恐惧排山倒海而来。

"喂，人家喜欢你，你怎么说？要不要表态？"其他人开始起哄。

我身体挺得笔直，但是勇气已经跌到脚跟了。

我僵硬地站着，脑袋上又被拍了一下："大队委员怎么这么没礼貌？人家说喜欢你，你不回应吗？啊？"

后脑勺传来钝痛，落日晒在脸上，我睁不开眼，我感觉又被拖走了三四步，我张口，只听到一个懦弱的、无情的声音在自己耳边响起："谁……谁会喜欢一头猪？"

那些美好的、绚烂的、属于我和她的友情被割得支离破碎了。我的心事、她的愿望、我们同命相连的秘密、我们互说心事的信任在一霎时灰飞烟灭了。

我说完了，耳边骤然响起嘻嘻哈哈的笑声。我不敢看她，也不敢动，低着头，一眼也不敢看她。但是我看得到影子，我看到A压着祈语卿的脑袋，让她蹲到地上学蛙跳，声音粗暴而短促："快跳，猪，好好练练这一身肥膘。"

有几个女生笑起来："听到没？猪！人家不喜欢你！'我是癞蛤蟆想吃天鹅肉'快说！说啊你！"

我听到哭声了，我能辨认出她的哭声，和那天下午听到的一样。

我双手握得太紧而颤抖，然后，我转过身拼命奔跑，一刻不停，身后有声音在追，可我全然不顾，我踩上自行车拼命地骑，不顾一切，冲出校园。

6月的天瓦蓝瓦蓝，温和的风抚着耳朵、头发、浑身上下，可我一刻也安定不下，浑身的血液都在沸腾燃烧。我使了浑身力气踩到家，一下车，就觉得一阵眩晕恶心，我跑到草丛里把这一天吃的东西全都吐得干干净净。

回到家，我发起了低烧，可惜这只是我自己觉得，温度计上正正常常，我开始谎称生病不去学校。直到考试，我战战兢兢度过那三天，成绩自然很不理想。父母本就有意让我转学到一家私立学校，我抓住这根救命稻草，离开了那个人间炼狱。从此再也没回过那所学校。

我不知道他们后来怎么对待她了，我不敢想，也不愿记起自己逃脱的模样。没有人能够知道我有多恨自己。

几年后，我听说那个被拍照的男孩住院了，我去看他。他躺在病床上，已经脱离了危险，我看到他挂着点滴的手腕上一道道歪斜不一的疤痕，心里一阵凄楚。他的母亲在旁边哭，他的父亲愁眉紧锁，夫妻两人都比实际年龄看上去苍老许多。

他似乎认出了我，用一双瘦骨嶙峋的手紧紧抓住我。我劝他说，一切都过去了。他笑着点点头。我给他名片，让他有事找我，他还是点头，却不放开两只抓住我的手。

我说什么他都点头答应，可我越说越没有勇气，越说越没有信心。我知道一切都没有过去。最后我为了忍住不让自己哭出来，抽出手离开了。

他的母亲送我出来，边感谢我边对我哭道："他原来一直是个好孩子……"

是啊，他是个好孩子，我再清楚不过了。她母亲让我常来看看他，我答应了。可没等到我再去看他，他的生命就终止在一条社会新闻上：

男子不堪多年前校园欺凌 今晨于医院跳楼身亡……

那么多年过去了，我永远无法忘记他那天看我的眼神。我以为自己能忘记，我每天坐诊几小时，不是读书就是睡觉，用时间来消灭回忆。可是我无法控制自己做梦。梦里都是祈语卿，是她孤独一人蹲在地上，边跳边喊："癞蛤蟆想吃天鹅肉……癞蛤蟆想吃天鹅肉……"

何遇读得很费力，信上的字迹越来越潦草，可想而知顾禾南写到此处时有多激动。他捏了捏眉心，舒缓了会儿，继续读下去：

这些年来，我不知道自己是怎么度过的。或许老天不允许我就这样逃避罪孽，从头开始吧！我没想过能再遇到祈语卿，她活生生出现在我面前，我居然没认出她来。

或许我是个浑蛋，她不愿见我是完全说得过去的。

何医生，如果她有任何需要，我必当竭尽全力，给予帮助。我不奢望能补偿给她什么，我知道造成的伤害无法弥补。

下午还有门诊，告辞！我会再来！

顾禾南

2019.8

何遇皱眉喝完最后一口美式，真苦啊，以前怎么没觉得？窗外暗夜里的星辰碎金般落在梧桐树上，又投落到地上，被筛得千疮百孔。

"跌下来，跌下来。"我看着踩在高椅上取咖啡豆的晰姐，当我意识到那是从我心底喊出的声音时，我被自己的邪恶吓怔。老天本就不公，会有馥芮白那样的天才，会有晰姐这样的精灵，也会有我和欢欢。

——祈语卿

祈语卿视角

我煮碗面给你吃？

最后一班11号线，车上很空，空得让我心生惶恐。白天的喧闹拥挤就像是鼎盛的王朝，而现在，我像在一个落寞年迈的老君王体内，从这诡诞夜色里看到自己的颓败。车窗映出我晃动的身影：一个臃肿的影子。看到车上两个苗条婷婷的女孩，手持奶茶，欢声笑语，我就心里一阵阵悸痛。

我答应何遇不再催吐，可我没法控制自己的体重。变胖会让我想起过去，现在的一切都会被吞噬。手里的咖啡杯被汗水濡湿。我抓得越紧，手汗就越多。

很难得老头今天在家，我的烦躁更甚，他问我要不要吃面，这是他唯一会煮的东西。我说不要。"砰"一声关门回到自己房间，从床下拖出饼干盒，我拆开一个芝士面包时，手机亮了一下。

欢欢的头像是漫威的超级英雄猩红女巫，头像里的女巫举着双手正在施法，大概在消灭坏蛋，大概在拯救地球！她到底还是个孩子，还能相信和喜欢编造出来的所谓英雄。

她给我发了很长一段话，我这辈子从来没有收到过这么长的微信。她对我说谢谢。我刚咬到嘴里的面包被咸涩的泪水泡软。胸口涌着一股温烫的热流，这感情如此饱满，让我什么也吃不下了。

白天的事情重现在脑海。

聂霖下周结婚，欢欢却失踪了，她们几天没有来笺换花。店里粉玫瑰谢了大半。我去花店找她们，只有聂霖在，她戴着口罩边接待客人边忙着进货，小小的花店花枝散落，无可落脚之处。我问她欢欢去向，她摘下口罩，脸色很差，找了钱给客人，见缝插针对我说："天知道小赤佬去哪里了。"话未尽，意思却尽了，窗口有娇声问："蓝色妖姬怎么卖？"她瞬转笑颜，迎了上去。

我傻愣愣站了会儿，看到桌上几枝鸢尾下压着一只杯垫，我抽了出来，上面被五颜六色的蜡笔画得乱七八糟，圆圈、五角星、横七竖八的线……下笔又深又重，凌乱如涂鸦。我鬼使神差顺进了制服口袋，拿到笺呆呆看着，颠来倒去看。笑哥经过我身后瞥了一眼，"咦"了一声。我问他：怎么了？他说："谁啊，把线路图画那么扭曲。"我蓦然灵光一现，再看画着那颗五角星的地方，是紫色、黄色和绿色的线相交处，随即打开手机查看上海的轨道交通线路图，果然是吻合的。趁着午休去了一趟中山公园。欢欢常给我出一些谜语，每次我都能解开，解不开，她也会提示我，因为观众只有彼此。

欢欢果然在中山公园的站台上。她抱膝坐在一块地图指示牌下，身边两大束散落的波斯菊。暖阳轻洒在她一身小麦色肌肤上。

她看了我一眼，大约是失望的，因为她要等的人不是我。我把地上的花一朵朵重新插放好，问她什么时候回去。她不说话，看着络绎不绝的人群从车上蜂拥而下，又看着一群人如沙丁鱼一般挤上去。小而窄的双眼皮微微一眨，簌簌落下两颗泪来，她说她没有家了，她妈妈抛弃了她。她说聂霖以后会和那个男人再生孩子，她在那个家里什么也不是。我看着她水汪汪的眼睛，想起了一件往事，从未对人说过，今日却顶着心口钻出来。

在我上初中的时候，弄堂口开了间馄饨店，那个老板娘，四十出头，圆脸杏眼，个头小小，剪着童花头。对我爸总是笑嘻嘻，吃馄饨常常不收我们钱。老头在家的时候，她还会描眉打鬓，自己烧几个菜送过来。

后来她再婚了，对象不是我爸。我想老头至今不知道缘由，更不会想到这和我有关。

那会儿女人已经在我们家进出自如了，老头还没下班，她会先买了菜过来，她会用我妈留下的凉壶和杯垫，会翻看我妈留在书柜里的烹饪书籍。有一天，她到厨房忙活，我去浴室看到洗手盆上她落下的手表，银色钢带机械表，闪着凛然的光芒，嘀嗒嘀嗒，搁在我和老头的牙刷杯前，嘀嗒嘀嗒……隔壁传来厨房里噼里啪啦的下锅声，还有女人忽高忽低的哼歌声，真吵啊，我攥起手表跑回自己房间，狠狠把它锁进抽屉里。

之后我又顺走过她的口红、眉笔、香水等，最后一次，我拿的是她别在外套上的一枚胸针，我花了好久才从她毛呢大衣上取下来，转身的时候，一个蓝色的身影仁在面前。她穿着老头的蓝色围裙，手里摊着一张馄饨皮，大概是想问我要吃虾肉馄饨还是荠菜馄饨。蝴蝶形状的胸针在我手里，两片翅膀泛着幽蓝的光，投在她的脸上，像是瞬间稀释掉她身上的温度。她一言不发看了我好一会儿，她的眼睛里闪烁过惊讶、不解、伤心直到最后的冷漠。后来她走了，连那顿饭都没做完。之后再没来过。而她的胸针和手表还在我的抽屉里。

我拆散了她和我爸。我当时还挺窃喜，觉得自己守护了家庭，抱着我妈总有一天会回来的心情。可时间过得飞快。那么一眨眼工夫他就老了，我妈也没有回来。后来他再也没有遇上个谁了，我现在特别害怕他变老，就好像我在偷窃他的时间一样。有时我想，当初要是不那么任性，成全了他们俩，或许老头现在有一个很幸福的家庭，或许我也会过得比现在好。

又开过一班车。我把两束花重新绑好，捧给欢欢："回家吧！"

她伸手拽着我，对我说："我想坐旋转木马。"我知道她在使孩子气，我一个大人怎么能跟着她一起不负责任呢？可一种激烈的欲望从她眼底直达我中枢神经，脑袋里响起一阵旱天雷——我要坐旋转木马。我向何老板告假，和欢欢去了锦江乐园。经过一个多小时的车程后，却得知旋转木马的音乐设备坏了。我们不在乎，依然要坐。工作人员无奈给我们开门，欢欢挑了一只独角兽，我坐在她身后一匹粉色的马驹上。木马像在演哑剧般旋转起来，我抓着彩色长柱，一时眩晕。这是我第一次坐旋转木马，从小我就不敢尝试有负重的东西，不敢坐别人的自行车后座，不敢跨进已经有不少人的电梯……我对自己的胖太有自知之明，宁可放弃也不允许自己丢脸。在繁华的大都市里，最原始的情绪是要咽进肚子的。大家都想方设法活得体面，没有空在意自己的内心。我蓦然掉下泪来，任微风吹干两行眼泪。远处云霄飞车从高处坠滑下冲，伴随无数的惊叫。叫出来吧，叫出来也挺好的。我对着欢欢的背脊迟疑而缓慢说："我们啊，都没能拥有自己想要的关爱。"她伏在兽头上没回答我。

晚上，我躺在床上看欢欢发给我的微信。她谢谢我，可我什么也没做，没有像往常一样装腔作势开导她，没有说一些心灵鸡汤式的漂亮话。但那个下午，我是祈语卿。

祈语卿已经习惯了当一团拟人化的巨大气体，偶尔得到甜头会受不了！

老头还在外面丁零当啷，我耐不住走出去，沸水里的面条浮了出来，他手忙脚乱，又是关煤气，又是撒盐的，结果却用调羹舀了半勺糖，我冲上去阻止，叹了口气，不得不"越俎代庖"。我们父女俩很多年来头一次一起吃消夜，虽然吃得很撑，但是没有暴食。

那天我酣然入睡，一夜无梦。

斯坦·李有他的漫威宇宙，金庸有他的侠义江湖，作者总有无限的创造力，用妙笔为自己塑造一个新世界。可什么样的作者才能编出这样奇幻的情节？方临秋，居然可能是我一直找寻的亲生母亲……

——何遇

何遇视角

一个小秘密

手机响的时候已经深夜十二点多，它在黑暗里爆出声响，像一场作用到我耳朵里的小型地震。我摸黑接起电话，连呼吸都没调整好。医生的职业病，没法忽略半夜来的电话，只是这份担忧花在方临秋身上是多余的，对方的精神倒好得很，连声音都高亢明脆："何老板，你店里有几个员工？"

作家果然是夜行生物。我打着哈欠，极不情愿地驱赶瞌睡，慢悠悠回答："有时三个，有时四个。不过我更希望你以后想起我的时候先看一眼时间。"我打开壁灯，努力适应深夜的强光，单手揉着发紧的太阳穴。

她烂漫笑起来："哟，这就睡了？才几点呀！活得跟个小老头一样！我明天搬家，让你们店里员工过来帮个忙呗！"

"搬家的话有专业的搬家公司！"我客气"回敬"，"德邦物流还挺好的。"

"我知道！不过搬上楼，你们更方便嘛！"

"什么搬上楼？"我莫名其妙。

"咦？我没告诉你吗？我要搬到你们咖啡馆楼上那间房子里了。搬家公司不肯上楼，又要签保险又要提供身份证的，太麻烦了。我没什么重物，就一些随身物品。你们店里出几个人就搞定了……"

的确，楼上原本开的棋牌室是空置了很久了，这几日也有敲凿的装修声……我迟钝地把一个故事的前因后果终于顺了一圈。

我并没有允诺，但是方大作家特别有主人翁精神，到了迁徙大日便如约来"麻烦"我了。

说是搬家，其实大卡车上并没有需要动用体力的大物件，大多是她的衣服和书籍。我出工不出力地给她搬了几箱零零散散的小物品。不打算惊动店里其他人。

我头一次看到咖啡馆楼上这间房间的面貌。比起方临秋之前那间高层公寓，这里显然一派南欧风情，宽敞明亮的空间里都是镶有贝壳或螺钿工艺的家具。房间尽头延伸出一个向南的阳台，梧桐树叶半绿匀黄，微枯的小孔里钻出金色暖光落在一左一右两张白色竹藤编椅上，光点盈盈跃动，这样的环境确实合适作家。

走回楼下，方临秋和老杨已经很熟稔攀谈起来。

"啊，您真的是那个作家吗？哎呀，您真要搬到我们楼上了呀？"

"是啊！我和你们老板是好朋友。"

我想这是"好朋友"被黑得很惨的一次。

"那……那真是太好了！我女儿是您的书迷，我们家以前有……有全套您的书嘞！真的！"

我来不及参与这场"邂逅"，老杨已经侠骨柔肠扛起她一箱子书往楼上去了。

老杨毕竟快六十的人了，他一卖力，我连偷懒的小心思都不敢有。真是来得早不如来得巧，我看到阿笑在吧台滔滔不绝讲吉宁定理。我提溜着他出来，借用了下小江的"狗皮膏药"。

虽然出了三伏，但秋老虎的余温还是不容小觑。没一会儿我们就挥汗如雨了。多了阿笑这个主力军，我们没跑几次就把箱子都搬完了。然后"大作家"很大方地请我去她的新阳台喝咖啡，当然咖啡还是我们店里提供的，她提供了一套皇家哥本哈根茶具。

"你真的不写书了？"我喝着咖啡，吹着风，赏着楼下初秋的街景问她，她笑得很懒散，懒得把精神头都笑散了，一点没有拾起来重组骨架回答我的意思。我又说："我看了你《出路》的原稿，结局挺狠的！有原型吗？"

她搁下杯子，说道："想当我咨询师？"嘴边含着半抹意味不明的世故笑容。

"免了，纯属八卦！"

"那我不告诉你。"

她已经告诉我了。我喟叹："有才华不应该搁置。"

她抿了口咖啡，苦笑了一下："才华是用来创作的，不是用来临摹的。你同意吗？"

我点头，她接着说："你看美院里每年的新生，他们都很有才华，娴熟掌握绘画技巧，能把名画临摹得惟妙惟肖。但是你觉得有用吗？哪怕画得一模一样也只是复制别人的作品。那些编辑让我去写他们要的故事，那我成了什么？和那些美院学生一样，一个蹩脚的临摹者？我是个作家，我要释放的是自己脑袋里的东西，不是写别人喜欢的故事。如果这个市场已经不需要我的创作，那我也不欠他们一本书了。"

她在一个狭窄的缝隙里找角度培植自己的观点。作者把个人的事业低谷归咎于读者是很常见的情况。

"今天出了九牛二虎之力给你搬家，你也得帮我点忙了吧！"我想再深入地了解她一下。

"好啊！"她倒了一小杯牛奶到咖啡里，爽快答应。

我下楼拿了几封信，都是咖啡馆这些日子累积下来的"心事"。

她起初好奇而期待地看起来，看了两封以后就开始笑，后来索性阴阳怪气地读出声："店长你好，我从小就喜欢看书，一直梦想着长大能成为一名作家。可是自己写的故事却总没有读者。我很迷茫，你说有没有什么好的方法能让我成为一个成功的小说家？"她读完后冷笑两声，对我说，"你让她早点梦醒吧！"她将信一掷，又翻开另一封，"我一直很喜欢方临秋，我想成为和她一样的作家，请问有什么好的写作方法推荐吗？我想知道现在的年轻人都喜欢看什么类型的故事。店长能帮我做个调研吗？拜托啦！"她不屑地摇摇头，"你让她滚远点！"

"那么毒舌？人家有梦想，你不该鼓励一下吗？"

"我这不是毒舌，我是为他们好！"方临秋敲着桌上那些信，露出与年龄不符的激情，"像这些写一写就烦恼丛生，一门心思想着成名，压根没一个字提到他们作品的人，你觉得他们有希望？有时间来咖啡馆抱怨，还不如回家埋头苦干去！何遇，你觉得作家对你来说意味着什么？"

我静默不语，等她抒发。

"这些孩子对作家这个职业根本没有正确的认识！如果只是为了迎合别人的喜好去写，哪怕成功，也是昙花一现。

"你知道一个作家在创作时的状态吗？我每天写作十几个小时，除了睡觉、吃饭，就是写作，而剩余的时间，大脑也从不休息，不断在构思故事情节。吃饭的时候、洗澡的时候，哪怕是做梦的时候……你觉得这些写了几万字就挫败感爆棚，或者根本不爱自己故事的人能坚持下去？我不是泼冷水，我是为他们好。写作是很枯燥、孤独，并且可能毫无收获的事情。有时候你可能会落下一身病，我得过颈椎病、腰椎病和腱鞘炎……你可能会错过很多。但是可以肯定的是需要足够的毅力、耐心和时间。而这些付出，或许在很长时间里都是得不到回报的，对绝大多数人来说甚至是一辈子。不要相信那些采访资料上写的'无心插柳'的作家故事，那就和你中了一千万一样渺茫。"

"不要那么绝对！谁不是从年少轻狂过来的？留点宽容，或许会有奇迹。"我把糖包推给她。

她没有加糖，反而问我要了根烟抽起来，凝思了一会儿，说道："村上春树为了作家梦，放弃学业和事业，贷款开了家咖啡馆，专心写作。金庸因为专心写作，没时间开导失恋的儿子，导致儿子自杀，白发人送黑发人……这些当然不是必然的，但是你店里那些写信的孩子，他们有这么多时间吗？放了学、下了班，放弃聚会吃饭、健身娱乐、交友联谊而窝在房间里，排除万难地写故事，他们可以吗？一本书被认可、一个作家的横空出世，背后有太多你们看不到的艰苦。没有足够的天赋和运气，又对写作缺乏毅力和敬畏心，我真心地希望他们算了吧！放过自己，也放过写作。"

"那是时代趋势。所有的经典都须要经过大浪淘沙。符合时代潮流的总是更容易被喜欢。"我蜻蜓点水补了一句，继续让她发挥在谈话中的掌控权，她吐着烟："出版领域已经岌岌可危了。他们要抗争太多，年轻人的娱乐方式越来越丰富，灯红酒绿、声色犬马……愿意安静下来好好读一本书的人有多少？就算爱读书，能挑中值得阅读的书籍的概率又有多少？那些浮皮潦草的情节，无伤大雅，却也毫无用处，只图看了开心，能有多好？现在大家都爱速成，吃东西要快餐，买东西要快递，就连生病吃的药丸都是浓缩的。木心的《从前慢》有多少人能懂？无非是附庸风雅说喜欢从前，你真让他们回去，离开Wi-Fi五分钟都要疯了。"她脸上有无法消散的火焰，那是骄傲和愤怒的混合。

　　我等她不再想说才开口："现在的孩子一直在一种强迫学习的氛围里，审美情操被课本后的'参考答案'所限制。父母努力赚钱为他们提供更好的教育，往往没有闲暇亲自带他们去看看世界的本质。而这些孩子突然到了获得自由的时候，会渴望获得更感官、更能带来刺激的娱乐。越被压抑，越要释放，摄取的空间十分狭小了。"

　　"是啊！"她淡淡苦笑了下，"都是大人的错了。"

　　她是一个很有意思的研究对象，不明所以的附和或许还会引发她的反感。我和她都静坐了会儿，她提议要吃提拉米苏，我给老杨打了电话。她突然问我她是不是很难相处。我问她想得到什么答案。她说想知道我的看法。我想了下，问她："你回过我们店里客人的信吗？"

　　她用既困惑又探究的眼神看我。

　　"那个引产的女人。"我挑明了。

　　"那封信不是你回的吗？"她反诘，用手捋了下头发，眼睛微微眯起来。

"我只放了明信片。纸鹤不是我折的，紫色干花也不是我准备的。"

"是吗？那我也爱莫能助了。"她抱肘，气势凌人。

她不愿承认，虽然我已认出她的字迹，但我不会再追问了。

小冯送提拉米苏上楼来。阳台上还堆着一些没来得及收拾的杂物箱子。她到底年轻，贪玩好奇，看到箱子里放着一个小巧精致的樟木盒，无所顾忌地就伸手去拿："这个小盒子好可爱啊！"

"别碰！"方临秋陡然脸色大变，厉声道。

小冯被吓到，刚捏到边缘的樟木盒从她手里坠落。那小木盒翻了两下，正巧滚到我鞋边。我弯腰去捡，指尖刚碰到，方临秋的手比我更急切，她趴到我腿边抓起盒子，脸色蜕了颜色，将樟木盒如珍如宝拿在手里转了一圈，反复端详查看。

小姑娘已经被吓得说不出话，幸好盒子完好无损。我立即使眼色让小冯撤离。

"不好意思，没把你东西弄坏吧！"

方临秋坐回藤椅上，像没听到我的话。

绛紫的樟木盒，比手掌还小一半，雕花精美，像一艘小船泊在她掌心。她摸着盒顶的雕花，眼神变得复杂。很小心地掰开了盒前的金属佩扣，"咔嗒"一声，她慢慢翻开盒盖，脸上出现了痛苦的挣狞，迅速又合上盖子，咬着嘴唇，默然不语。

我偏眼去看那仄仄斜斜的红瓦矮房，五六只鸽子停在一家屋檐上，有些白色，有些灰色，个个养得胖乎乎，翅膀一振，络绎飞走了。

"你不是想知道我为什么写信给那个妈妈吗？"她忽然承认了，手里捏着盒子，朝我递来。我怔了一下，在她鼓舞又怅然的眼神下接过樟木盒，一股陈木的气息扑鼻而来，我暗忖这大约是和那位萧老先生有关的纪念物，打开盒子才发现自己错了，我很意外看见里面躺着一撮头发，又短又稀，还有些泛黄，看着像是胎毛。

"知道我为什么给自己取笔名叫方临秋吗？"她的目光从细细的眼睛里过滤出来，投向对面的医院。我想这个问题只允许由她自己回答。她冷冰冰地笑了一下，"我儿子是在秋天出生的。"她下巴一挑，示意对面医院，"就出生在那里。"

我呆呆地看着那撮头发，觉得胃里有东西在翻滚，太阳穴在突突地跳。

"他来得不是时候。我那时候才二十出头，懂什么呀！我自己还在读书，哪里养得了他？"方临秋又点了一根烟，这一次，她抽的是自己的烟，一种类似雪茄的韩国烟。她深深吸了一口，默默含在嘴里，蓄了很久，才慢悠悠吐出来，觑着眼睛看淡青色烟圈，眼角的鱼尾纹清晰可见。

"我呀，一直不敢多看他。真要离开他了，我还是舍不得。那孩子长得干干净净，没痣、没胎记，我也不知道自己当时怎么想的，就想留下点什么，拿出钥匙上挂的一把折叠剪刀，剪了他一撮头发。"

"你没想过去找他？"

方临秋苦涩笑了一下："想过，天天都在想。可是找不到啦，我就不敢去想了。希望他遇到一户好人家，能够健康成长。"

我把樟木盒搁到桌上还给她。她小心翼翼地收起来，说："今天怎么没看到那个圆脸的小姑娘？"烟才抽了一半，她用力碾灭在烟灰缸里，手背上青筋暴出，借机错开了话题。

回到阁楼，我僵伏在书桌上，落日映在外面一排红瓦屋顶上，通红的光透窗而入，洒在书桌上一本《瓦尔登湖》书面上，我眼花起来，仿佛体内积蓄出一场低热。我慢慢挪手去翻那书，翻两下就翻到夹着信的那页了。信封还很新，上面写着我的名字。我只读过一次，但信是好几年前的了。我思维上还在挣扎要不要翻开，手已经把信拿了出来，母亲的字再次浮现眼前。

小遇：

　　我知道昨天病理结果出来了，老蔡来查房时我问她了，我们都是医生，从业三十多年，没必要走对病人的那种套路。

　　你今天来探病，我看你装得没事的样子和我聊天，削苹果时低着头掩饰说话时的哽咽，我决定先假装不知道吧！

　　最后几个月，不要让离别的氛围变得凄凄惨惨的。

　　真奇怪，你才刚走，我倒开始想你了，大约母爱都是这样不可理喻的吧！我站在窗口看着你走出医院，你低着头看手机，步子走得又慢又懒，我猜你和你爸，还有老蔡有一个微信群，你们在群里每天讨论着我的病情和治疗方案对不对？

　　自从住院以来，天天无所事事地躺在床上，便时常会想起你小时候的样子。你也是出生在这样一个秋日黄昏里。你刚出生时没有出声，隔了好一会儿才发出一阵洪亮的哭声，把我们都吓了一大跳。

　　时间过得太快了，今天在我午睡的梦里，你还是个流着口水的小毛头，一睁眼，已经而立了。

　　做完手术的这些日子，时间过得太慢了，一慢下来，很多没时间周详照顾又一直被拴在心上的事情便纷纷落到脑袋里。

　　妈妈首先要跟你道歉，我要告诉你的这件事并不合适在信里和你说，但很遗憾我还没来得及做好准备与你面对面开诚布公，身体就先出了问题。

在你还很小的时候，你曾搂着我的脖子问我为什么给你取名"何遇"。我想你一定不记得当时我的一脸煞白无措。

我们搬过三次家，但我到现在还收着你所有的成绩单，每次打扫房间的时候要拿出来回味一番，总被你爸爸笑话，笑我是不是要去评选"十佳母亲"。你上初中时，有一回我在医院午休，突然想起我和你爸的献血证一直都放在家里触手可及的抽屉里，惊恐起来，我想象着你会不会在某个不经意的时候已经对这些细节深入研究过了。

是我们低估了你成长的速度，但我们也并不想将你的身世隐瞒成一个惊天秘密。

在说与不说之间，我一直希望秉承顺其自然的态度。

在那样长的岁月里，我没找到一个机会告诉你，是因为我早就自视为你的母亲。从你出生的那日，我第一次把你抱在怀里起，那么多日日夜夜，都是如此。而我现在想告诉你，因为知道真相是你的权利。

你的亲生母亲是个非常年轻的女孩子，有一天中午她被一个过路人送到我们医院，那时候她的羊水已经破了，母子都很危险。我们第一时间把她送进产房。

我对于你的生母知之甚少，只记得她是个很坚强的女孩，分娩过程中几乎没有大喊大叫，但是她一直没有停止哭泣，即便是生产过后，还一直在哭。我问她是不是疼，她不回答，一味摇头。

你的亲生父亲始终都没有出现过。我想你的父母应该是两个偷尝禁果的孩子。因为你生母自怀孕起从没做过一次产检，所以你出生后，我们才发现你的健康状况有点问题。可惜这一点，我们还没有来得及和你的生母说，她就已经失踪了。三十年前的登记手续没有现在这么严谨、苛刻，而她又是急诊，是直接被推入产房的。所以很遗憾，我们医院没有留下她的任何真实信息。我们也讨论过很多对你的处理方案，交给警察、交给福利院……

那时候我和你父亲已经结婚三年，我们一直渴望有个孩子，但是我们俩都疲于工作，还未能得偿所愿。我和他经过慎重的考虑，希望有个孩子来圆满我们的生活，所以决定收养你。

虽然在抚养你成长的过程中不乏艰辛困苦，但我还是要感谢你，这三十年来带给我们家那么多的快乐和爱。

"何遇"，正是我们期待这是一场最美丽的相遇，事实确实如此，你给我们的比我们曾幻想的要多太多。

日本有句禅语说，孩子不会按照父母想的样子长大，他们会按照父母本来的样子长大。有时候我也会怀着复杂的心情在你身上推测他们的个性样貌。这个探究和验证的机会现在就交给你了。

我很舍不得离开你们父子俩。但是漫漫人生路总是飘萍离散，终有尽时。

愿你行走于五湖四海，置业于四方天地。

信就写到这儿了。随信附上的是当时你出生的一些原始记录。

海涅说死亡是清凉的夏夜。或许我比你们早一步入夏吧。

照顾好自己！

母华黎明

第二部分　咖啡馆日记本

每个人的故事都是一本诗集。
可当你还没理解它的诗意前，
它破碎不堪，凌乱而狰狞。

"你知道丰儿是谁吗？"

"谁？"他划着桨不解问。

"王熙凤的丫鬟。"她答。

"王熙凤的丫鬟不是叫平儿吗？"

"漂亮能干的那个叫平儿。"她望着微波粼粼的江面，近乎自言自语说，"我们都是丰儿。"

他觉得兴致大损，又碍不住面子，毕竟是上司牵线的相亲对象，便勉强提起兴趣问她为什么。

她看他一眼，笑得很报复："你觉得自己在一部史诗巨作里扮演着什么角色？其实把你删了，也没一点关系。自作多情的只有你自己。"

——摘自方临秋小说《出路》

祈语卿视角

纯情即堕，纯想即飞

纯 情 即 堕

我的故事讲得太多，自己也觉得厌恶。谁有兴趣了解一个普通人波涛汹涌的内心世界？而我作为自己故事的主角，满心希望故事的结局会是大团圆。嗝，我在想什么呢？用迎面飘来的羽翼尽情装饰梦幻。然而生活从来都没有剧本。

顾禾南到笺来找我，他问我为什么那天去医院不告诉他我是谁。我低头说不记得他了，声音低得连自己都不信，急匆匆从他榆树叶形的眼睛里逃走。我不敢看他，怕一眼过去，心就要碎开。第二天他又来了，然后第三天，第四天……他约我吃饭，他说只想和我叙叙旧，他的双眼紧紧攫住我，我感觉自己要从地面上沉下去，趔趄踩着一片落在水塘里的黄叶，脚底打滑，他敏捷地抓住了我。如果是以前，当我还是个胖子的时候，我会拉着他一起跌下去吧！可见我不是当年的那个我了。

我问何医生：应不应该和顾禾南去吃饭？他说当一个人问该不该的时候，往往心里已经有答案了。我想邀他陪我一起去，他拒绝了。可是他说如果我答应和顾禾南吃饭，让我在饭局结束后找他谈谈。

第二天，我答应了和顾禾南吃饭。他带我去了芮欧百货里的一家法国餐厅，他驾轻就熟向外国大厨点了几道菜，然后双手交叉着看着我，他笑着说我变了很多，他眼睛抬起又落下，说我变漂亮那么多，难怪他认不出。我的胸口窜起了一只兔子。他跟我道歉，说了很多很多，我没法接收他的全部语言，因为我忙着收拾自己心里的兵荒马乱。他给我割牛排，为我倒饮料，替我点燃火焰可丽饼……

他声泪俱下对我说了他当年的苦衷。我艰难地对上他那双榆树叶形的眼睛。我心里那道抹不去、抚不平的疤热烈地疼了一下，被回忆加固筑起的钢筋蓦然变成了一滩细沙。

我怎么忍心不原谅他？他是顾禾南啊，橘黄的灯光恰到好处撒了一束到他身上，照得他半侧脸温馨和蔼。我突然明白了，原来我一直在等待这一瞬，像被压五行山下的猴子等了他那么多年，这等待埋在深土里、石缝里日夜生长，我却到今天才知道。我面对他，无声啜泣。这泪是为自己流的，他竟然让我委屈了那么多年，却又那么享受这一分的委屈，因为有他在了，这委屈便有了价值。我等到了他，还有什么值得难受埋怨的？没有他，我如何从山下出来呢？

吃完饭我没有去找何医生。

回到笺工作时，我还巧妙回避了这个话题。这本是我自己的事情，可我却害怕被他知道。就好像冥冥中他在我没去赴宴前就预料到了这情节。而我，害怕他的预料。后来何医生要出国一阵，他走之前告诉我随时可以给他打电话，我当然一个电话也没打过。反倒是那做贼心虚的感情仿佛刑满释放了。

旧情复燃是很难控制的，特别是像我这种二十六年来只有这么一段旧情的女孩。任何炽热的火焰都赶不上一个女孩心里堆积起来的万般情愫。

过了立冬，天气开始寒起来。我注意到顾禾南老是两手冻得通红。我记在心上，周末去轻纺市场买了许多捆靛蓝色绒线，这个颜色我寻了很久。我悄悄观察他的手，纤长白净，骨节分明，越看越觉一股神秘的力量在身体里勃发起来，一发不可收拾。手套织好了，我用电熨斗小心翼翼烫平它们。我打电话给顾禾南，想请他吃顿饭，他很爽快答应了。然后我怀着某种预兆把手套放进了包里。

那是一个星辰明澈的初冬夜晚，我挑了件最显肤色的苹果绿修身连衣裙，对着镜子上下照，恨透嘴角不巧爆出的一颗痘，使了浑身解数用遮瑕膏把它盖下去。

晚上，顾禾南如约而来，他穿着铁灰色轻呢大衣，系着米色驼羊绒围巾，头发剪得干净利落。幽幽的烛火莹莹跃动，白色餐盘边缘用巧克力酱龙飞凤舞写着"happy birthday（生日快乐）"。他很惊讶我还记得他的生日，开心地向我道谢。我的手探到包里，攥出那副手套："这是我……"他的手机"叮"一声响起提示音。他让我等等，笑着回起微信，抬头对我解释："是我女朋友，她在纽约出差给我发照片。"

我的后脑勺像被斧头狠劈下来，起初是懵了，接着整块头皮仿佛针扎，呼吸困难起来。我不知道该回什么。迅速把手套塞回包里。眼前的视线像晕船般摇晃。

他看着手机笑得真好看，真高兴，他什么时候对我这样笑过？我抓着一根法棍啃起来，掩饰自己无法抑制的沮丧。几分钟前炽热想向他抒发的满腔热忱而现在是多么可笑？

他问我：怎么了？大概我长时间的安静太不寻常，我不敢抬头，呜咽着谎称咬到舌头了。

他问我：要不要紧。我当然说不要紧。有什么要紧的呢？我永远都是不要紧的那个人。疼痛从口腔传到大脑，最后回溯到胸口，就再也无法流通了。

他说他女友是空姐。

啊，空姐，我咬着牙夸她一定又漂亮又能干，坚持啃面包，硬得腮帮疼。他皱着眉说："任性得很。"

任性，我也好想任性啊。

他说他们俩怎么在飞机上认识，怎么一见钟情，怎么开始约会……我听着听着就热泪盈眶，那样美好的故事，我连一根手指头都参与不进去。

他又问我怎么了。我说不出来。只感到脸上咸湿一片，我说我只是太高兴了，两颊就应景生出笑容来，可那根本不是笑，是脸皮下两块肌肉被硬生生往上推，它脆弱得一敲就碎，里面淌满了水。我猛然喝了几口鸡尾酒，刺激直冲脑门。我站起来，说自己身体不适要回家，他跟着站起来，但我没看他，昏暗的灯光照着我，我耻辱得仿佛衣不蔽体，逃难般仓皇跑开，半路上撞到送蛋糕上来的侍应生，蛋糕上的"happy（快乐）"糊到我果绿色的长裙上。顾禾南在后面喊我，我跌跌疾跑，一步也不敢停。外头北风呼啸、呼啸，我觉得脸上痛得很，用手去摸，原来我还在笑，一边笑，一边流泪。风越来越大，怎么不把我吹消失了呢？

回到笺的时候，只有晰姐一个人在。我想起来何医生还在南非。他每隔一阵会给自己放个假，年初的时候去新西兰蹦极，之后又去迪拜跳伞……笑哥有空会和他一起。这根本不算放假，我不明白他们这些花钱又遭罪的爱好。是啊，我不明白他们，他们又怎么会明白我呢？

晰姐坐在吧台前核账。我没能掩饰悲伤，蜷伏到桌上就哭了。

我真傻，我投入梦幻，我青春的幻想全牵扯着他，我不断给自己的梦添枝加叶。想起自己的误会便耻辱顿生。我仿佛听到从那个遥远的操场上传来的笑声，他们不停地笑，我的心和那日沉下去的黄昏缝合到一起，我听见那个胖女孩蹲在地上喊"癞蛤蟆想吃天鹅肉"。骇得浑身发抖，起身从包里揪出那副蓝色手套，找到线头，一圈圈拆开，一边拆一边哭，我的声音可真难听啊。我说我失恋了，我是个自作多情的小丑。桌上渐渐堆起一团毛糙卷曲的线团。晰姐看着我拆，一句话也没说。我问她有没有失恋过，她灭了烟，问我：要喝点什么吗？她说看我拆得很辛苦。

我破涕笑了一声，突然很想抱她。我问能抱她吗。她说不要。我说：

"真羡慕你能那么直接干脆拒绝别人，真好啊！"

　　她核完账要走，我纵身抓住她蒙田包的包带，我对自己的冒失都感到震惊，她看着我，我对她笑了一下，一个都无法伪装得真一点的笑，问她有没有玩过一个叫"桶大叔"的游戏，有人黄金手，有人臭手，我问她：为什么不管我怎么玩，只要刀插进去，桶大叔的头就会弹出来，每次都这样？

　　她俯视着我，瞳仁又黑又大，光可鉴人。我惊疑看着她放下包，走到吧台背后的矮柜里取出一瓶酒。酒是去年世界杯为招揽生意买来的。她倒了一杯Nalewka（一种传统波兰酒），一饮而尽，紧接着又倒了一杯，推给我："喝了它！"她的话透着莫名威严。那酒是樱桃浸泡的，微辣中带甜。

　　她对我说："我不会安慰人。你要问我，我只能告诉你臭手和黄金手都是数学概率问题，臭手的人可能还会一直臭下去，我也不知道为什么。或许黄金手的人玩其他游戏一败涂地。看别人用二维，看自己用三维，这不是客观的思维模型。"

　　我笑了，我对她说："你确实不会安慰人，我听不懂。"酒劲上来，脑袋的一部分在慢慢休眠。她的声音像一种从没有过的回忆，我强烈无序的感情稀释在酒精里，我特别希望能继续悲伤下去，因为伤心是我能找到的唯一释放感情的方式。我知道我没有资格责怪，也没有立场生气，然后我只找到了委屈。

　　我问她何医生什么时候回来。她说明天。

　　真有意思，十几天的时间，有的人能去另一个国度感悟人生，有的人只能在自己的牢笼里结束一场十多年的妄想。

　　顾禾南再次出现是在半个月后，2019年的感恩节。

　　魔都对所有西洋节日来者不拒，何医生为犒劳我们大半年的工作，提议在筌开一个小型派对。他订了一个很大的火鸡，烤得金光噌噌，肥壮冒油；老杨负责甜点，做了许多玛芬蛋糕；晰姐带来一箱私藏霞多丽；我忙着贡献充沛精力。参加聚会的就我们几个员工，何遇还邀请了新邻居方临秋和笑哥。

　　晚上大家都喝了点酒，65英寸大电视里放着热门综艺，气氛好得过分。方临秋让每个人写一部最爱的小说供她参考。老杨写了《钢铁是怎样炼成的》，我想了会儿，写了《被嫌弃的松子的一生》，写完对着自己的字冷冷看了会儿，像是用眼睛在报复什么。

　　笑哥取出一只单反招呼大家合照，我又在人群里笑起来，笑得很逼真，连我自己都相信了。

　　大家推杯换盏，酒过几巡，何医生和笑哥到室外抽烟，讨论着爱乐乐团门口一只被风刮倒的雕塑，商榷着该和哪个部门联系处理。真有意思，好像它比活人还重要。小冯的先生来接她，一个胖胖的、穿着警察制服的男人，小冯笑眯眯跟着先生走了，我的心也跟着轻摇了一下，接着其他人也陆续离店回家。我收拾了比萨盒等残余垃圾走到后巷开始将垃圾分类，我听到"呵呵"一声笑，是我自己的声音。我看着垃圾桶在笑，连垃圾都要分类啊，什么不分个等级？

　　风寒露深，我走一半发现一个人影靠在砖混结构的白墙上，我哆嗦了一下，仔细再看，那人站了起来，又瘦又高，向我走过来，是顾禾南。

　　我扔完一堆纸盒，油渍沾满手，低头四寻，找不到任何可以让手安放的地方。

　　他叫我"祈语卿"，声调不轻不重，我不由发怯，为自己将要在他面前崩溃的自尊。他为什么要来？为什么不留一点骄傲给我？我想回去找何医生，回身撞到垃圾桶，纸盒噼里啪啦掉下来，我手臂被人提起来。顾禾南让我冷静，我哪里不冷静？他不出现的时候，我明明很冷静。

他还是穿着那件灰色大衣，在莹亮的月光里给我像白色的错觉，像很多年前那个冬日早晨，我在寒风凛冽的操场上看着他在领操台上演讲。

"祈语卿！"他又喊我名字了，他又在跟我道歉。我不要他道歉。

我说我完全理解他，让他不要再说了。这几天，我已经把真相毫不心慈手软地塞进自己嘴里，硬逼着生咽下去。我不允许自己再有希望了，我这漫长二十多年的人生里所有的希望都成了疮疤，破灭一次就结一个疤，全结在看不见的地方，我也不容许自己看见。我说一切都是我误会了。我要走，他不让，坚定地让我听他说完。我让他说，他让我陪他走走。

我套了件大衣，跟他走在武定西路寂静的小巷里。十一月的风钻骨般刺来，我抱着双臂看脚下的影子，影子跟着人一起颤抖，隔了很久他都没有说一个字，我不由抬头，发现他的下巴在颤抖，他的表情扭曲着，我后脑倏忽被扎般痛起来，顿住了步伐。他这表情就和当年在操场上时一模一样。我的心悬起来，怕他一开口又说出可怕的话来。他从并排站位步到我面前，覆盖了月光："我要对你说一些你不知道的事。"我不懂。他接着说："我没你想的那么好。"

我看着他不说话，大风刮得刘海乱飞，我从缝隙里看到他慢慢活动的嘴："你的心思我一直知道。"我脑袋嗡的一声。他深深吐了口气，白雾散在黑暗里，"小时候知道，这次也知道。我是假装不知道的。"他扯开嘴角笑了一下，我对这笑感到惶急不安。这不是我认识的顾禾南，我的顾禾南青衫磊落，清明在躬。可是我没有办法为他辩护，这让我焦虑而难受。我问他知不知道自己在说什么。

他点头，神情凄苦，目光落到对面的爱乐乐团，那栋花园洋房在一簇微光里幽然独立，那么晚了，乐声戛然，喷泉关闭了，好像整条小巷只剩下我们两个。他说和我重逢以后，尽量想弥补我，努力对我好，没想到我会错意。他去找过何医生，何医生对他说，逃避能得到一时的安稳，却不能消除内心的恐惧，并指出他从没主动来找我，连道歉信都没直接写给我，因为他害怕承担对我造成伤害的责任，就像他当初转学走了，就像他知道我喜欢他，却不敢拒绝我。

我问他：生日那天，他是故意说起女朋友的吗？他艰难看了我一眼点头。他说他不敢跟我解释，怕对我造成二次伤害。

他的眼睛湿润起雾，他说和我初见，在教室楼道上对我施以援手是因为他那时在竞选三好学生。他重复他没我想的那么好。无量山中的石像倒塌了。我觉得这十多年都像是在做梦。

"祈语卿。"他今天第三次喊我，我们的目光相聚在一片白雾里，他泪眼蒙眬，他说他欠我个答复，他不能像十多年前那样一走了之。然后我听到他沙哑的声音在寒夜里响起："对不起，我不能回应你的感情。"

我说"你不要道歉"。可他摇头让我别打断他。

"我一直觉得你是个非常纯真善良的好女孩，不能回应你不是对你的否定。你别哭，我不是在给你发好人卡。我一直很后悔因为当年的懦弱对你造成的伤害。那时候我们都太小，不够勇敢面对彼此。但我这些年一直会想起你，我人生最艰难的时刻是我们互相温暖着度过的。我希望你能过得好。如果须要恨我就恨吧！如果须要忘记我，就去忘记。只要你能过得好。"

我哭了，在寡淡的月光里，他清瘦的身体显得那样单薄，原来他和我一样，只是一个在家庭风暴中渴望得到爱的孩子。我为他感到难过，可是喜欢没办法一瞬间灰飞烟灭。

他伸出手来和我握手："你不必勉强自己原谅我。你从小就习惯迁就别人，顺从大家的意思，这样很辛苦，你应该好好迁就自己。"

我握上他的手，他张开手掌抓紧我，把我的手裹成一个拳，将一小方叠纸揉进我掌心。他手腕上白色的表面在暗夜里仓皇一闪，像早夭的流星转瞬即逝，他带着哽咽跟我道了声"晚安"，扭身便走，我探手去抓，手在空气里捞了一场空。我问他去哪儿。他还是说"晚安"。他说别老顺着别人的意志，好好对自己。我来不及点头。白色的大衣慢慢融入夜色变回灰色，他的后脑勺还和从前一样有一个旋。我知道他走以后就不会再回来了，像我拆掉的那双手套。我慢吞吞往咖啡馆里走，看到了那只倒在路边的巨大雕塑，那是一个很胖的外国男人吹着萨克斯风，它倒在地上，胖男人一双没有眼珠的眼睛直愣愣望着天空，仿佛索要答案。

我边走边翻开手里那团纸，一张被折了几层的A4铅画纸，又黄又脆，碰一下就要碎裂的样子。折纹历历，饱经风霜的铅痕在路灯下愈发黢黑。

那是一幅素描，线条粗简，画着一张男孩的侧脸。那张脸被深刻的折痕割得四分五裂，男孩右头顶上有一个旋。怀念的酸楚猛猛直袭脑门。是当年那幅素描啊！那天被那些人扔在操场上的！原来他又折回去过。

咖啡馆里的灯光洒在白纸上，右下角写着两行字，字迹很新，瘦长苍劲，我的眼珠疼痛着：

> 我的青春在她的眼里，永远使我的血温暖，像土中一颗籽粒，永远想发出一个小小的绿芽。不要再说什么！我的烦恼也是香甜的呀，

因为她那么看过我。

电视里的综艺节目结束了，咖啡馆里静极了，手上的油渍沾到铅画纸上，纸张脆如薄冰，处处是细微的裂纹。我一遍遍看着那两行字，潸然泪下，泪水不停，变成无法抑制的啜泣。

我知道那是老舍的散文《她那么看过我》的摘抄，小时候我和他一起为语文老师誊抄过的。而今这些字跃到眼前，带着前世今生的因缘把我找到。

胸口感到温软而愀然。温软的是我的青春不是一片荒芜不毛的瘠地，我的喜欢不是一场耻辱，它是有名有姓、具有故事五要素的真实事件。愀然的是我和顾禾南的故事大概要剧终了……

纯 想 即 飞

上海的冬天很难熬，静安嘉里中心广场上的几只麋鹿都裹上了围巾。都说上海小姑娘"作"，大概真是一方水土养一方人，上海天气也"作"。12月，魔都储蓄着一场盛大寒冷，每一天降一点零星的雪碎，太阳流浪多日，雨雪也并不急着发威。

我在这样一个"作雪"的天气，与何医生进行了第三次会谈。才坐下，他便问我喝点什么。我打了一个愣，调整呼吸说："红茶！"我坐立不安看着他给我泡了一杯红茶，抢了几步过去接到手里。他问我好不好，我迟迟没有说话。我开口就可以撒谎，和以前一样，但我不想。我觉得很累。沉默的光阴里，何遇一直静静不言，可他的目光照亮我的阴郁。我喝了口红茶，抬头问他："何医生，有没有秘诀可以让人马上就不难受的？"我知道自己在胡闹，可他看了我一会儿，对我说："闭上眼睛。"

我不置可否，他又说："你不是想不难受吗？闭上眼睛。"我心怀疑惑，却顺从地闭上了眼睛。很久很久，周围没有一点声音。我一动不动，时间越久，我不切实际的期待就越大。他的声音从前方传来："小渔，你现在看到什么？"他声音低沉，仿佛把身体压得很低。

我犹豫着摇头，如实说："黑，什么也没有。"

他的影子又近了一点，声音却更轻："你仔细再看看。前面有一条清爽的街道，两边都是葱翠挺拔的大树，你骑着自行车往前，刚下过雨，地上还半湿，落叶上有泥土的清香。天空澄净，隐约有一道彩虹，阳光晒在身上，很温暖、很温暖。"我默默听着，仿佛闻到雨后树叶的气息。

"日本剑道里有一种说法叫'无心一击'，意思是心无旁骛，看淡输赢，只凭着心的方向而出剑。就会收获意想不到的结果。"

他突然用手指在我额头重弹了一下，我痛得睁开眼，火辣辣的感觉从一点扩散到整个脑门，我不由捂住额，吃惊而羞愤看着他。他却一脸严肃认真："好了，马上你就不难过了。但接下来的半小时你不可以说话。只要你一开口，魔法就失效了。"我怔怔看着他，从他的瞳孔里看到自己的影子。明知道他在瞎说，却还会有半分的相信，张着嘴又不敢轻易出声。他站起来，走到书桌边，拿出一副纸笔，放到我面前。我疑疑惑惑看向他，他说："在这半小时里，你想到什么都要毫无保留写下来，写完以后就用碎纸机碎了。然后你就回家，走到第100步的时候，就可以说话了。"他指指墙角的一个碎纸机，问我明白了没有，我点点头。他再也没说话，转身离开了房间。

静谧的空间只有红茶袅袅烟飘。我呆呆看空白信纸半天，脑袋里旋转过很多事情，最后还是停留在一个人身上。

我不知道该怎么称呼你。

真奇怪，我为什么又写信给你呢？我失恋了，但这不是我给你写信的原因。我在上一封信里对你撒谎了。何医生说如果我不把心里那道创伤填平，就无法继续生活。所以接下来我要说一些真实的事情，而这些事情，只能对母亲说。

叶可容，我不希望你此时此刻在一个我不知道的角落里过得幸福美满。我希望自己是你唯一的孩子，我希望你后悔抛弃我，希望你每天承受思念的煎熬。

我一点也不宽容善良。

我要告诉你，我和老头关系一直不好。因为我觉得是因为他的吊儿郎当你才离开这个家的。何医生说我对失去你的痛苦做了移情作用，因为我想要保护你的欲望太强烈，把无法在你身上宣泄的愤怒转接到老头身上。我拒绝恨你，就不会因为你没有对我履行母亲的责任而感到失望或悲伤了。

我除了恨爸爸，我还责怪自己。我和何医生说起你写给外婆的信，何医生说有时记忆是不可靠的，为了确保自己当前产生的情绪和之前一致，我们会不由自主取出某个场景稍做修改再放回去。他问我是否真的在信里看见你说后悔生下我。我的肯定动摇了，我费尽心思想去外婆家找那封信，却再也找不到了。

你还记得你的原话是什么吗？

你应该记得的吧！或许我并不在乎你说了什么，我只是在乎你离开的原因。你说我不停地哭，哭得让你心烦。所以我责怪自己。顾禾南说得没错，我长期以来总是把别人的错归咎到自己身上。我活得像个软体动物，一直没找到自己的脊椎，依赖着别人赐予的夸耀生存，用假笑掩盖切肤之痛。

我答应接受治疗是因为方临秋的《出路》。因为《出路》的结尾刺激了我。当我看到书里女儿把母亲的书付之一炬时，我内心的感情被点燃一部分，有瞬间的复苏，我觉得痛快！

有一回我和方临秋闲谈及此。我问她："《出路》的女主角为什么不认回被自己抛弃的孩子？"

她彼时看我的眼神，像看一种不同种的生物，她习惯于半眯着眼观察人，她反问我："你是不是觉得每个生育过的女人都合适做母亲？"

我一时无言。

她手里揉捏着一个烟壳。咖啡馆的"严禁吸烟"给了她很大的痛苦，她很气愤喝了口巴黎水道："这个世界什么东西都要考个资格证，律师、财务、老师……。只有母亲没有。就连工作都还有个实习期呢！谁给当妈的试一试的机会了？十月怀胎，一朝分娩，接下来的一辈子都要受这个生命体的左右牵制。计划着要当个好母亲的人，之后发现自己根本不合适，怎么办？硬着头皮走下去？家暴受害者，少年犯都是这样产生的。孩子来自于母亲，但并不属于母亲，我们依旧是两个独立的生命体。为什么不放过彼此？我给了他生命，不求他回报，可他要我的一辈子，我给不了！"

我五脏六腑像被谁冷不丁捶了一拳。我不知道你是不是也和她的想法一样，原来这样的母亲确实是真实存在的。

我骗了你，老头没有把你的东西全部扔掉。可能是我希望吧，有时候我不清楚自己是爱你、恨你，还是嫉妒你。老头一直留着一只假领子，你给他织的，上下针的，蓝灰色的，压在衣柜的最下层。

我上高中的时候，有一次放学回家，他满脸通红，倒在床上呼哧吐气，手边就放着这只假领子。他郑重其事起来给我倒一杯"石库门"，要和我干。我说他醉了。他逞能说没有。他问我还记不记得你。我摇摇头。他说："也是，你妈走的时候你才一岁多。她那天把你交给康老太，说自己去买菜，结果就再没回来。连你的尿布晾在外头都没收。"他看看我，夹着花生米使劲咬。我坐到凳子上，因为我想听你的事。他歪着脖子问我："你知道你妈留下什么给我吗？"我还是摇头。他笑起来："一张纸头，用乐口福压在桌子上，上面写着怎么泡奶粉。她就留下这个！"我听到这儿就哭了。老头养了我十六年，可你却用一张纸条就赢了。

老头没在意，继续说："我到长兴岛去玩，三天后才回来的。老太婆和你大娘舅像两个门神守在门口，问我把你妈弄哪里去了。出鬼了我哪里晓得？你大娘舅揎了我一拳，老太婆把我骂得像灰孙子。有劲，我老婆跑了，是我老婆跑了呀！"他说到这里停住了，抬头看我，眼睛很浑浊，他看了好一会儿，声音沉下去，"真滑稽，你怎么一点不像她？一点也不像啊。"

我确实不像你，我从头到脚都像老头。他一遍遍重复，语调越来越低，然后就不说话了，伏在桌上睡着了。

我曾经很爱你，但我是在爱全天下被称作"母亲"的人，我从来没有在你身上得到过爱的回馈。

感恩节派对后，小冯拉着我一起看笑哥平时拍的照片。我们两只脑袋窝在单反镜头前，从后往前一张张看，像小时候看西洋镜，真是西洋镜，我怎么也没想到会在照片里看到老头，我疑心做梦串场了，揉了揉眼睛再看，确定是他，而且不止一张。他有时坐在吧台边吃鸡蛋饼，有时候和老杨笑眯眯嘎讪胡……我惊异问笑哥：他怎么会在照片里？店里人居然全都认识他，不知道什么名堂都喊他老费。他们说老费常来，不消费但喜欢和大家聊天，咖啡馆客流量大的时候，他还会帮忙担当杂务工。我又惊又惑，那个四体不勤、五谷不分的老头会做这种事？照片里他的头发全白了，一眼望去像顶着一头的雪。我们俩天天在一起，我却从来没有认真看过他。这一眼，细细碎碎的回忆如雪花一样都来了。小时候家里条件不好，但在饮食上，老头从不苛待我。他每次送货回来都会给我带牛油蛋糕、蜂王浆巧克力，还有加仑冰激凌……那些牌子现在都没有了，再也没了。我一想到老头有一天也会走，那么这个世界上就只有我一个人知道那些往事真实存在过了。

　　我想问他在搞什么，每次都趁我不在的时候去笈。为什么要装模作样套别人话来了解我？为什么我烧酒香草头的时候怎么也找不到一瓶白酒？为什么衣服丢进洗衣机不掏干净？为什么口袋里会有一张AA戒酒协会的名片？我想问啊，但我始终开不了口。我真像他，一样嘴笨，不善表达真实感情。

　　又到冬天了，他又翻出那只假领子，我问他："那么久了也穿不了，留着做什么？"他说："你妈也没留下别的。"假领子颜色都暗了，我给他洗了，晾干以后，显出原来的颜色。我的心跟着一骇。我拿出之前在轻纺市场买的那一大包线团，比了一下色。不知道是不是母女的心有灵犀呢？

　　我拿出老头常穿的一件羊毛衫，边织边比一比长短，想顺着这只假领头继续织下去，赶了冬天过去前能织出一件套头毛衫。

　　妈，我想我不会再给你写信了。我要对你说的都说完了。我要跨越对你的心理障碍。

　　我今年二十六了，在上海，挺好的！

祈语卿

二〇一九年冬至夜

　　走出笺的时候已经暮霭沉沉。

　　我没有把信扔进碎纸机，现在它躺在我的帆布包里。当我听着碎纸机隆隆响起，看着锋利齿轮卷过我的字，突然我就心痛了，立刻关了机器，把那大半截信纸从碎纸机口拽了出来。

　　我边走，边一步一步默数着：87、88、89……我从来没有那么细心注意脚下的世界。每走一步，好像人就轻了一点，一定是我的心理作用。等到第100步的时候，我深深吐了口气，叹出声音。很久很久以后，我知道这魔法从未流逝，它一直储存到我身体里一个未知的器官中。

人和物质一样，物质由不同的元素组成，而人类的遗传信息是由不同的基因排列而成的。细胞在减数分裂时有联会现象的产生，在联会时染色单体之间会发生交换。如果两基因间发生了双交换，则这两个基因没有发生重组，但其交换过，就像我和蒋笑淳……

——江灼晰

江灼晰视角

尽 根 牙

智齿疼了好些天，先是咬东西时轻微不适，然后演变成一种全新的疼痛急于向你刷存在感，那痛刺破牙龈，从牙根直穿神经。不得已只能把它拔了。上海人管它叫"尽根牙"，它是口腔中最近接喉咙的牙齿。上海人骨子里是有细致的优雅的：他们管茄子叫落苏；聊天不叫聊天，叫谈《山海经》；骂人有毛病就含蓄说，请你去宛平南路600号。做什么事情都讲究漂亮精细。

在同济口腔医院等号拆线的时候，一位母亲带着个七八岁的女童坐在我身侧，小姑娘因害怕拔牙而哭闹不停。等我拆完线出来，那位母亲实在没辙，冲我使个眼色，假意问："你看姐姐拔完了，你问问她，是不是不疼？"

小女孩挂着满脸泪珠，将信将疑打量着我，问道："真的不疼吗？"

"一会儿就过去了，足够勇敢的小朋友都不会害怕的。"我尽力配合这位母亲。

小姑娘看看她妈妈，又看向我："姐姐的妈妈不陪着姐姐，你不怕吗？"

我摸摸她的头："姐姐这么大了，不需要妈妈陪着了。"

坐车回家的路上，太阳刚升起来，一点点积出浓郁的鲜艳。车窗外的楼宇也慢慢复苏，曾经的闸北区彭浦老房都写上了"新静安"的标语。顺风车的后座上有一只绒毛狮玩偶，阳光被楼宇切割，一条条金黄的光线打在小狮子的背脊上。它应该叫辛巴吧！我对这只二十多年前风靡全球，今夏又卷土重来的狮子有着一丝扎到神经的麻痛。它"出道"时，周围的孩子都争先恐后去一睹它风采，我只是在邻居孩子亢奋的讨论中拼凑想象出电影里的画面。等到长大以后，也不愿去看这部电影，每次看到这只小狮子都略微有一些不自在，它像是一面看透我成长的镜子，情绪饱满又危险，一碰便涌出深井里的波澜壮阔。此时此刻，我与它对视，它逆在阳光里却目光凛冽，像两把刚出土的冷兵器，我不禁打了个寒战。小女孩的问题真像个旱天雷，让我想起一个很久没想起的称呼，每个人咿呀学语开口的一个词——妈妈。

妈妈，真是遥远透了。我是从什么时候开始不用徐总陪同上医院的？真可惜，记忆里搜索不到这样的情节。当然只要我发烧感冒，她一定会安排秘书甲乙丙轮流照看我，或者联系医生直接上门。印象里，有那么一次我烧得厉害，当时的邻居阿姨带我打了针，吃了药，可是依然不见好转。

她情急之下联络了徐总。

　　徐总带着个医生风尘仆仆地赶来，或许我的病情还不够严重吧，在医生的客观诊断下，徐总的担忧慢慢消散。她陪了我两个钟头，因一笔订单出问题要赶去广州开会。我心里不舍，拉着她，缠着她留下来陪我。邻居阿姨哄我，我不听；医生劝我，我也不听；徐总软语安慰，我就是死活不肯撒手。在我这场病之前或者之后的人生中，从来没有像那一刻那么渴望母爱，仿佛一撒手我就永远失去她了。

　　徐总当然没有纵容我的任性，她公司里的紧急事件更加刻不容缓吧！只是天真的我，那时对她的事业心还太不了解，企图用自己的小病小痛博取一点分心。最后徐总愤怒了："你那么大了，能不能懂点事？"她的教训一向是振聋发聩的，我的哭闹被她震慑住。头一次，我觉得自己的无理取闹真羞耻！那一年，我九岁。

　　我看着徐总披上一件紫色的风衣扬身而去，我真希望自己的病永远不会好了。我曾天真地希望自己死掉就好了，死掉可以让她难过、后悔。那当然是不可能的，我第二天就退烧了，并且比以前更加健康，连感冒的频率都少了很多。大概我的身体和精神都已经了解到了一些真相，不会给我无故添难了。也是从那以后，我再也没有喊过她"妈妈"，但是讽刺的是，徐总好像也没有在意过。

　　回到家，我冲了杯红茶，轻轻抿了两口，站在阳台发了会儿愣。果然是卖花姑娘插竹叶，成为咖啡师以后，自己很少在家磨咖啡喝了。

　　这户老式洋房一共三楼，我住在两楼，开窗便是数棵梧桐。此刻初冬，梧桐树叶已经不见一半，幸而暖阳晴好，照得两街的法式建筑更加美轮美奂。一对外国情侣正在挑景拍照。

何医生曾经问我："你恨你父母吗？"

我可能恨过，但长大以后就不恨了。要说他们没有尽到做父母的责任，他们曾经为我提供了最好的生活和学习环境。我被送去学费颇高的私立学校，我想要买的东西，很少有得不到的。只是体育日或家长会他们很少能出席，当然我有姚秘书。在姚秘书还是小姚的时候，他对我还曾企图推心置腹开导一番。他问我：学校里的老师和同学喜欢我吗？

我答不上来。

知非诗诗，了解到什么是不被老师和同学喜欢，才知道什么是被喜欢吧！我过了很久才明白，大概因为我对不被喜欢这件事也后知后觉。从淡淡的疏离到小小的非议，再到慢慢察觉到的排挤……似乎对我的生活并没太大影响。

老师们对我的态度更接近于忽略。我上课不吵不闹，有时听，有时不听。成绩一直稳定控制在中游，不让自己太出挑，也不让分数跌很低。当然江总和徐总对于我平庸的成绩依然会流露出小小的失望，但这点失望远不会刺激到他们，使他们加强对我的关心。

门铃响的时候才想起今天有人要送红酒来。

起初因着江总在上海一个生意伙伴之美意，馈赠一箱霞多丽给他，他嫌运输麻烦，就让姚秘书搁置在我这儿任凭处理了。岂料这一箱下来，倒养成了我饮红酒的习惯。如今这位生意伙伴和江总大约是久疏问候了，我却无心插柳成了她的常客。

我签了字，让送货员把红酒箱子先搁到房间地上。这时才顺眼看到垫毯处还杵着的一个快递盒。大约已经搁在那儿一周了，寄件人写着蒋笑淳的名字。我对他所谓"意外惊喜"已经见怪不怪了。而他对我的"见怪不怪"也已经习以为常，所以也不会特地问我收礼感言。

我用脚尖触了一下，那快递盒看着体积颇大却意外地轻。

我静静看着那个纸箱，却始终懒于去拆。我不知道盒子里有什么，但就这样看着它的感觉，挺好。打开它，就不好。如果人与人之间保持互相尊重的泛泛之交，两个人重复地见面也不必一次比一次熟，每次去理发店、超市，或者出门时遇到的邻居都像头一次见面那样不交流、不接近，只作为对方生活里的一个路人，那样简单而纯粹的关系不好吗？人和物质一样，它们由不同的元素组成，而人类是由不同的基因排列而成，简简单单遵从自己的活法就好了。

我挑了张披头士的黑胶唱片播放，在"Please Please Me"（《请取悦我》）的音乐里又把时光奢侈了一回。待到整张听完，牙疼好像也消散了许多。我慢慢踱到快递盒前，似乎有了打开它的那么一点点兴趣。

我用黑色水笔一圈圈涂掉快递单上的信息。因为从小时常一个人在家，对于外界的提防心一直很重。看来防范意识是不用教的，都是环境所致。

难怪很轻，盒子里竖着安放着几捆卷起来的纸样的东西。

我抽出一个，滚下橡皮筋，看着像是海报，已经很旧了，也似乎放置了很久的样子。真不知道"蒋教授"搞什么鬼。

当我打开的瞬间，眼前一阵头晕目眩，头盖骨顶着发痛。

海报上的五个人几乎要把我的记忆压瘫。李绍恒在中间，他穿着毛边牛仔背心，低头拨弦，他的一边是贝斯手和键盘手，另一边是节奏吉他手和一个消瘦的短发女孩，像素很低，已经辨不出表情，我却看到那个女孩的眼睛，桀骜睥睨般直视着我，我打了一个战。居然已经快十年了，十九岁的我曾有那样一张脸，愤世嫉俗，桀骜冷漠。江总和徐总让我看到了太多现实违背臆想的故事。十九岁的我已经看透人前鲜花着锦，人后落落穆穆的现实。

海报上贴着一张黄色的便签条，上面写着一行字，细细长长，字骨清逸：

2009年7月9日，论文被侵权，研究组解散，北京Monster（怪兽）酒吧《人生是个shift（转换键）》

我还是第一次看到蒋笑淳的字，每一笔结尾都习惯性往右上勾一下，像龙尾甩出海面，扬上天空。

《人生是个shift》是我们乐队创作的一首单曲。我的惊讶、震撼与沉重的刺痛感一齐冲来。

认识李绍恒是在一个夏天，炽热已蔓延在校园，那天从图书馆出来，经过绿荫一片的自强园，一个男人坐在石凳上，问我借火。很不新颖的搭讪方式，他戴着雷朋墨镜，嘴里叼着烟。我越过他，他追上来拦了我问："你就是江灼晰？"我滤过日色眯眼看他，等他的第二句话。他摘下墨镜对我笑，那笑火辣辣又直勾勾，仿佛有两条水蛇从他眼睛里游弋到我眼前："我一个小兄弟追得你好苦啊！"

我不知道他说的是谁，冷笑一声回他，那让他多吃点甘蔗！他又笑了，笑着扶住一棵樟树，风吹动树植花草，绿影摇曳，都仿佛在迎合住他的笑。他眼睛里有晴空积云，云一点点散去，散尽了便显出一个人影来，人影是个女孩，长在他的眼睛里，我看着那人影，像一面脆弱的镜子，随着他的笑意波动，那人也变化莫测，倒好像和他的表情交凝在一处。

心高气傲的凉漠少女被一个放浪形骸、才华横溢的音乐家吸引，这不是亘古不变的老套路吗？他向我展示他的音乐才华，教我打鼓，他把我带进他的乐队。我们三男两女朝夕相处，同食同宿。

我坐在地上，顿了很久才打开第二张海报，那是在冬天，李绍恒坐在一只圆凳上，下巴撑着吉他琴头，还是叼着烟，蹙眉凝思。其他人站在他侧边，我立在他身后，一只手握着鼓棒，搁在他肩膀上。

蒋笑淳的小黄条上记录着：

2012年12月24日，遇见路峰，M2酒吧《痣》

《痣》是李绍恒写给我的，因为我左肩上长着一颗痣，而他右肩相应的地方也有一颗。他摸着那颗痣说这是我们前世留下的记号便于相认。他真是一个说情话的高手，连我都信了。

盒子里还有好几张海报，每一张都记录着我们乐队的演出，也记录着蒋笑淳的生活。他几乎没有缺席我们在各个城市的每一场演出。

我看着海报上的李绍恒，始终一张扑克脸，他不常笑，除非是在表演高潮，在插满拨片的麦克风前燃烧热忱时。真是很糟糕，看到他的脸，那些散布在身体各个角落的伤痛感又企图凝结起来。

我曾跟何医生说，不要让我学会爱，我没有人可以爱。我只爱过一个人和一条狗。

最后一张海报，是乐队解散前不久，四个人脸都很臭，李绍恒的脾气都映到脸上，他和贝斯手意见不合，已公然动过两次手，他打架很烂，海报上他的眉骨还贴着胶布。我不在这张海报上，我那时候应该在医院了。

小黄条上的字有些飘：

> 2016年5月19日，MS804失事，他失联了，30 lost（迷失）　30酒吧
> 《混沌》

我的眼睛有点发虚。晌午的太阳赪红晒着我头顶。动一下都犹如裂开般疼痛。

我的爱情也是那时候失事的。我曾经喜欢他无可救药，喜欢他在音乐里释放的我望而生畏的力量和才华。我收集聆听过无数的声音，他的声音始终不能归类，他是自成一体的，在我生命里永远不只是一个男人，他没有标签，他就是李绍恒。

何医生问我为什么要自杀。为什么呢？因为我看不到我和他的路了。我看到了他在一个死胡同里走不出来，我看到他的可怜，可是我不能可怜他，可怜他让我比自杀还痛苦。我帮不了他。有那么一次，他窝在角落里，一边哭一边让我滚。我就那么看着他哭，他让我滚，我却一直留在那儿……他才华干涸，天天酗酒的时候，我不走；他看到我写的歌，又气又恨把乐谱撕成碎片的时候，我还是没有走。但我知道我在他身边他只能一直可怜下去。

我抚住自己手腕上的静脉，那道疤已经很浅，像一根鱼骨在皮下安息。我自杀未遂住院时，姚秘书陪了我一个白天便回去了。半夜的时候，我恍惚看到一个背影坐在床边。门缝里透进来的一小缕微光泼在那人的背脊上，一阵一阵地晃动。他的背弯得很低很低，他双手捂在脸上，隔一段时间整个人抽搐一下。我想伸手却一点力气也没有。那哭声也压得很低很

低，几乎是没有声响的。后来我睡过去了，却能感觉头发上有微微的风。

出院以后，我回家去拿自己衣物，他已经把我所有的东西都扔到门外。屋子门锁着，里面一个人也没有，毒日照在筒子楼里，耀眼而寂寞，楼上邻居晒着的被单下一点点滴落的水痕打在影子上，像有人在替我哭。我们就这样分手了。几个月之后，天气转寒，我在一件常穿的冬衣口袋里摸到了一枚雾面吉他拨片……然后哭得像个傻瓜……

我把海报收起来，意外发现快递盒里还有一只被折扁的一次性咖啡杯。

我拿在手里端详，折纹清晰，杯纸已有些开裂。但在一块白色区域，我赫然发现了几行字迹。歪歪斜斜，圈圈画画，有些地方被擦糊了，但那确确实实是我的字。我不敢置信地摸过那些黑色墨迹。我想不起细节，隐约记得这首歌的旋律。大约是我某天下午坐在露天咖啡厅里，灵光乍现，随手写的几行曲。这首《突然死亡》是我写给未来的。它在我十六岁时生病去世。这首歌只演奏过一次，因为李绍恒说它不够有力。

从来没有人和我谈论起这首歌，它像一阵风，早飘散了。现在这阵风又回来了，刮得我脑仁发涨。纸杯上也依然贴着小黄条：

2017年10月8日，上海，旧时光咖啡店，遇见江灼晰

心，在胸腔里不自由地收缩着。

牙又开始疼起来，明明都已经拔掉了。窗台浸泡在黄昏里，家家户户的灯光纵横交错，热闹起来。我突然想听埃尔顿·约翰的"Can You Feel the Love Tonight"（《今夜爱无限》）。

人和物质一样，它们由不同的元素组成，而人类是由不同的基因排列

而成。钻石不过碳化物，那么人心究竟是什么组成的呢？

　　两周以后，蒋笑淳收到一封信，信封上贴一张约翰·列侬的珍藏版邮票。信封里是一首新作的歌谱，歌名叫"Fair Youth"（《美少年》），歌谱最后写道：2019年12月20日，江灼晰写给路峰……

　　蒋笑淳成年后只哭过两次。一次是路峰飞机失事的时候，第二次是收到江灼晰寄给他的一封平信的时候。

有人说童年是糖果的滋味，彼之蜜糖，吾之砒霜，糖果对某些小孩却是一场灾难，比如我。很多年过去了，但那个向我递来糖果，皮肤打皱的脸总会闯入梦魇。那是记忆的禁区，无人知晓。我想跨过去，我写下这封信，想找到答案。可是这个回复，却又像另一个抛给我的难题。

——冯苏皖

冯苏皖视角

云 何 应 住

我叫冯苏皖，不是苏州人，也不是安徽人。我父母也都是土生土长的上海人，那为什么叫这个名字？据说名字是我爸一个牌友取的。那时候我妈怀着我，有一天为了解恢气去看我爸搓麻将。忘记说了，我的父母是开棋牌室的，原本就开在笺的楼上，最近才刚搬走。

讲到哪儿了？哦对，我的名字。我爸当时摸了一副清一色，心情大好地摸着我妈八个月的大肚子，让大家猜男女，猜中了送中华，三个牌友一人说男，一人说女，还有一个讨巧地说是双胞胎。我爸说他喜欢女孩子，又召集大家取名字。最有文化的牌友小苏北摸着牌自语："苏皖好！苏皖好！"我的名字就这样一锤定音了。我至今仍怀疑他当时说的到底是"苏皖好！"还是"四万好！"小苏北据说是个老师，小学老师，教劳技的小学老师，是我父母圈子里最有文化的人。

记得那个讨巧说双胞胎的女牌友，有一次在表达一件不可思议的事情时比喻道："真是太阳从东边出来了"，这个哏让整个棋牌室里的人欢快了一拨又一拨，大家一遍一遍地逢人就转述，说完再和对方一起哈哈大笑一场。只是那些笑话她的人，他们的天文知识大概也就到"说出九大行星"为巅峰了。这就是我从小耳濡目染的生长环境。

不知不觉间，我在笺兼职也快一年了。

自己想来也觉有意思，我居然从笺的客人变为它的员工。其中道理都是因为一封信。

笺刚开张的时候，我图它就在家楼下，常常带着笔记本，一坐一整天地刷剧。暗自思忖也不知道这店能不能长久，以前开的几家糕点奶茶店总是经营不足半年就卷铺盖走人了。我对于那个搞噱头的"写心事"把戏也很是嘲讽。

第一周，如我所料，门庭冷落，客人寥寥。

第二周，居然真的有为一块免费糕点贪便宜的客人取纸笔来写信了。

第三周，写信的人越来越多，信箱里每天都塞得满满。

第四周，我坐在咖啡馆，面对信纸，咬着笔老半天，绞尽脑汁开始写起来……

是啊，好一个"真香"理论。我有一回好奇问糕点师杨师傅：这些信有人会看？会回？

老杨笑着告诉我，他们老板是个心理学博士。

心理学博士！我这辈子还没能和一个博士说上话过，平时小毛小病要找个主任医生都得提前两周预约，挂号排队两小时，最后不到五分钟的对话就把我打发了。

心理学博士！

我这一地鸡毛的烦恼居然能让一个博士仔细一阅，这种便宜我冯苏皖怎么能错过？！我特地在网上查了几个高级的成语，好让自己的信看起来更有品位一点。

我在信的第一句写道："我想离婚！"

我想读信人如果知道这是我的心事，该有多震惊啊？连我自己写下这句话时都不免心里抖一抖。

我和我老公才结婚没半年，前一阵还在淘宝买了一盒廉价费列罗送给咖啡馆当喜糖，他们一个个不吝美言地送祝福。

我握笔比平日高许多，尽量隐藏自己的笔迹，甚至在信里撒了一两个小谎，比如年纪……不让他们把这个婆婆妈妈、絮絮叨叨的女人和每天来喝一杯咖啡假装小资的女人联系起来。

我的父母都是长相平凡、智商普通的人，我也没能违背遗传基因学，顺利长成一个同样普通的人。若说外表上唯一的优点大概是看着显小，所以尽管我已经28岁，但何老板总是一口一个"小姑娘"地喊我。

我的成长期自然也是在麻将洗牌声里度过的。我八岁的时候就已经学会了全国各种麻将的规则。有时候爸妈没空打电话召集人来家里打麻将，我就一家家跑着去喊。我对每个人都说三缺一，这样成功率高很多。有些精明的老阿姨挑人，我就得事先把一桌人的名单拟定好。我心里的账很清楚，譬如：李阿姨和刘师傅不能一桌；魏司机贪酒，隔三岔五带点烧菜黄酒，他保证不缺席；王阿爷周一到周五要带孙子，所以我只在双休日去他家跑。通常他若有空就会坐在门口晒着太阳等。他问我："小姑娘又来帮爸妈寻生意啦？"我就笑眯眯奉承："喊侬去一捉三呀！"他"咯咯"笑起来。他为人谦和慈爱，牌品又好，周围邻居都很是尊敬他。我还没听说有人不想和他同桌的。他有个孙女和我同龄，玩得很要好，所以他常喊我进屋里吃点糖果零食。

那天我被他邀进屋去，我剥开一颗大白兔，他捏捏我的脸夸我："皖皖越长越漂亮了。"我怕痒躲了下，他走到我背后，声音森森传出来，"身上哪能弄醒龊了？"他的手在我后背上轻轻地拍……嘴里的那颗大白兔牢牢粘着牙，眼睛看到五斗橱上一张黑白遗像，一个表情肃穆的老太婆正直愣愣看着我。我的嘴像被粘住了无法叫喊。他的身体慢慢把我裹住……

很多年了，我一直记得那只瘦骨嶙峋的手慢慢往我腰上攀的恶心感……

从此，我再也不去王阿爷家了。我妈问我原因，我说不出口，也还不真正明白这意味着什么。但一个8岁女孩已经足够拥有自己的秘密和隐私。母亲数落我懒，一点也不懂给家里分担事情。我起初只觉得冤枉难过，长大一点就把这些委屈都写进日记。我一点不担心父母会偷看我的日记，他们连学校的备忘录要签个字都觉得麻烦，一心渴望我能尽快学会模仿他们的笔迹，就不用在牌风正旺的时候被打断要求签字了。

后来我看到那个老变态总有点怵怵的，不自然，也不和他孙女一起玩了。他看见我还是笑，不知羞耻问："皖皖阿囡怎么不到我们家吃糖了？"我躲开他的眼睛往房间里钻。

再后来，我对自己的感官变得极其敏锐，有一丁点儿吃亏就要大呼小叫，闹得全体人员都要照顾到我情绪。学校里的人都觉得我斤斤计较，但是我不在乎，我拒绝再尝试吃亏的滋味。

我是今年刚结的婚，老公是个小警察。我们俩认识是因为我逛奥特莱斯时，由于大意被偷了钱包，去报了警。

他问了一连串琐碎的问题，最后告诉我，一周内会给调查答复。

同行的朋友问："你们怎么查？"

他说有监控。

朋友又问："那么多监控，你们怎么找得到我们？"

他笑笑，看着我回答："你朋友的长相我记下了，不会出错的。"

他长得不好看，一点也不好看，但是当他说他记下我的长相时，我笑了一下，自己都难以把持的一种妩媚的微笑。我发誓这是我这辈子头一次尝试的一种笑。

因为我跋扈而逞强的性子，身边从来没有男生肯接近。我一向不以为然，对男人从没有好印象，每当想起男人，总忆起背脊上那只手。

27岁，恋爱履历是一片空白。父母为我张罗过几次相亲。从没出现过能见第二面的人选。介绍人含蓄劝导我："阿图，头一次见面不要问得太多了，男孩子要被吓跑的。"

真有意思，我不问怎么知道对方的条件？不问怎么晓得他工资多少？有没有房子？房子在哪个区？结婚以后要不要和公婆同住？现在不问留着注册再问？

报完警一周后，我接到了所谓的"调查结果"，赵毅晨在电话里简单跟我说了监控结果，告诉我偷我包的是一个孕妇，当然人是抓不到了。我虽然早做好石沉大海的心理准备，但还是狠狠心疼了一下那只Burberry（博柏利）钱包。我表达了对民警同志的客套感谢，等着他挂电话，谁晓得他支支吾吾又说了些别的。我听了半天才捋清楚他意思，他的某个同事买了两张电影票，突然临时有事去不了，现在问我有没有空。

我虽然没恋爱经验，但看人辨事还不傻，这么老套的撩妹方法我都懒得嘲笑，可是我答应了。我是打定主意要在三十岁前把自己嫁出去的！

我觉得他蛮有意思的，长得憨憨的，让我可以模糊性别。而且他是个警察呀，是个警察……

我们相处了五个月就打算结婚了。看看周围朋友，好像也不算很闪。越是谈感情的才越需要时间磨合，我跟他一样，就是想找个人搭伙过日子而已。

他是没有爸爸的，我头一次上门，他妈的目光在我身上敲敲打打，看不出多少喜欢，大概每个母亲都觉得自己儿子是个当额驸的人才。但是见面红包还是给了，上门饭也做得很上台面，我没什么好挑的。

我爸妈倒是老欢喜他的，大概也一直担心我要留在家里变老大难，能寻个公务员嫁出去已经够他们安慰了。

等到要买房子，办婚礼了，我才发觉自己懵兮兮没问清楚他家里情况。

什么叫"阴沟里翻船"我彻底了解了。单亲家庭的小公务员，就靠一个月那点死工资怎么买得起上海房子？双方家长进行了一次庄重的家庭会晤，他妈一副"只有十万"的面孔，后来饭局僵得要命，老巫婆说了声"各尽所能"就变哑巴了。

我妈开始东拉西扯缓和因为金钱造成的僵局。我爸开始讲他这辈子唯一的一桩英勇事迹——在家门口救过一个孕妇，每讲一次，它的情节都要夸张个几分。大家心不在焉地聊着天，水果也上完了，话题还没到点子上。赵毅晨急了，怯怯在旁边插嘴："我自己还有五万块积蓄的。"讲着讲着他哭起来了。

我那么精明的爹妈也不知道怎么回事，妥协了！二手房子的首付，我们家出大头，房子写我和赵毅晨名字，以后两个人自己还房贷。首付不是小数目，爹妈思来想去只能咬咬牙把棋牌室的房子挂牌了。

我回家发了一通脾气，我说我不要跟他结婚了！爸爸叹气说我不懂道理。妈妈劝我："算了，小赵以后对你好就可以了。"

爸妈掏空积蓄给我们买了房，婚礼的钞票肯定是再没有了。但是老人家不死心，想借钱给我们办。他妈永远一副坐享其成的表情，办不办她都无所谓。我吃亏吃得心里都要空了。

不办婚礼，爸妈觉得我委屈，可要是勉强办了婚礼，该我替他们委屈了。

我不知道是不是对我妈来说"他对我好"就是覆盖了一段完美婚姻的全部要素。一清早的口臭呢？半夜跟雷一样的打呼声呢？天天只晓得游戏的玩物丧志呢？塞在床垫下几天不洗的臭袜子呢？这些都是可以克服的吗？

"只要他对我好"像个沉重的负担压在我身上！爸妈给我压了那么大的注，我输不起！我不得不让自己成为那个配得上让他对我好的人。

前两天我和他认识一周年，我看中一条宝格丽项链很久了，但是我收到的礼物是一支大白兔润唇膏！他笑嘻嘻送到我面前，说自己在淘宝上好不容易抢到的。

大白兔，大白兔啊！

我捏到手里就扔到窗户外去了！他张着嘴惊愕地看着我，整张脸抽搐着怒斥我："你这个人太不懂道理了，你怎么这么物质？！"

我物质？我物质会嫁给他？会窝在这个40平方米不到的二手房里跟他一起还房贷？我闷头大哭！他送我大白兔，半夜在他的鼾声里，我失眠了，我又想起背脊上那只手。

我躺在床上思来想去老早几个相亲过的对象，有工程师，有高校老师还有海归，做生意的老板……我知道自己自欺欺人，好像想一想就觉得当时这一段段都可以成一样。因为谁也不会比赵毅晨差。

中秋节，他让我跟他去看他妈，看那只老巫婆，看屁看！我要回娘家看爸妈，结果到了饭点，他拎着两盒单位发的月饼过来蹭饭，然后我又成了不懂事的那个。

回家的路上，他问我是不是真的很想要那条项链，他说等到年底发年终奖可以给我买一条，我听他情真意切地这样说，突然就不想要了。我是可怜我自己，真的只是可怜我自己。

有时候我真的很怀疑他到底喜不喜欢我。但是我从来不会问他的。有疑惑又在意的事情就不要刨根问底了。晓得了对自己也没什么好处，没好处的事情我冯苏皖是不会做的。

自从结婚以后，我和很多朋友都不怎么来往了。屏蔽了朋友圈很多人，我那点嫉妒心肠实在受不了天天被刺激。我也老长时间不发状态了。没意思！以前每年和小姐妹出国两次，现在除了房贷也只够买买日常衣服和化妆品了，有时候还要被老巫婆批评大手大脚。

婚姻真的是个屁！

当然我在信上写的比这些文雅多了。我极其平静地写完信。邻桌一个女人对着蛋糕自拍了一下午，看着她乐在其中地修图、拍照，我倒有些羡慕。那么容易满足还蛮好的，也不晓得自己被人嘲笑，蛮好。

前几天回娘家，看到一盒Godiva（戈黛娃）巧克力。我问：哪里来的？我妈说这是燕燕的喜糖，她嫁了一个意大利人，现在移民佛罗伦萨了。

看我一脸疑惑，我妈就提醒："燕燕呀！老早小辰光你们一起玩的！弄堂里王阿爷的孙女。"

我看那盒巧克力的眼神完全变了内容，心里酸妒交加，那个老变态的孙女……

为什么有些人不用努力就能比我过得好？我那么艰辛复杂地生存着，却从来碰不上好事！

老爸最近脑子不好，出了门就忘记最近要买什么，在家没事就老生常谈，又在讲他和叔叔在路边救大肚婆的故事了："你晓得哦，你叔叔就是这样认识你婶婶的。"

为什么我的生活里全是这些狗屁倒灶的事情呢？

我天天去笺，装模作样点杯咖啡，然后到回信篮里看，一直没找到给我的回信。

真的作孽，痛苦也要挑质量的？我的心事还不够格被回复吗？

我是失望惯了的人，快30岁了，对现实认得比人民币还清楚。做啥浪费钱再去？我拎起自己分期付款刚买的BV（葆蝶家）新包回去，说巧不巧碰翻了那个回信篮，十几封信簌簌落了一地。我一封封捡起来，放进去，最后一封是我一直翻到的，回给无名氏的那封，我把它扔进竹篮里头，起身要走。突然之间，我脑袋像闪电一击，我那封信没落款呀！我写了个日期就结束了。那么这个"无名氏"是我咯？

我把信翻出来，拿在手里倒有点抖豁了。万一不是写给我的怎么办？看一眼也不要紧的！信封也没封，一翻就打开了。

结果也不是一封信，就是一张纸，纸上就写了几个字，蓝黑的钢笔写的字，看也看不懂：

云何应住，云何降伏其心？

我是又失望又好奇，写了满满几页纸就换来这十个字。我到网上仔细查了，这句话出自《金刚经》，意思是我们要怎样降伏我们的心，要怎样安住我们的心呢？滚滚红尘中的芸芸众生，如何才能降服心中乱七八糟的想法？如何才能使得自己身心清静？

我看完解释，心里幽幽一动。也不是开窍恍然，就是有种被人用力戳了下太阳穴的感觉。我开始确信这封信是回给我的。我一边观察店里几个店员，一边迅速把信塞进包里。

回到家，我一直在琢磨这十个字，那简直比给我回几页字还叫我痴迷。我看着这游龙飞凤的几个字，到底是谁回的呢？这个人给我回这句话的用意是什么呢？

我再次光临笺的时候，几个员工正忙作一团。

我等他们忙完打听了一下才知道是那个圆脸的小姑娘休假了，到了周末，客人一多便人手不足。

我像找到了一个突破口，立即去申请了这个兼职。何老板都没面试我就同意了。

我要找出那个给我写信的人。我要问问清楚：他到底什么意思？怎么降服？怎么安住？我剖开伤口给他看了个够，他不能轻轻缝合了就给我推回来，他要对我术后恢复负责。

最简单的方法就是对每个人的笔迹。当然最有可能回我信的就是何老板了。但他平时不常来，要看到他写字的机会不多。所以只好先从其他人下手。老杨每天会在屋外小黑板写当天推荐套餐，他的字端正得很，凭我对他的了解，实在也没水平能说出那么高深的话。然后是那个不爱说话的咖啡师。有一回我看到她收快递，立马留了个心。我却不知道她是个左撇子，草草签了个名，笔迹是不像的，但是谁又知道她是不是真左撇子呢？

几天后，小渔回来了。何老板同时接纳了我们俩，或许也是因为我便宜，留一个还能备用！

我一直以为自己是个挺容易让别人喜欢的姑娘。我从小就学会了见人下菜、投其所好的本领，我在筌工作两周后，大家也都对我展现出了好感。当然我也能察觉到大家对小渔的特殊感情。而这女孩真让我费解。

天气一凉，我的鼻炎就犯，吸吸抽抽两三天，有一天早上，小渔将一个白色洗鼻器推到我眼前，告诉我这是她常用的生理盐水，让我洗鼻试试。

小江感冒咳嗽了几天，小渔给她煮了一瓶冰糖炖梨，我看小江接受得很冷淡，我都怀疑她会不会喝，就像那个洗鼻器，我也一直搁置未用。我对旁人没由来待我的好都会筑起十二万分的戒心。我的生活里从来没有碰到过这样的人，我真心实意地为她感到不值。虽然我想，她是不在乎别人为她不值的，她一定会抛给我一个很甜美的微笑，毫不介怀回答我："不要紧的！"害得我的打抱不平都显得狗拿耗子了。

多此一举的事情，我是不屑于做的。所以在我看来，她的这种"傻"对于我来说是顽固不化的，她的这种傻，你不能妨碍，无法阻止。我只需默默当个观众，在心里奚落一场就好。

至于那个作家，我对她更没什么好感。不单是因为她如今鸠占鹊巢，占据了我和父母生活了几十年的屋子；也是因为那回不小心动了她的那个小樟木盒差点被她吃了；更是因为她素日眼睛长天花板的做派。这家店里，我谁都可以相处，但是我谁也不喜欢。

其实我又喜欢过谁呢？

所以当何老板让我帮忙的时候，我心里是有些不乐意的。不过我只是个传话的，当天回家后就把问题转达给正在玩游戏的赵毅晨了。

冬至那天，我在IL Mare（海）餐厅门口等着。那个女人过了很久才从一辆私家车上下来，她穿一件深褐色的貂皮大衣，背着她的Birkin（一款爱马仕手袋），踩着高跟鞋，头发烫得卷卷，唇色鲜红，远看能小十岁，近看却有些恐怖，看到我以后表情显得更狰狞，"何遇呢？不是说有急事吗？我做活动半途跑出来的。"

我没作答，从包里拿出一份出生证明。她疑惑着伸手拿去看，搁到耳边的那缕头发顺着身体一颤遽然掉落下来，她再抬头看我的时候，眼睛里已然全是震愕。

"这个是什么意思？"她的声音不知是不是因为寒冷而显得颤抖。

"何老板让我给你的。"

她看看我，又看向手里的出生证，北风一阵过来，厚重的皮草大衣瑟瑟抖动起来，她捂着额，好像随时都要倒下去。我轻扶了她一把，她一手撑着墙，慢慢站稳。我向她解释："他被一对很好的夫妇收养了。前一阵去公安局登记想找回自己的亲生母亲。正巧这案子是我先生的同事经手。根据调查，他应该是你三十一年前在同仁医院生下的那个男婴。他想见你一面。"我视线转向身后的意大利餐厅。

"他在里面？" 她的眼睛瞪得大大。

"嗯，27号桌。"

她依然惊疑地看着我，手里那张证明快要被她捏皱。我想象着要是自己去见一个30多年素未谋面的儿子，会比她表现得泰然一些吗？

我看着她的背影，回忆起两个月前的感恩节party（聚会），她让我们每个人都写出一本自己最爱的小说的名字。我平淡无味的人生里只读过教科书。看着旁人都落笔有神的样子，总不能交了白卷。我思来想去，终于想到一部常在微博里看别人说起的小说，叫《局外人》，幸亏不要写作者，否则我得"百度"了。我想起这件轶事是因为我此时此刻感觉自己像个"局外人"，看着别人母子团聚，自己站在冰冷的严冬里，连呵气都能冻自己一脸。我真是吃饱了撑的。雪花突然骤减了降落的速度，我一抬头，发现脑袋上多了一把伞。

"她进去了？"何老板撑着一把筋骨牢固的大黑伞站到我身侧问。

"嗯。"我点头，两脚在地上跺了几下，没有用，还是冷。双手环抱自己，叹了口气，"真可惜，不是你！"

何老板笑笑，没说话，鼻子里呼出重重一口气，在寒冷的空气里凝成一团白雾，慢慢消散开。

原本抱着为他和方临秋确认亲子关系的目的去翻档案，没想到那么多巧合凑在一起，结果却偏偏不匹配。何遇虽然嘴上没说，但当我把结果告诉他时，他在电话里沉默了很久，要不是他最后说了声"谢谢"，我都以为断线了。隔了好几天，他才又就这事问我："她儿子想见她吗？"

我愣了一下，好笑道："我怎么晓得？"他儿子是圆是扁我都不知道，只不过是赵毅晨某天回到家，我们吃饭时他给我转述的一个陌生名字。

何老板看看我，又望着当时正在写作的方临秋，毅然道："我去问问她！"他理所当然把儿子那方的责任交给了我。我想她毕竟还是个名人。反正桥都建好了，干吗不做个现成好人呢？于是，我们迎来了今天……

我问他接下来他有什么打算。毕竟在寻母之路上遭遇了一次小小滑铁卢。

他想了会儿，跟我说了四个字——为而不争。眼睛去望IL Mare餐厅玻璃落地窗里那个第一次重逢的家庭。

玻璃窗上贴着磨砂的logo（标志），一圈一圈的英文字母，远远望去一片模糊，让我想起孙悟空给他师傅画的那个圆圈，仿佛待在里面，外头的妖魔鬼怪都近不了身。那餐厅像个四方的玻璃匣矗立在一片白皑皑的雪景里，里面的人都变得宛如隔世。那些神情欢愉的男男女女，个个兴奋得脸色彤彤，与我们仿佛冰火两重天。

穿着厚毛衣的男人害羞而有点笨拙地笑着，他的妻子忙活不停，照顾着两个孩子，给这个拿勺子，为那个倒饮料……方临秋坐在一个孩子身侧，她已经脱了那件沉重的皮草，里面是一件青绿的羊绒衫，她的灰色Gucci（古驰）围巾挂到了那个小女孩的脖子上。那小姑娘正把好几千的名牌围巾当作和她弟弟拔河玩儿的玩具，我看得真心疼……大作家比我大度多了，边看着边笑，她Dior（迪奥）999不知何时被擦了一圈，现在只剩浅红一层。她举着一只高脚杯娓娓说着什么，说了一会儿，低下头去，脸伏进胳膊肘里，浑身颤抖起来。两个吵闹的孩子仿佛受了惊吓，安静不动了，那个妻子低头抹起眼泪，男人手忙脚乱地站起来，然后是一个绵长的拥抱……玻璃窗被氤氲的雾气朦胧了。

何老板看得专心致志，然后嘴角、眼窝都释放开，舒心地笑起来。

雪花片片飘零，天空像在聚精会神地储蓄寒冷，然后释出灰蓝的光色。我站得太久，两只脚都忘记了寒冷的感觉。我遽然考虑起自己的事情，这些日子我都快活成雷锋了，尽操心别人的闲事。我提声咳了一声，扫清喉咙里的异物，酝酿出平和的语气：“老板，我问你呀，你读过《金刚经》吗？”

他摇摇头，温和看了我一眼，“你的信不是我回的。”

我大吃一惊，皮靴里的两只脚倏然觉得冷透了，“你晓得我写过信？”

“那是我的咖啡馆，我晓得有什么稀奇的？”他神情很是泰然自若。

“那是谁给我回的信？”

他拍掉肩膀上飒飒下落的雪花，啪啪几声，声音差点淹没进去：“谁写的很重要吗？”

他将了我一军，意思我明白得很，谁写的不重要，领悟意思更重要！我可没那么高境界，我就是要知道落笔开药方的人！再说这药性如何我还得先看看医生再说呢！我佯装平和，笑嘻嘻反诘：“你是不是害怕我知道了以后就立马辞职呀？”

他没说话，倒是笑了笑。我心想博士始终是博士，境界是和我们不一样的，何老板时常笑，这笑大概也是经过了学习训练的，总是能让人焦躁紊乱的情绪舒缓下来。他对我说：“我是怕你们走啊，最好你们永远留着，但这也由不得我，我自己这咖啡馆能开多久也说不准呢！”

“你不是要找到亲生母亲为止吗？”

“我什么时候这么说了？”他带着耍赖的神色，更像一种高智商的自我保护。我很识趣没再问。他陪我又站了会儿就走了，临走前给我一个红色信封，说是礼物，我摘了手套打开一看，是我最喜欢的东西。我连连道谢,他道:"是我该说'双旦'礼谢谢的。这阵麻烦你和小赵了。"我和一个博士也没必要客气,乖巧地接受这一沓红纸。我又看了眼方临秋,感觉她是在我参与编写的剧本里大团圆了,一种兴奋满足和沾沾自喜在身体里膨胀起来,我是第一次有这种感觉,何老板应该已经很习惯了。

我撑着何老板留下的伞,踽踽独回。

华灯初上,雪势越来越大了,路上的行人却依旧如故,热闹地活着。拐角经过一个弄堂里的贵族小学,一拨拨孩子争先恐后往外涌。家长们个个伸长脖子等待自己家的"小祖宗"。小小个子的孩子们,每一个都背着沉重的书包、乐器盒……神采奕奕和家长汇报着这一天过得如何。

车站的广告牌换上《柯南》最新剧场版的海报。真好,我们都搅进柴米油盐里了,他还是那个对抗恶势力,追求真相,恋着心仪女孩子的小学生。

我在等车时接到赵毅晨的电话,我告诉他事情进展,他乐呵呵问我:嫁个警察有没有自豪感?我笑着骂他脸皮厚。他的确脸皮很厚地嘻嘻笑着,电话里都能听见他啃苹果的清脆声,我一向讨厌他吃东西发出声,他死活是改不了了。他在电话里哑着嘴说:"老婆,我刚出去送文件经过凯司令,给你买了你最喜欢的蝴蝶酥。"说完又是一阵啃苹果的声音。

我跟着一群人前倾后拥地挤上公交车,连贯的刷卡声骤然断开,像小时候跳长绳时突然有人没跳过。我前面一个上了年纪的老头满手的蔬果熟食,他搁下袋子,摸着零钱。司机两只眼睛跟侦察灯一样盯着他,身后等着上车的人群开始躁动。我的手在羽绒服口袋里摸住几枚角子。老阿爷终于挣扎着摸出一块钱投进收银桶里,还差一块,他讪笑着看了司机一眼,开始新一轮搜索。后面的人已经等不及推搡着越过他去刷卡。他脚边两个苹果从红色塑料袋子里滚了出来,他忙不迭去拾。司机忍耐到了极限,皱起眉毛："没零钿乘啥车？拿大的投，让后面人补给你。"老阿爷憨憨一笑，还在坚持不懈地掏着钱，手已经摸到棉毛衫里。

我迟疑地摸起口袋里三枚零钱。

"叮"一声清脆悦耳的投币声。

"谢谢你，小姑娘。"老阿爷几件衣服都快撩到肚脐眼上了。

"不用客气！"一个学生模样的小姑娘甩着马尾辫扶着老阿爷往里挤。我的手在口袋里轻轻释下一枚硬币，攥出两枚投进机器。后面的人潮还在往里推，我看着那个马尾辫侧过笑盈盈的脸庞。她笑起来的样子和小渔真像。我想这个世界上永远不乏"小渔"，谁也没必要假装成别人。

我紧紧护住自己的BV新包，努力挤到最适宜的位置，用警惕的眼神提防着每个突然靠近的乘客。

我叫冯苏皖，苏杭的苏，皖南的皖，今年29岁，已婚，冷漠而虚荣，世故而精明的上海小囡。我，这一地鸡毛的生活，除了我自己还有谁有能力掌舵？我看了下腕表，这个时候去菜场正好！家里还有一块生冬瓜，可以买点开洋和毛豆，再买一条鲈鱼红烧，赵毅晨喜欢吃，然后加个蔬菜，菠菜或者卷心菜，最近蔬菜贵得要死……

我曾像白素贞水漫金山，努力争取；也曾像周公瑾火烧赤壁，意气风发。

星宿奎木狼，傻为痴恋苦成妖。你如百花羞，只爱了一点点，一点点便让我成魔。

一半水火木，只是一点点。

生活磨灵气，而我只剩那一点点，别人海誓又山盟，你只看过我一眼。

——摘自Pain Holic（痛瘾）乐队《一半水火木》歌词

方临秋视角

铁锁练孤舟

世界上最不会骗人的莫过于照相机的镜头了。

照片是咖啡馆里那个短发女孩拍的，她自己没入镜，其实她深眸高鼻，倒是个上镜美人。那是前一阵感恩节，我们在笺庆祝那日拍的。照片上，大家举着香槟，笑得都很开心。可惜女人更在乎美丽，不管十八还是八十八。被单反镜头无保留记录下的皱纹苍老，简直令人"不忍卒读"。

我已经五十五岁了，不用镜子和身份证提醒也足够知道自己韶华已逝。人生便是如此，年轻的时光稍纵即逝，剩余的都是怀念那些时光的日子。

照片是何遇给我的，除了这张照片还有几封信、账单和明信片。也不知是笺声名远播还是邮递员越发懈怠简慢，地址一栏清晰的"二楼"两字对他们近乎隐形，于是每隔一阵小渔便会捧着一摞我的信件上来"敲诈"咖啡豆。我说她跟着何遇久了，人也变坏了。她嬉皮笑脸说何遇不坏，是跟我学坏的。然后有理有据背了两段我书里教人"变坏"的段落。真是"以彼之道，还施彼身"。

夕阳像攒了一个白天的热情，慢慢迸发出能量，洇红天际。我泡了杯乌龙茶，到阳台慢慢看信。楼下是个十字路口，总有行色匆匆或闲庭信步的人络绎不绝在视野里。定睛仔细看，还能瞧清楚他们脸上的喜怒哀乐，而对面的楼群厦林遥远缥缈，一格格玻璃窗户严丝合缝，我瞧不见他们，他们也看不到这里白鸽低回，听不见这里小贩吆喝，闻不到各色小吃喷香。

我之前的公寓在二十六楼，像个空中楼阁，我常站在那高高的阳台上俯瞰，一眼看下去能看见小如玩物的车辆在穿梭，蚂蚁一般的人群在顽强挪动，当时我执意要住那么高。我要和那些蝼蚁众生隔开距离，我要那样居高临下看着他们挣扎红尘。就像《跳楼姑娘》里写的，住在高处的住客，连看跳楼之人的视野都美妙得多，留给低层居民的只有一声沉重痛苦的坠落。然而，当我灵感枯尽、弹尽粮绝，挪步阳台，晒着初升红日，看着车来人往，衮衮诸公，碌碌众奴，突然觉得有份正式的工作，每天朝九晚五是一种幸福。我再看看自己，谁又比谁高贵？

我抿了口茶，把信里的缴费账单独取出来，剩下四封信和一张明信片。其中一封用蓝色水笔写着"方采华尊鉴"。

很久没有看到过这个名字了，"方采华"三个字就跟走了奈何桥，没喝孟婆汤的人回忆起上辈子一样，朦胧模糊，偶尔被人这么一叫又惊得像心脏通了电。知道我这本名的人用脚趾都能数得出来。

信是方济生的小儿子写来的，我的侄子。我从来没有见过他，但是从各种照片里见证了他的整个成长过程。今天居然收到他本人写给我的信。感觉像看了十几年的连续剧，里面的角色突然跑到你的生活里，又不真实又别扭。他给我报喜说考上了上海的一所大学。信里还附了一张他站在大学门口的照片，他父母一左一右站在他身旁，方济声穿着尺寸过大的过时西装，头发已经白了大半，脸上挤出精心准备却窘迫的笑，而他的老婆都没找到镜头。信的最后那孩子感谢了我多年的接济，承诺大学毕业后一定好好报答我，但醉翁之意是想问我何时方便，他可亲自登门感谢。这个孩子，年纪尚轻，溜须拍马的功夫已经青出于蓝。我把照片取出，揉起信、信封一把扔了。要钱的把戏越来越会包装了，没闲工夫听这小崽子花言巧语。钱我会直接寄支票给我父母，和每个月的生活费一起。我心里默算，二老也将近耄耋，我都有三十多年没见过他们了。

自从我未婚先孕，他们俩早认定我有辱家门，当然，没这事儿之前，他们也没多喜欢我。讽刺的是，他们一边嫌恶着我，一边却接受着我每月的汇款。助理曾问我：为什么还要特地寄钱给他们？转账不是更方便？因为我乐意！我偏要让他们鄙夷我，却不得不用我的钱给他们的儿子买房娶妻，用我的钱养儿养孙。我从不转账，偏要开支票，让他们亲自去银行跑，开支票给他们是我每个月最乐于做的一件快事！

我翻开第二封信，从方采华变回方临秋。寄件人是个我不认识的名字。我撕开信封一倾，一张六寸彩照顺着撕痕落出来，左右飘刮了两下落到桌上。我定神一看，是一张我和孙梅的合照，照片很有些年头了，泛黄卷边。我们两个人当时都很年轻，孙梅搂着我，歪头微笑，露出两颗虎牙，我沉静怯怯地盯着镜头，两只手紧握在身前，眼睛还没适应怎么应对陌生的环境。

孙梅是我入行的第一个编辑，若不是两年前的一次相见，我都快忘了这个人。我抖开信，是孙梅的丈夫写的，内容言简意赅：

方老师：

您好！

去年一别，久疏问候。

内人已于两月前仙逝，根据其本人遗嘱未请您参加追悼。随信照片是我收拾遗物所得，故人已逝，徒留赠愁，左右思量还是寄于您，敬请惠存，权当纪念。

草率书此，祈恕不恭。

刘博

我盯着照片看，那时的孙梅已经很是从容自若，而我还没褪去小地方出来的女孩自带的土气自卑。她和我年龄相仿，我们当时都是刚步入社会的幼雏，所以很容易变成了好友。

《恁时相见》出版后，虽然刮起一阵"老少恋"狂潮，但树大招风，这个圈子的老资格们也早铆足了劲儿出来发声。那时候皮子薄、心脏嫩，看到那些老东西言辞犀利的批评备受打击，伤心得还发起了低热，宣传活动也没去成。孙梅来看我，我抱着她呜呜大哭，把委屈不满竹筒倒豆全告诉了她。那时真是傻得可怜。

隔了一周，报纸上赫然出现了大新闻：

新晋作家不满前辈批评，耍大牌拒出席发布会

报道中"知情人"将我私下的怨怼断章取义，公之于世，我变成一个自高自大、目无尊长的半桶水蠢货。我怀着羞怒交加的情绪一字没漏地读了好几遍，终于把这道简单的推理看明白。残酷给天真上了一课。排除所有的不可能，剩下的多不可思议都是事实。我伏到床上大哭起来，为这段纯洁友谊的壮烈牺牲，也为那个土气而淳朴的女孩即将毁灭。

人，不就是这么成长的吗？玻璃心在这儿没用，只会被踩成粉渣，一个簸箕扫了丢出圈外去。等到第三部小说出版时，我已经能游刃有余应对种种口水仗，能心安理得面对谩骂，气定神闲笑看诽谤。什么牛鬼蛇神、名家大师，这个圈子就是这么玩儿的，骂着骂着就习惯了。你被骂应该高兴，证明你还有被炒作的价值！

一年多前，从我当时的编辑那里听说孙梅得了绝症。消息一出，整个圈子里的人，同她合作过的没合作过的，打过交道的没打过嘴炮的都忙不迭去探病合照，你方唱罢我登场，个个遣词造句述说自己的悲悯感伤，在微博获赞无数。要不是她病期长，我也没机会去。倒不是还记着陈谷子烂芝麻的昔日旧恨，都多大年纪了？白莲花也熬成老树精了，不至于。这用现在的话来说，她还是给我"上过课"的恩人。我不去看她，理由也很实在——犯不着！

我最终还是去看了孙梅，带着一束马蹄莲。也不是我良心觉悟，而

是被告知她想见见我。她躺在病床上，已经瘦成人干，看见我吃了一惊，努力地撑起身体。整个病房里全都是花，百合、玫瑰、康乃馨，却没一个人，就连护工都是几个病人合用的。孙梅的目光没地方放，回到自己打的点滴上，看着它一滴一滴地落。

她说："你来啦？"

我说："嗯，我来了。"好像我跟她没分开过，只是出去买束花回来。

她看到马蹄莲很高兴，说道："你还记得？"

"嗯，还记得。"我记得她喜欢马蹄莲，年轻时的事儿总是不容易忘。

有时候我觉得猝死也不坏，自己去得干净，不会钝刀拉肉给家人漫长的痛楚。而那些濒死的人，他们虚弱憔悴躺在病床上，他们没死，但是身上已经有死亡的气息。你不知道哪一天她就死，你要储蓄悲伤、预留疼痛到她真正离开的那天。

我问："怎么没人来陪床？"

她虚弱笑着跟我解释她儿子如何忙碌，又对她如何体贴关心……她要是精神一点，我都怀疑她要坐起来给我看她小孙女的视频。提到儿子的话题总让我很想抽烟，我点着了刚吸了一口就被护士给严厉教训了。我对孙梅皱起眉："待在这儿真没劲。"

她虚弱咳了两声："是啊，没劲。"眼睛里存着一脉温柔，说着我们俩都笑了。她笑起来还是露出那两颗虎牙，和三十年前一模一样。我坐了一会儿，等她先生来了就走了，临走前告诉她，追悼会我不去了。

她宽容笑着点头跟我说："好的。"

我发觉她生病以后人好说话多了。

人活到这个年纪，对于生命的无常已经不再意外。宽容或原谅这些词对我而言都太高贵了，我只是懒得记恨，选择性遗忘罢了。

我放下信，休息了一会儿，翻起一张印着东京塔的明信片，一看字迹便知道是师斓寄来的。我将明信片正反甩了一眼，没一个字过脑，直接扔到收件框里，那里已经堆积了很多。

师斓是我的助理。她负责许多事，我的行程安排、签约洽谈、工作计划、饮食起居……

我有过很多助理，但没一个待得长，他们要么太喜欢我，要么太害怕我，只有师斓二者皆无，还能在我脾气上来时仍旧把事情安排妥帖。

她待在我身边十三年，渐渐成为我的左膀右臂、我的呼吸，我不自知却习惯依赖她。我一直以为这就是一种契约，从来没有想过会有一天这契约也会到头。

有一天，她突然跟我说："老师，我要结婚了。"

"哦！"我喝了口啤酒，将酒罐往桌上一踆，继续打字，连眼皮都没抬。心里自私地厌恶了一番。我知道她在谈恋爱，情人节的巧克力，七夕的大束玫瑰……我一直懒得看，懒得关心。我从不过问她的私事，因为我知道她足够聪明，不会为那些愚蠢无聊的情情爱爱所羁绊而失了方向。

她说完以后影子没动，弯身把掉在地上的三个沙发椅垫一个个掸干净放好，煞有介事地坐了下来，正襟危坐地面对我。我脑袋里一段酝酿好的情节慢慢有些融化。俄而，我抬起眼皮看向了她，"还有事？"

她对视着我的目光，镇定开口："我要辞职。"她两手安静地搁在双膝上，表情自若矜持，屋顶的水晶吊灯泻下如昼的光，把她照出一种庄严神圣。然后她不卑不亢地告诉我，他的未婚夫是某个500强的中层领导，受上司器重，决定委派他去日本的分公司当主管……

我"啪"一声合上笔记本，喉口一股热腥外涌："我要创作了！"

她很自觉默默站起来，一个字也没多说，她是了解我脾气的。她躬身收拾着茶几上几个我喝空的酒罐，脖间的一根吊坠违拗她的镇定晃出衬衣，翠绿的四叶草仓皇摇摆着，带着我视线能调到的最高饱和度。那是我送她的，忘了是庆祝什么，我送过她很多东西，多得自己都不记得，她现在居然要走？

关门的时候她让我好好考虑找个新人，如果时间允许，她可以带带新人。我"砰"一声关上房间的门以示态度。脑海里那段融化的情节刹那挫骨扬灰。

我们始终没有好好道别过。后来那半个月，我拒绝和她对话。她还是和以前一样每天给我发行程表，为我缴各种费用，管理家政阿姨的时间表……

最后一次，她上门来的时候，带着一袋名贵月饼和一盒瑞士莲巧克力，巧克力用正红的铁皮罐头装着，系着金色的丝带，处处向我炫耀着它自带的婚礼颜色。我扫了她一眼便走进房里不见客。她放下礼品和阿姨去厨房闲扯了会儿。等到晚饭点，她轻轻地叩门，说道："老师，出来吧！我们谈谈。"我不回应也不出屋。我在笔记本上不断码字。

"老师……"她第一次对我的冷漠表现出不屈不挠的坚持，"我知道你在生我的气。我也不放心你一个人，我心里和你一样难受。我明天的飞机就要走了，我想和你道个别。"

我没开门。等到九点多，我听到她很轻柔隔着门的声音："老师，我走了。"自那以后，我便再没见过她。

中秋节的深夜，我一个人坐在敞亮的客厅，把窗帘都拉开了，望着对面灯火通明，望着夜空里一轮皎洁圆月，一个人把一盒巧克力都吃了，盒子里躺着一张心形的卡纸，上面写着两个名字，中间画了一个丘比特。我无济于事地把那个男人的名字撕开，然后打开笔记本，看着这一天写的情节，摁着删除键一大段一大段倒退回去，直到眼前的文档干净如白纸。

有时候我想：她究竟是怎么看我的？尊敬我或是喜欢我吗？我一次次对她发火发怒，她有没有一点点怨恨？我们朝夕相处十三年，而我只是她生活里的一个"被告知者"，她的未来里根本没有我的角色，真是让人火大。

后来我再也没招助理。

想起她，我需要一根烟的时候缓和。如果没有何遇，我想我现在还在那个二十六楼的公寓里喝得大醉，无人问津。

第三封信是一封"致歉信"，某家政中介对于为我安排的阿姨存在品行问题的致歉函。多久之前的事儿了，他们再不道歉我都快忘记恨了。

那会儿我的小说获了一个颇有分量的奖，据此改编的电影也在紧锣密鼓地拍摄着，而我却进入了人生的第一个写作荒。我没日没夜对着电脑屏幕，脑袋里的故事像棉絮、散沙一般，美得很却抓不住任何一段。我连着几夜睡不着，躺在床上，觉得脑袋是口干涸的井，而我举着铲还在不停往下掘，掘得五脏六腑一次比一次麻木，每一次醒来，"自己"一词就离我远一尺。我大把大把脱发，师斓让我去看医生，我没去，因为我确信自己生理上很健康。

日子一天天过去，我捂在家眼见着截稿日临近，开始抽烟、酗酒、靠外界的刺激激发灵感。一章接一章凭着多年本能的写作技巧熬出情节。编辑用十分钟看完，眉毛深深弓起，问题一个个劈头盖脸袭来，总结起来两个字——糟糕！我跳起来怒吼，像个捍卫孩子的母亲，愤恨述说着生产的痛苦，把他的问题一个个撅回去。我骂得很痛快，他没回嘴，收了稿子走了。第二个月他例行公事来访，看完新稿一个字没说就收了。我问他：怎么样？他说挺好。我疑心地盯着他的脸观察，他不退缩怯懦，任我看着，任我怀疑，就是不再说一个字了。他走以后，我又失眠了，我开始猜测他憋在心里的话，是情节有问题还是人设不真实？是前后不连贯还是故事不吸引人？他为什么不说？是因为比上次问题还多吗？我越想心里越难受，半夜三点半，我给他打电话，问他有什么不满，他迷迷糊糊说没有。我不相信，非要他说，他说我疯了就挂了。两个星期后，我的编辑换人了。就在我气急败坏追问原因时，家里门锁一动，师斓带着一个中年女人进来。她掩在师斓身后，藏住她的白底花衬衫，藏住她雪青的确良长裤，没藏住两只狐狸一样的眼睛透出的好奇和惊喜。我第一眼见她就讨厌，她让我想起我母亲，从此她看我的眼神再也没有其他内容。那两只乌溜溜的眼睛像在窃窃观察我的一切失败和暴怒，等着我从悬崖跌下去时看个全尸。

　　我讨厌她的多嘴嚼舌，但是好像她的生活乐趣全在一张嘴上。爱和你吹嘘自己家的儿女出息，炫耀她的老东家富裕慷慨……我想着自己在她嘴里又会是怎样一个故事。闭上眼，满脑都是她血红的舌头在一开一合的嘴里嚼动的画面。我打电话给中介公司核实，把她的底儿查得一清二白。等到下一次她再滔滔不绝，我就开开心心坐到沙发上听，她每撒一个谎，我就拆穿一个，像一支又一支箭放出去，我能清晰看到她面部抽搐的每一个缓慢瞬间，她想伪装矫饰，但我目光紧紧咬着她，然后她牵强尴尬地笑，等到她明白自己的谎言已经穷途末路，知道这都是我的暗算后，干笑变成了愤怒，她暴跳起来恶狠狠骂我，什么污秽下作的词都会从那张曾对我阿谀奉承过的嘴里出来。我就坐在沙发里笑，听着她骂，看着她精心铸造的理想形象一点点崩塌，我的心里痛快极了。

　　我的另一个阿姨，终于是个不苟言笑的女雕像了，她只顾闷头干活，两眼不看屋外事。平静得都有些无聊了。直到有一次，我发现浴室壁镜后的一小瓶快见底的法国香水不见了。我生活上一向粗枝大叶，自己有多少瓶瓶罐罐压根不知道。只是这瓶香水是孙梅送的，我没扔也没用，里面的液体都是日子久了挥发掉了。

　　后来，我开始留心东西。当你突然观察起不曾关心的领域时，你会发现开启了一扇新世界的大门。我果然发现自己少了许多零零碎碎的东西。

　　这一发现让我血脉偾张，我没告诉师斓，她一旦知道我就再见不到这个阿姨了。我兴奋地从首饰盒里取出一块金表，放在我平时不常用的洗衣机上，等着她来，等着她走，兴冲冲跑过去查看，却失望发现金表安然躺着嘀嗒作响。第二次，我换了一根手链，仍任务失败。第三次，我放了许多零碎的外币，十二个硬币，八张纸币，这次终于有了"收获"，纸币少了两张，硬币没了三枚……这给了困坐愁城的我极大的乐趣，第二次我又多放了些，钱又少了。后来我想出更有趣的花招，我用新买的打印机正反复印了几张英镑纸币，仔仔细细裁剪好，混在那些硬币里。我看着纸币被拿走，想象着她让银行职员质疑时脸上露出的惊愕表情。等不及看她下次来，面对我敢怒不敢言的样子。

　　我继续印纸币，师斓知道了后，对我的这种趣味很不满，皱了皱眉头说："别作弄她了，人家生活也不容易。"

　　我瞥了一眼她的脸，快乐像个膨胀的气球被瞬间戳爆了，她那种健全人类的道德感刺激了我，我冷笑道："谁生活容易？谁他妈容易了？"我把纸币撕得粉碎，丢进了垃圾桶，逼视着她问，她看着我却一言不发。她已经熟练掌握用沉默就能让我更加生气的法子，我一脚踢翻了垃圾桶，一个可乐罐滚出来，没喝掉的液体汩汩淌在地毯上……我冷漠地看着它流，心里难受，抬脚用力把它踩扁。

隔天，那个家政就被师斓辞了，体面虚伪而不带任何作弄地辞了。她可以去新东家家里重操旧业了，而我仍旧一字也写不出。我终于沦为那些老家伙们连批评都提不起劲的过气作家了，成了看见新生代小苗子上来要横挑鼻子竖挑眼的老东西了……

我无趣地把"道歉信"扔了，又给自己续了杯茶，只剩下最后一封信了，天色完全暗下来，几颗寥落的星透过厚云朦胧而勉强地闪烁着。

我拿着信回到内屋。信封上一片白净，翻来覆去看了几遍也没找到一个字，拆开一看，彻底顿悟这不是一封寄给我的信。信里是一个女孩鸡毛蒜皮的埋怨，从年幼的性骚扰到嫁错老公的抱恨，像泡了几天黄连汤一样，捞起来还滴答淌苦水。脑袋一转便明白是笺的客人写的心事了。八成是小渔粗心，不慎混在我的信件里给拿上来的。

我到阳台俯身往下看，咖啡馆的灯还亮着。

那晚感恩节派对结束后，我仗着微醺的兴奋也是这样凭栏吹着凛风。子夜时分，瞧见从笺的后弄堂里一男一女并肩出来，女孩始终低着头，男孩走两步就停下来用目光等候，两个人走了很远，我就一直看着他们，空寂的街道宁静极了，微弱的路灯拉长了他们的影子。爱情，真叫人头疼，又叫人怀念啊。

后来我跟何遇说了，他妥妥帖帖接受我的话，简直泥牛入海，完全没有一点满足我好奇的打算。我突然来了兴致就把话题接到他身上："我看你年纪也不小了，又不像游戏人间的样子。怎么不找个女孩子安定下来？"他笑得有一些失控，嘴里很快圆过去："明天就去人民公园找。"

双眼心不在焉飘到墙上的两幅风景照上发愣，眼睛里如壶烧开的牛奶冒出热气来。某一瞬让我猝不及防觉得熟悉极了，如一根冰柱捅进心里的井底。我艰难扶着井口去看水里那个深邃的身影，他褐色的瞳仁、微黄的头发、笑起来的模样和大学时那个春风一度的男孩有多像？我看着他，思绪飘得遥远。

十几年前，我和一个编剧在一起相处过一阵，我们俩都很享受那种互不干扰的淡淡交往。历经风霜的灵魂有时候只需要栖息，我们像两只随时准备出海的帆船，偶尔停歇可以彼此慰藉。有一回，我例假晚了，我怀着一种古怪的期许去买了验孕棒，那时候我已经三十九岁，我在给自己另一种生活的方案，一种我曾鄙夷唾弃的生活，但因不曾拥有的新鲜让我瞬间动心。结果是一条线。一周后例假还是迟迟未至，我去医院做了检查。我自然是没有怀孕，还被告知卵巢早衰，要再做母亲基本无望。我联想起家里的烤箱，说明书上罗列着它的许多功能，而我基本只使用其中几个，有一次搬家摔坏了"烧烤"键，我万分沮丧。隔天我换了一个新烤箱，把烧烤功能用到腻为止。

我带着阴性报告回到他身边，向他提了分手。他系着领带，沉默了一会儿，他套上西装的时候回答我"好的"。没有问原因，也没有挽留，成年人的感情干净利落得像一份合同，时效已满，不续约便各自另寻甲乙方去了。他带着我曾经欣赏的洒脱离我而去。我回到房里把他送的东西能剪则剪，能撕则撕……全部解决后，我仍恨得浑身发抖。我这爆炭似的脾气一直没有改善，这个世界上只有一个人能让我平静温柔，可惜他不在了。他不在了，我的暴脾气越来越厉害……

我知道自己没有多爱那个编剧，只是我清楚地知道人生的一种可能被永远封上了……

从那以后，我时常想起年轻时抛弃的那个孩子。像心里那口井慢慢冒出一点水泡。因为他，让我确信我"母亲"的按键还在，他维持着我的完整。他是我对这个世界存在爱意的唯一理由。我有时会把何遇当成那个孩子，他们年纪相仿，他又和我很是投缘，我们像两块拼图，一气呵成。

夜深风寒，我套了件毛呢大衣，上弦月从梧桐树叶里透出白光，把每个路人的影子拉得长长，谁也不认识谁，他们在热闹的都市彼此交织住影子，走出树荫，仍是孑然孤身。

茶凉了，月光冷了，又到了这个季节，我又想起了他。人生有那么多的苦，却没有一样能抵上相思。

所爱隔山海，山海不可平。此爱翻山海，山海俱可平。可平心中念，念去无自唏。

我想起他圆润清和的声音，想起他折痕累累的双眼皮……

真好笑，明明这些年早练就了百毒不侵的本领，可每当想起他，那些铠甲盾牌又有何用？我回到房间取出钢笔，搁在台灯的微光下，轻轻抚着笔杆上刻的字……我知道这故事还没完，他死了，我还活着呢！这故事还没有结束。

我终究没有去笺还信，自己回了那封信。我把钢笔上的那十个字回给了那个女孩。

这世上，谁又真正帮得了谁？每个人的生活公式都不一样，不过各自推导换算，遇到过不去的坎儿，便只有努力安住自己的心罢了。

　　故事的主角总是压轴，压轴的却不一定是最好的故事！天下无不散之宴席，笺的使命也已经完成，这里是起点，也是归宿。不务正业的何医生要回到医院了，这一次是以病人的身份……

　　你们听我说，说一说我的故事……

——保遇

何遇视角

何日君再来

　　故事的结局，轮到了我，像一个圆规在白纸上画出一个圆，首尾相连，也像我们常说的有始有终。我希望尽量不要烂尾吧。

　　短短几万字说不尽生活的悲欢离合，或许这故事不够跌宕起伏，它只叙述了人间的冰山一角。或许你觉得故事拖沓又零散，根本无法命中心窝。我相信各位在人生道路上遭遇的痛苦和艰难比这个故事痛彻真切百万。的确世上没有感同身受这回事，能感知的大多是有相同的命运经历或推及自我的恐惧。不管我们如何深入剖析痛苦，都是为了能克服之后，继续生活。因为你和我都知道，人这一生短短百年，哭泣和痛苦的时间多了就会占据其他更宝贵的东西的时间了。

我的故事该从哪儿说起呢？就从台风"利奇马"来的那天晚上说起吧！那天我驻守在筏，我万万没想到在这样一个恶劣的天气，小渔走了以后，我还会有客人。

何医生推门而入，他全身套在一件黑色雨衣里，说自己正巧逛到这里就来看看。没有人会在这种鬼天气的半夜出门闲逛，除非是一个担心深夜未归儿子的父亲。

我带他参观了一下全店，用三脚猫的功夫给他做了一杯摩卡，他坐在吧台前，看到烟灰缸里横七竖八的星星火光，忍不住唠叨："少抽点烟，对身体不好！"我说是客人用的，赶忙掩耳盗铃藏掉。

虽然工作以后我就搬出去独立，但每逢周末都会回家陪父母吃饭。父亲健谈幽默，从天文地理到社科时政，无一不精，而母亲习惯了和他唱反调，短短一顿饭总是充满乐趣。老何医生对于厨房从不假手于人，结婚以来，只要他赋闲在家，每顿必须亲力亲为，典型的上海男人。

他喝了口咖啡，跟我闲聊了会儿。父亲这两年明显衰老了，目光越来越浊重。他问我生意，问我生活，但我对他的表情语言所表现的情绪已经了解得滚瓜烂熟了。我知道他心里有事。

母亲过世已经三年。她从发现病症到过世历时十八个月，因为自己是医生的关系，她住院的时候很平静，反倒劝我们不要担心。母亲在事业上敬业钻研，生活里又事无巨细，从我爸的头发丝儿到我的脚指甲，都逃不过她的法眼。她住院以后，也一直惦念着家里，每次总问我们：今天轮到谁打扫？家里的鱼喂了吗？天气那么好，被单拿出去晒了吗？最后总说她马上要回家去检查的，可是她再也没有能够回去。

　　她去世的那天，我们都在她身边。父亲给母亲梳了梳头发，她的头发已经稀疏许多，他摸着她的脸，流着泪看了她好一会儿，喊她"小黎，你好好去"，然后跟着医生去填了所有的文件和表格，回来以后又变成平时一丝不苟的样子。他一面开始处理起母亲的身后事，一面忙着应付亲朋好友的慰问。他叮咛我要做的准备工作，像怕我听不懂，一遍又一遍地说。他亲自选照片、选衣服、写悼词……那几天他除了吃饭、睡觉就是在忙告别仪式的各种事务。

　　大殓那天，父亲忙里忙外，应付着所有来参加告别仪式的亲朋好友，读悼词……当妈妈躺在棺材里，慢慢被送进去的时候，他再也忍不住，情绪崩溃，俯身抓住棺木，边喊边哭："小黎，你让我一个人怎么办？"他不停重复，声音一次比一次哑，直到喊不出声，他追着喊着不让她走……我和亲朋好友拉着他，他的力气大得惊人，那是他和母亲最后的道别。在那一年半里，我没有在父母面前表现出悲伤。让自己演绎得坚强比坚强本身更难。我想起一些我治疗过的失去至亲的病人，我针对每一个病患发明不同的治疗语言和方法。可我却拿悲痛欲绝的自己束手无策。能医不自医，是真的。

　　小冯以为我开这家咖啡馆是为了找寻亲生母亲，事实却是恰恰相反的。我是为了我的养母——华黎明。

　　母亲离开后，我们父子虽然日常照过，但一直陷在心照不宣的悲伤里，饭桌上再也没有嘻嘻哈哈的笑声，家里的鱼都送了人，又请了一个阿姨负责买汰烧。听阿姨说他常一个人坐在阳台发呆，一坐就是半天。我怕他出事，想搬回去，他又执意不许，让我不要每天哼哧哼哧两头跑，我也只好顺从。

　　大概半年后，我们收到一封信。看到字迹，已经惊呆，是母亲的字，是她生病时期写下的信，委托朋友半年后寄来的，在信里，她说她害怕我们太想念她，劝慰我们不要因为她的离开而怨恨生活，也不应该消极对待自己的人生，不然她会难过。第二个月，她又寄来第二封信，她的信陪我们度过了一个寒冷的冬季。

最后一封信里，她的字迹已经非常潦草，高低不平，化疗已经损坏了她的视力。她对我们说，去世的人和活着的人是相互依附的，只要我们时常想起她，她就将以另一种方式继续活着。我们父子俩对着那封信久久不语。几天后，父亲接受了某医院返聘的邀请，我也开始酝酿起开一家收集心事的咖啡馆。或许文字有时比语言更具有治愈疗效。父亲尊重了我的选择，他一直尊重我。

咖啡终于喝完了，窗外的暴雨却越演越烈，气象台发布了台风红色警报。父亲拎起自己随身带的公文包，将一张CT片子拿出来。

我愣了很久没能说出话来，模糊不祥的预感涌上心头，但我又故作轻松问他有什么问题。他端起咖啡杯，却发现最后一口咖啡已经在五分钟前进了他胃里。他的眼睛里全是老医生深不见底的平静，只有颤抖的声音出卖了他："手术吧！"

白驹过隙，时间一眨眼就来到了2019年的最后一天，生意兴隆，高朋满座，烟光流离在残照里。客人们在谈笑中总结庆祝这忙碌而丰富的一年，一番诗酒趁年华的景象。

我在朋友的古董店淘到一台老式唱片机放到笺，黑胶转出的声音有上世纪传来的战栗感。很多客人喜欢这种沧桑。阿笑买了一只吉他，价格很离谱。他的任性我一贯是纵容的。他把吉他也留在了笺，挂在墙上，对我说，这是最昂贵的风景线。我回他："贵确实贵，是不是风景线还有待商榷。"

晚上提前打烊，在筏庆祝。大家换了便装，老杨换了身麂皮夹克，方临秋穿着大红山茶花图案的长裙，姑娘们更是个个青春靓丽，我看着他们，有一种恍如隔世之感。

我先举杯——和他们干，我说我有话要说。他们每个人都笑嘻嘻的，但我还是残忍打破这个温馨场景，我咳了两声，无痰无痒，像是为了给自己壮胆："我要让筏歇业一段时间。"

欢声笑语触礁般戛然，所有人的笑容都冻结了，除了阿笑，但他望着酒杯里冒上的气泡并不看我。每一份惊讶里都渗透了部分个体感情。老杨"啊"了一声，张大嘴在消化自己听到的话；小渔咬紧嘴唇默不作声，或许在联想是否和自己有关；小江垂下眼睛，可能在用她的思维模式进行解析。老杨第一个问："你要干啥子？"方临秋接着他的话问我是不是资金遇到问题。我摇摇头，尽量保持冷静，缓缓告诉他们："我下个月要做一个手术。需要一段时间恢复，没办法兼顾生意和身体。"屋子又一次陷入寂静，隔了一会儿，所有的眼睛却又异常生动活跃，他们在我脸上得不到答案便彼此用眼神交流，热气腾腾的腌笃鲜孤独散发着香味。每个人的疑惑在对视后变得越深越沉。

我对他们说，天天看别人的心事，今天也要跟他们说一件我的心事。我把话题顿了一会儿，早有预谋地看了眼墙上的时钟，九点二十三分，我要记住这个时间，之后的一切都将以这一刻作为分水岭了。我舔开牙床笑了下，说我先天大脑中动脉狭窄，小时候经过长期康复治疗才能和常人无异。但在半年前的一次常规体检中发现大脑血管内膜有增厚迹象，为了配合治疗，一直靠药物在控制病情。医生根据会诊，希望我事不宜迟，尽快手术。

我在一种奇怪的安静里把我的故事一气呵成地说完，没有任何声音和意外打断我。他们带着惊怯的目光，消化着一个个深奥的名词和术语。像是经历了一场听不懂语言的警报，肃穆的神情参差不齐慢慢觉醒过来。我须要面对他们的震撼和困惑。这比聆听他们的心事要复杂很多。他们有满腹问题：什么时候手术？严不严重？会对我产生什么影响？我耐心给他们科普。我以为这会很艰难，但我完成得如此娴熟顺利。等到我回答完所有人的提问，那种可怕的沉默又来了，把房间拖入一种颓败的黑暗中。我踌躇想要说点什么缓解一下，阿笑忽然擎起他的啤酒杯朝我的杯子碰了一下，发出清亮的声响，他祝我手术成功！还嬉皮笑脸说万一不成功，让我把店留给他。他在笑，眼睛里的光像散开的烟花，我猛然想起二十多年前的一个除夕，我被一支倒窜的夜明珠烫到，他也站在我身旁，在凛冽的寒风里，踩在我的影子上，欲语无言地看我，当大人们惊恐万分围绕过来，我独独看着他那双眼睛，稚嫩而恐惧，在暗夜里瑟缩，而今天，那双眼睛还是在黑暗里看我，却蓄满了力量，将那些暗流涌动的脆弱都熨烫到皮下。我受到他玩笑的鼓舞，笑他想得美。接着是江江的高脚杯向我碰来，再接着是小渔的马克杯……

2019年的最后一天，我卸下身上的一部分，敞开了自己。荣格说过："当病人为心理医生的伤口带来合适的膏药时，理想的心理治疗情况才会出现。"

准备手术的前几天，我收到一个来自俄罗斯的包裹，心里已经猜着八九分是谁送的。拆开包裹，里面装着一截很短的木头，那木头捏在手里还有些潮，我转了几圈也没看出什么名堂，再去翻包装，果然有一封信。我自认无法参悟，去求助那信。信的内容也很是言简意赅了：

听说托尔斯泰喜欢只点一根蜡烛写作，果然近视了，他看不清字就把座椅腿给锯短了。你猜你现在拿在手上研究的小木块是什么呢？对啦，就是我在托翁庄园里……的灌木丛捡的一块枯木啦。Bazinga（你上当啦）！

祝圣诞快乐！

迅

2019年12月25日

我哭笑不得，每年都这样变着法儿跟我开玩笑！

小迅是路峰的"小徒弟"，以前路峰手下总有几个来来回回的小朋友，每次出任务都带一两个在身边鞍前马后。小迅是其中一个，是个摄影师，年纪最小却极聪明，小路毫不掩饰地偏心她。她又是个小男孩性格，胆大好玩，所以我们平时出来滑雪潜水也喜欢带上她。一来二往我和阿笑也和她混熟了。有意思的是我和小迅竟有许多相似处，仿佛倾盖如故，我发觉她单薄瘦弱的身体里蕴藏巨大能量，她也看到我斯文外表下的执着倔强。小路笑我们俩一定是失散多年的兄妹。小迅的工作性质总是轻装缓带，接到任务就满世界飞，每年圣诞节，不论她在地球哪里都会雷打不动给我寄礼物。而礼物的内容，你们通过这次也能够举一反三了。

我们认识有十个年头了。那时候每逢冬天，我和阿笑去北京找小路，就住在小迅家四合院，晚上我们围炉聚欢，吃着铜锅涮肉，蘸着芝麻酱调的小料，喝着"小二"，赏着内院花木扶疏、琉璃世界，听着小迅爷爷养的蛐蛐儿鸣叫，实在惬意逍遥。夏天，她来上海出差，我投桃报李带她去听五月天演唱会。散场后，我们跟着一群歌迷东倒西歪挤出虹口足球场，她挥着荧光棒对我唱："我不怕千万人阻挡，只怕自己投降！"我荒腔走板附和她唱："如果我爱上你的笑容，要怎么收藏要怎么拥有？"

皓月当空，四周都是青春的热闹。她说："老何，将来有一天我们会怀念这一刻的。"我深以为然，那一刻，我仰望星空，倏然感动。

方临秋曾问我怎么不正经找一个女朋友。我想我不必刻意去找那样一个人了，我看过广袤沙漠，见过星辰大海，也曾亲眼见识一个个跌入谷底的孤独灵魂，却如此有幸还能遇到那样一颗赤子之心，已经足够。我们一起学习成长，也一起踢天弄井，拥抱过佛罗里达州的飓风，也曾在札幌的雪中漫步。我们热爱着彼此，不计成本和结局，像爱长城和蓝窗，只欣赏不拥有。

阿笑、小路和小迅都知道我的病情，他们从不以眼泪和悲伤与我相对。我看得到他们心里细嗅蔷薇的猛虎，他们也读得懂我眼睛里的草蛇灰线。我不会对他们有任何要求，他们也会纵容我去做所有我想做的事。一个人强大并不一定非要达成什么成就，而是拥有独立乐观地面对命运的能力。

又到新年了，我打开电脑，每年年初，我都会选一幅小迅的作品印出来裱好，挂到笺的墙上。闻弦歌而知雅意，见景如晤。有人宁愿牡丹花下死，而我，得知音如此，南面王不易也！

每个人都知道自己的结尾，不知道的只是如何走向那个死亡罢了。所以为什么要让那结尾夺去故事的光彩呢？谁也不知道生命要我们承受何种的沉浮，只享受当下便好。

也许某一天，没有长亭外古道边，没有停唱阳关叠，殷勤频致语，就在一个和平时一样的清晨，我就留在昨天了。希望大家不要悲痛消沉，也无需诔词祭文，只要生刍一束，他日相见，仍是旧日动人笑面。

第三部分 一『笺』如故

不要因为别人而黯淡自己的星空。

只要你用心经营，

就算一碗青菜白粥，看似清淡，

却也是幸福真正的坐标。

那是2020年1月4日。

很多年后，当我想起那一天，模糊了初雪新霁的街景，忘记了红霓沁白的月色，唯记得你探出窗来的笑容。

我来了，你却要走。

沈从文说："凡是美的都没有家，流星，落花，萤火……"

我说还有你，你像一束月光，照亮黑暗，无法束缚。

但愿他日，我立于苍穹之下，仰望这遥亘千里的夜空，想起你，或能轻轻说一声："今晚月色真美。"

——祈语卿

最后的诊疗

祈语卿骑着小黄车，沿着一路红砖粉墙和邬达克建筑前行。她对这座城市既熟悉又陌生，每条路都有似曾相识的感觉，可隔一段时间重游故地，总是发现和印象中的不一样了。大概因为上海天天在变化，而这座城市里的每个人也都在变化着。因为变得太快，她和城市对彼此而言时常是陌生的。

何遇租房在巨鹿路一幢老洋房。她气喘吁吁把车停好，望了眼二楼窗口位置，她这个仰望的角度只看得到窗台上几个大小不一，已经枯萎的盆景，但她的心还是怦怦乱跳。她在迷茫和忧虑里踟蹰，然后蜿蜒上楼梯。她的脚步在漆黑里逗留，她提着水果篮，想整理出一个最合适的表情。兀然一道阳光从她脚底的黑暗里画出一个扇形，慢慢升到她身上来。她吓了一跳，没有想到房门会在这个时候打开。

"咦，小渔，你怎么不敲门？"何遇也吃惊，他戴着一顶浅棕针织帽，穿着格子呢大衣，身侧是一只拉杆箱。他说房子租期满了，回来收拾东西。

小渔跟着他进去。空调开到30度了，她还是冷得呱呱抖，陷在一张棕色真皮沙发里，冰冷感从屁股传到脚跟。她第一次进来坐，平时只是经过时望望那扇窗。里面和她想象的并无二致，红木家具、古董挂钟、老式钢琴……

何遇脱了外套。白色的羊绒衫显得宽松，她发现他瘦了。可是他没脱帽子，她不解看着他，额头、鬓角干净得毫无碎发，她在一刹那恍然，再不愿抬头了。

她心里恐慌起来：他怎么就突然变成这个样子了呢？

她记得初次见他是一年多前她应聘那日。何遇坐在吧台前一张圆凳转椅上和江灼晰说话，他说小江的制服太大了。小渔现在回忆起来推测那天是刚新发了员工服。江灼晰卷起肥大的袖子没理他。何遇长腿及地，左右转动，在逆光的太阳里笑起来说："之前医院一个小医生跟你差不多身材，第一次穿无菌衣，结果在手术室裤子掉下来了。"江灼晰雪白的脸上微微泛红，她狠狠瞅他一眼，慢悠悠效仿他的笑容回应："何医生在现场吧？至今念念不忘，当初一定大饱眼福了。"他又笑起来，然后注意到了站在门口的她，她当时觉得这个老板又随和又风趣，特别还有一头乌黑松软的头发……她从来没怀疑过他的健康。

她抓着拳头，舌头在口腔里打战。小渔有点憎恨自己来到这里。她从小就是这个世界称职的观众，她俯仰随俗，生活的"导演"让她哭她就哭，让她笑她就笑，眼下她完全明白自己内心喷涌而起的悲伤和同情。可还有另一种力量在形成——愤怒。她明知道这愤怒有多不讲道理。

何遇问可不可以给他削个苹果。她从水果篮里拣了一只圆润饱满的红富士，用他递来的一把水果刀削起来。

他问她店里怎么样。店里一直很好，因为老杨和小江一致决定继续营业，让何遇之前的"歇业"提议彻底宣告失败。小冯和小渔商量着轮流上班。大家已经习惯了工作流程，突然停下更无法适应吧！

她问何遇怎么没告诉她顾禾南去找过他。

何遇看似答非所问地说："职业病。"他的声音总是低沉缓慢，不疾不徐。小渔一直觉得何遇是个符合社会标准的职业人，在她伪装活泼开朗的时候，在欢欢假装哑巴的时候，他都适时做一个合格的观众。直到最近她才知道真正的细致周到恰恰是不被发现的。就像刚才他看出她的紧张局促而让她削个苹果缓和情绪一样。

她说自己二十六岁了，第一次失恋真丢脸。说完自己就笑了，笑完觉得一点也不值得笑。

他问她："顾禾南向你坦白以后，你有什么感受？"

她把苹果放到茶几上的果盘里，低头凝视自己两只沾着汁水的手。何遇抽了两张湿巾给她，她一根根拭过十指，莫名其妙笑了一声："我还是觉得很难过。但是比起你的事情，我这点小情绪太不值得一提了。"

何遇的眼睛还是和之前一样刚柔并济，温煦中带着锋芒，他抓住她的话，割开问："你刚说到我的事情的时候声音低了，眼睛也不敢看我。为什么？ "

　　她无法回答，说实话会伤害到他。何遇从茶几拿起那把小刀，干脆利落把苹果切成片状，又取了几个透明小叉插到果瓢上，给了她一片，她注意到他手腕上套着医院手环，二维码上印着 " 何遇 "，她打了个激灵。何遇对她说： " 你对我的关心让我很欣慰。但是你不必为了我而压抑你自己的情绪。我是你的医生，你没有义务替我难过。你有什么事都可以告诉我。"

　　她嚼着苹果，头始终没有抬起来，她心里有一小块阴影在他温和低沉的声音里膨胀，她想到他有一天就会不在，眼泪便簌簌往下滑。她从小遭遇的抛弃太多了，她曾看到一句话说： " 不缺钱的人最容易借到钱，不缺爱的人总容易找到爱。" 她觉得这话真残酷，又像一个无法打败的定理在高处冷眼她的反抗。方临秋跟她说过 " 原生家庭的创伤是无法根除的，你只能带着伤痕学会认识它、理解它，慢慢去接纳它 "。但有没有一种可能，她永远也接纳不了呢？有时候她觉得人的记忆实在太好，你以为你忘了，但其实都在潜意识里，它们都在。她用衣袖使劲抹着泪，眼泪却是不停歇的，她哭着说他会离开她。

　　她没有面对悲伤的能力，缺乏触碰的勇气。当她知道何遇的病情，她觉得自己比何遇还要难过。她想如果哪一天何遇真的不在了，他也会走得从容不迫，他是能预计所有将来时态的那类人，会对自己的生死祸福掌握得妥当淡然的人，像圆寂的方丈驾鹤仙去一般。难过的是她，是那些被抛下，无法勘破，在失去后的灰色世界里痛悼而走不出来的人。

　　何遇告诉她他不会离开，至少现在不会。但总有一天会走。万物皆会消失，太阳系有一天也会灭亡。她要学会成为自己的心理疏导师。

　　她不明白，她当然不明白，太阳系或者黑洞跟她有什么关系？那些几百年后的灾难怎么能给她现在的恐惧预支安全感？但她还是假装这话安慰了她的样子，默默点头了。她想这样或许能让何遇好受一些！她觉得今天她不配再作为一个病人向他去索取任何东西了。她把苹果全吃了，冷得牙缝都酸起来。

会谈结束后，她依然回到那辆载她来的小黄车旁，黑色座椅上积了薄薄一层霜露，在落日被飞扬大雪遮蔽的黄昏里泛着冷色亮泽。她用手轻轻一擦，冰冷潮湿的水汽从绒线手套渗透进去。她跨上自行车，刚踩下一脚，口袋传来嗡嗡振动。她忙活好一阵，又是脱手套，又是解口罩，又是抢开阻碍视线的围巾，终于接起电话："何医生？"她冻着手问是不是她落下什么东西了。何遇让她抬头。她从羽绒服连衣帽里挣出脑袋向上看，果然看到何遇正伏在窗口看她，两楼的高度可以清晰辨清他的五官笑容。几个盆景就在他面前，此刻也是雪白一片。她不知道他要干什么，她也不知道自己该说什么，两个人就这么对望着。就在那种没有言语的对望里，她的那点愤怒像雪花一样落在地上了。她又想起那日她推开筌的门，阳光甚好，何遇和小江互相调侃的场景了。那曾经让她嫉妒过的亲近而今发生在她祈语卿身上了，她觉得自己独特得让她都忍不住要嫉妒起自己了。她知道那一刻她不再只是一个病患，而是他真心关切的人。

何遇跟她招了招手，问她：冷不冷？她"嗯"一声，说很冷。雪花落在她的睫毛上，又冰又凉。何遇笑了，探出身体，她突然难过，让他回屋别感冒。他说好，但身体没有动。等了几秒问她：最近怎么样？她有些不明白，何遇接着说："假设现在是2025年的元旦，我给你打电话。问你过得怎么样。你会怎么回答？"

她抓着车把的手紧了一下，说她不知道。何遇让她骑车出去，骑出去看看外面的变化。她从包里掏出耳机插到手机上，双手回到车把，回头看了他一眼才缱绻转身，一脚踩下踏脚板，车轮唰啦啦向前驶去。弄堂口几个小学生背着书包在奔跑叫嚣。

小渔说："有个小男孩跌了一跤，摔在积雪的地上。衣服都脏了。"

何遇问："他受伤了吗？"

小渔说没有。

何遇顿了一会儿又问："那他爬起来了吗？"

小渔点点头，意识到他看不到，回答："爬了，又跑起来了。"

她的车拐出弄堂，外面霓虹初上，蒙蒙雪花里的城市寒冷又闪亮。何遇问她经过哪儿了，小渔一边踩车一面回答："我现在经过花样年华旗袍店，门口模特穿着件大红色刺绣旗袍。"

"拐弯看到国泰电影院了，《唐人街探案3》正在上映；我现在骑到兰生大剧院了，很多人在排队等进场……"他在电话里说了现在在上映的话剧，又问她有没有看过。她说没有，她忽然憬悟自己从来没有去过兰生大剧院。她每天经过很多地方，很多地方只是匆匆而过，消失在视野，也消失在心上。

"现在经过一只一点点奶茶铺……"她的胸口处有一些瘫软，像被潺潺的温泉泡着。

"小渔，你过得好吗？"他问。

"我？2025年，那时候我都三十多岁了……"她试想了一下，觉得又可怕又刺激，她眼睛里装着黄昏里的街景，处处都是一段人生，她感到未知的惊悚，心里有无处安放的忐忑，她问，"何医生，你觉得我会过得好吗？"

"我希望你过得好，做自己喜欢的事，每天都充实、精彩。可能找到了一个很好的男孩子，拥有自己的小家庭。你们白天各自工作，周末会一起看个电影、逛个街，或许兰生剧院门口就会有你们俩；可能还是一个人，一年出去旅行一次，到处去看看世界；你也可能已经做妈妈了，每天围着孩子又疲惫又开心……

"也可能和现在一样，什么也没改变。你不知道将来会发生什么。"她"喇"一下握紧刹车，车轮在湿漉漉的地面上滑了半米，停在红灯前。她的眼泪和融化的雪水凝在一起，脸庞被风刮得通红干疼。

她望着极蓝极蓝的天空，月远天遥，她隔雪去看星星，抬起手，什么也触及不到，雪瓣落到手里，闪烁一阵便不见踪迹。她怆然迷茫，觉得自己就像上海的雪，无论下多么大，永远积不起来。

何遇的声音轻柔若云："小渔，在医学上，哪怕拔一颗牙也需要病患签《风险承担书》，因为你无法知道在拔牙过程中会发生什么。但是我们不能因为拔牙有可能发生大出血或者导致死亡就任由牙齿疼痛下去。你正在重生。但是行为是有惯性的，改变并不是一两天的事情。你不必强迫自己变成我渴望你成为的人。你可以成为你自己的祈语卿。"

她说不出话来，两边群楼耸立，灯光旖旎的商铺争奇斗艳，像要把弱小的她淹没进去。

何遇等了她一会儿，才继续说："不要因为别人而黯淡自己的星空。你取悦别人，现在你须要回馈你自己。只要你用心经营，就算一碗青菜白粥，看似清平和睦，却也是幸福真正的坐标。顾禾南也好，你妈妈也好，或者我，我们都没有遗弃你，我们只是跟着自己的生活轨道前进了。你要看清自己的路，或许在下一个岔路口大家还会重逢。但你留在原地就什么也遇不到了。你愿不愿意尝试往前走走看呢？"

冷风刮进帽子缝隙里，双手却在运动中慢慢发热，嘴唇咬得干裂，喉咙像被粘住。

"当我们爱自己了，才会被别人爱。"

"嗯！"她发出唯一能发出的声音。

"不管碰到什么问题都可以告诉我，记住我是你的心理医生。"

"嗯。"她继续点头。

"这次不要敷衍我了。"风里传来他的笑声。

"好。"她眼角凝泪，牙齿不自觉哆嗦起来，久久听不到任何声音，"何医生！"她使劲喊出声来，喊得又急又喘，"明天……明天的手术……要紧吗？"她本来想安慰他的，可却在向他讨安慰。她真怕他出事。

"我会努力活着的！"他没有笑，每个字都说得掷地有声，是一个非常认真的承诺。她也想认真地活着。

"嗯。"她好像除了这个字再也发不出其他声音。沿途的邬达克建筑再次出现在她的骑途。它们像城市的文脉，在路灯和梧桐的树影下巍然而矗，沉淀于城市街道。她突然觉得它们充满了生活的张力。

"好啦，你骑车注意安全，当心感冒！"他的笑声穿越在风里，久久以后，"再见了，小渔。"

她沉默了一会儿，咬着唇努力呼吸，她知道总要面对，哽咽着说："再见，何医生。"她听到手机挂断的声音。耳机线被风吹着刮到脸上，她不想去摘下。

车道里好几辆共享单车并驾齐驱，黄的、橘的、蓝的……路口的绿灯在莹莹闪烁，她用力蹬着车，追赶上去……

变得愈加成熟的我们，不再是儿时那样一尘不染，泥点溅身，见识过肮脏，但仍然对美与善抱有不灭的信仰，不能说我们的眼睛就不再明亮了。

——路峰

那天早上，你和我说"再见"，我半寐半醒和你挥手。但你再也没有回来。枕头下还放着你看到一半的余华的《第七天》。有时候一声"再见"却没有再见的机会了，只是当时不知。

路峰，万体馆的冒菜店很不错。让他再陪我多吃几次吧！

——蒋笑淳

难 凉 热 血

何遇的手术结束后，在家休养了大半个月，身体机能逐渐恢复，头发也慢慢长出来一些，但脑袋上的纱布还不能拆。亲戚、友人天天排队来看他，有时候等客人走了，老何医生和他儿子看着堆满一个房间的补品、鲜花也是哭笑不得。

这日脚一晃就来到2020年的农历春节了。由于全国爆发了新型冠状病毒肺炎，上海启动一级响应，笺也跟着休业。

大年夜，小渔邀请何遇回笺吃团圆饭。何遇向老何医生保证立誓半天，他才同意放行。当天傍晚蒋笑淳载车带他去笺。何遇穿得很厚，戴着口罩，因为人清瘦许多，倒也不觉臃肿。气候已经比元旦时暖和了一些，但天色不佳，欲雨未雨，五点多天已灰蒙蒙。

路上几乎没什么人，外来人口都回家过年了，上海本地人此刻也都谈"咳"色变，关在家里吃年夜饭。

何遇感慨今年过年少了些氛围。蒋笑淳摘下口罩，喘了口气说："上海嘛，本来就缺乏年味，我们又不参加春运，也不爱看《春晚》，亲戚不多，关系也不怎么样。哪里能有我这么好的朋友，甘愿冒着感染病毒的生命危险来给你当司机呀！"

"是啦，你最好了。要我怎么报答？"

蒋笑淳嘿嘿一笑："陪我去放烟火呀？"他想起小时候一件趣事，"（一九）九七年过年，我们俩到你们家阳台上放烟火，你放的夜明珠倒窜，差点烧到你衣服。你还记得哦？"

"记得！那根夜明珠正好焰火芯子装反了。"何遇不由点头笑。

蒋笑淳叹道："你倒还好，你爸妈吓死了，拉牢你前后左右检查，以后再也不许你放烟火了。后来我一个人放没劲死了。"

何遇头靠到车窗玻璃上，街上的雨淅淅沥沥下着，红瓦屋檐照亮夜色。

"那么过两天，我们去外环放烟火。我一个学生说闵行郊外有个废弃工地。"

"不要命啦？不怕感染啦？"何遇哼笑。

"我怕什么，医生在身边呢！"

何遇笑而不答，看着一路寂静华彩，轻轻开口："手术麻醉的时候，我做了一个很奇怪的梦。"

"什么呀？"

"你有没有想过我们存在的这个世界是虚拟的？也许是某个人脑海里的一个假想？"

"蛮有意思，你梦见什么了？"

"我梦见笺收到那么多信，写信的其实是一个人。准确点说，信里的故事是发生在一个人身上的。她出生后被母亲遗弃，上学时遭遇了常年的校园欺凌。长大以后曾梦想成为作家，没有成功，籍籍无名。结婚以后一直不孕，还遭遇丈夫的家暴，终于有了孩子，却发现胎儿先天畸形。引产以后刚想重新开始，丈夫又出轨了。没多久丈夫空难去世……"

"真惨啊！"蒋笑淳认真想了会儿，"那我们都是她幻想出来的？"

"不完全是。"何遇娓娓，"因为遭遇很多暴击，所以她将不幸分摊给假象中的多个角色。笺是她脑海里的一个避难所，我们这些人或许在她生活里给过她帮助，也可能是熟人或者路人……她把我们汇到故事里，表达自己。"

"她要是你病人，你会告诉她真相吗？"

这个问题何遇在梦醒后已经问过自己，他把当时的思考结果告诉蒋笑淳："幻想有时候是消除沉闷与绝望的自然做法，毕竟这个幻想是她唯一有机会可以扭转命运的地方。"

"或许有另一种可能。"前面一条铁路前的栅栏被放下，他们吃到了火车，放慢车速停下。

"哦？讲来听听？"何遇问。

"也许下课铃声一来，她突然醒来，发现自己枕在一本数学书上，流了一摊口水。一切都是她做的一个梦呢。"

"你倒是会由博返约。"何遇边笑边吐槽，"理科生别偷换概念。"

"喂，数理是人类为理解自然而发明的语言。再说只要故事没终结，结局谁也说不好。"

"是啊！安西教练！"何遇笑了笑，略有所思道，"我们居于其中的这个世界，不是我们将要在其中或曾经在其中的唯一的世界。"

蒋笑淳点头，火车隆隆而过，隔了一会儿，前面的车辆才缓缓蠕动起来，他嘴唇有点颤抖："我去他墓前看过了。"何遇怔了一下，瞳孔骤收，与后视镜里的蒋笑淳对望，说道："什么时候？"

"你手术那天早上。"他挪开视线去看路，声音没有间断，"他照片上笑得真开心。你怎么没告诉我，墓碑上用了那张照片？"

小路不爱拍照，成年以后除了证件照，平时没拍过个人照片。墓碑上的照片是他和蒋笑淳的一张合影剪裁出的。

何遇等这个问题很久了，他克制着情绪，娓娓道："是他爸妈选的。他们说这张照片上他笑得最开心。"

蒋笑淳很久没有说话。他看着前路，启动了车。

那张照片是在慕尼黑的一家甜品店拍的，店名叫"心有林兮"，可那店比笺还要"不思进取"，每月只营业三天，每天只接待十位客人，客人须提前一周预约甜品。店面小而精，老板娘是个上海姑娘，在德国攻读哲学硕士，读书闲暇喜欢做蛋糕，她喜欢和客人们在充裕的阳光里畅聊品香。蒋笑淳喜欢她家的欧培拉，更喜欢这里雅会东山、谈笑鸿儒的氛围。

蒋笑淳来德国培训，正好就错过了自己生日，路峰为了给他惊喜，早早在心有林兮订了席位，安排好工作飞去慕尼黑。照片上两个人正吃着蛋糕，阳光甚好，他们笑容满面，小迅坐在对面，举起单反抓住了那一瞬。

　　路峰离开后，蒋笑淳每次翻开钱包看到这张照片，他都忍不住嫉妒照片里的自己，那个时候他真幸福啊，爱人、挚友、美食、音乐都在身边。他还记得那天店里放着他们俩最喜欢的乐队Pain Holic的歌《一半水火木》，此歌是主唱的封笔之曲，当年不甚了了。几年以后，当蒋笑淳在何遇的咖啡馆里认识了一个女孩，当他认出她是Pain Holic的鼓手，知道她名字的时候，终于才恍然那首歌……

　　有人留得残荷听雨声，有人爱惜飞蛾纱罩灯。有些残忍的伤疤里却能滋生出另一条鲜活的生命。不走下去，怎么会知道等待我们的会有什么惊喜呢？

　　蒋笑淳的眉毛慢慢拧着又笑起来，对何遇说："我跟他提到过死，他说海葬好，环保！"

　　何遇望着一路霓虹，淡然说："文死谏、武死战，这样也算称他天人合一的夙愿了。"

　　蒋笑淳表情微微变了，慢慢由嘴巴出了一口气，"他忒过分了！真的一个人就去了。最后还只想了冒菜，连个'再会'也不跟我讲！"他咬了下唇，"我啊，真想他啊……"

　　何遇不说话，他也想他。他摘下口罩，盯着窗前摆动的艳红中国结，说道："我陪你去吃冒菜吧！"

　　"嗯？"

　　何遇捂着一边腮帮，歪过脑袋，说道："手术后天天清汤寡水，我也想死冒菜了。"

　　蒋笑淳闷"嗯"了声，沉沉点头。何遇问他："喂，你不会让小路保佑我了吧！"

他反问："你觉得他会答应我吗？可能巴不得你去陪他疯嘞！"

"也是！"想起小路的调皮，他们俩都笑了起来。

绿灯亮了，何遇想了想，还是开口说："阿笑，我有桩事体要告诉你。"

蒋笑淳不以为然，从后车镜里瞄他一眼调侃："做啥一副提篮桥刚出来的表情？啥事体？"

何遇没有笑。身后的车子鸣笛响彻震天，蒋笑淳踩下油门，心里重了几斤，他看着前方被路灯照亮的马路，一城的街灯细碎温柔亮起来，他反应很慢，凝重地点了下头，咳笑了一声："吃好冒菜再说！"

"好！"

推开笺的玻璃门，屋内一片暖气腾腾，一张大圆桌摆在中间，景德镇的餐盘将十道菜铺出一朵花状。店员们都穿着制服，见他进来，个个笑脸迎上，一室雍雍。

小渔把他迎到主座。江灼晰看到他头上未拆的纱布说他新发型挺酷的。他顺着笑说拆线后头上一条青龙更酷。大家都热热闹闹围着他问候，何遇觉得这个咖啡馆的主人不再是他一个人了。老杨说今天的年夜饭是大家一起完成的，每个人都做了自己拿手菜，百叶结烧肉、松子鳜鱼、糖醋小排……何遇在一桌子硬菜里指了指一盘生煸草头，"大作家的吧！"方临秋也不生气，大大方方、骄骄傲傲承认。说他手术挺成功的，脑袋比以前还活络。

店里预备了一些红白黄酒，何遇大病初愈并没有饮，小渔给他倒了杯玉米汁与大家碰杯祝福。他小小致了一段词，让每个人都说说新年愿望。其他人借着过年的好兆头都小酌一杯，唯独小冯只要了一杯玉米汁。她站起来宣布自己要当妈妈了，脸上有一份少女的娇羞，大家既惊又喜，纷纷送上祝福。

老杨第二个站起来，先呆滞看了何遇一眼，然后憨然一笑，说他在晚间上的糕点课上认识一个失独的单身母亲，两人因为经历相似而颇为亲近，最近终于决定想要相处看看。说着说着他挠着头发臊低下头去。空气凝滞了半秒，方临秋用力拍了他后背一下，大声给他鼓劲。小渔骤然想哭，在那样一个灰暗的，挨了锤的年迈的生命里她看到了像彩虹一样的力量。她跑过去抱老杨，祝他幸福。老杨拍着她背，自己也有点热泪盈眶。

小渔承接着站直，坦言自己结束了一段冗长的爱恋，她希望2020年能努力接纳自己，并想和老杨一样谈一场恋爱。大家一一和小渔碰杯鼓励。蒋笑淳说见她那么多次，只有今天她笑得最好看了。

接着轮到江灼晰，她先问小渔现在还有没有兴趣学做咖啡。小渔眼泪未干，不置可否看着她。小江反倒看向何遇问："何老板不介意让我多培训个咖啡师吧？今年开始我每周要请两个晚班的假。人手会不够。"何遇回她只要不抛弃这儿就行，她莞尔，"暂时还不会。不过想学科尔内管，报了个班。请领导批准。"

何遇说："可以，我们签个补充协议，学成后能在店里表演就让你去。"蒋笑淳插嘴说她吉他弹得很好。这引发了大家要一闻为快的兴致。江灼晰反诘："你数学也不错，要不要现场表演徒手开根号？"她的反驳不奏效，大家依然起哄让她现在就弹一曲助兴。蒋笑淳发现自己买的吉他有用武之地，很是期许。小江狠狠瞪了眼递上吉他的蒋教授，说让她准备一下。

大家接着"新年计划"的话题，方临秋喝了几杯酒，醺然而亢奋，脸色红润，看上去年轻了许多。她说她正在创作一本新小说，虽然尚在构思过程中，但她很久没有过这样喷涌而出的创作欲了，像体内有另一个自己，另一股新生的力量在诞生。小冯狡猾问她：不怕被拒稿了吗？她将杯子朝桌上一蹾，满脸酡红，大声说："去他的！我受够给那些庸俗蝼蚁写东西了。这本书我写给我自己！写给我自己的！"小冯笑她报复社会。她很快乐承认："对！就报复！"和小冯坏笑着碰杯。

方临秋回问何遇有什么新年计划。他想了一下，说他想把这里三楼都盘下，作为阅览休闲室，扩张咖啡馆的规模，方临秋佯嗔问他：是要赶她走吗？他笑说是暗示她加盟。他承诺规模扩大以后给大家加工资，餐桌陷入一片欢呼的海洋。之后说起自己正在学习做泥塑，锻炼大脑和双手灵巧，希望对康复有帮助。

大家按照惯例在彩纸上写下新年心愿，投入信箱。

酒足饭饱，老杨推出一个奶油慕斯蛋糕，蛋糕上写着"欢迎回来"，蛋糕右下角有每个人的签名。何遇被大家拥着去切蛋糕，他给每个人切了一块。蛋糕甜而不腻，有清幽的果香。小渔给每个人准备了绿茶解胀。

晚宴最后，江灼晰为大家弹奏了一首苏格兰民谣"Auld Lang Syne"（《友谊地久天长》）。清脆如珠、古朴纯净的吉他声加上她略带沙哑的嗓音让每个人都进入自己的回忆甬道。小渔发现这首歌的曲子和她最喜欢的电影《魂断蓝桥》的插曲很相似，却又更为唯美缓慢。

那一晚在美好祺祥中度过。离开店的时候，天空又飘起薄薄的雪片，月色朦胧，小渔最后一个离开，她留了一盏守夜灯，锁上门，把"笺"的竹牌轻轻翻到背面的"休息中"。

2020年庚子在一阵春雨中已经到来。

　　我一直听老何说起他们小时候有种叫夜明珠的烟花，手持一头，点燃另一头，朵朵灿花便能照亮整个星空。我真想放一次！老何遗憾说现在已经不产了。

　　老何，你一声不吭换了地址，今年的明信片寄不到了，就陪你放烟火玩儿吧！我找到了夜明珠，我准备好了长枪短炮，我拍好了照给你挂店里！你看见了吗？

——小迅

尾声：聚散终有时

　　何遇在三年后去世。

　　那是九月的一个夜晚，凉风习习，满地焜黄华叶，秋意渐浓。那晚他从笺核完账，散步回家。和风清柔，秋月扬明辉，空气里有淡淡的桂花香，星空如洗涤过的镜面清澈浩渺。

　　一对路过的情侣发现了他倒在路边。身旁是那个外国胖男人雕像，胖男人手里的萨克斯管脱漆掉了一截，何遇手上正抓着掉落的部分。当时他已经没有了呼吸。或许他想拿起来处理，但已来不及。胖男人一双没有眼珠的眼睛低头看着自己断裂的乐器，还保持着滑稽的吹奏的动作，尽责守在月光下，守在他身边。

告别仪式按照他的遗愿采取西式。现场放着"See You Again"（《当我们再相见》）忧而不伤的旋律，每个人为他献上一朵白玫瑰。方临秋戴着一副大墨镜，掩不住红肿的眼。小渔哭着伏在老杨怀里，一老一小借着彼此相拥支撑。

蒋笑淳搀扶照顾何父。年过古稀的老何医生目光凝重，精瘦嶙峋，面黄颈枯，但致辞时声音洪亮，字字千钧，简短五分钟，浓缩了何遇一生，最后说到"儿子，再见"时，他回头看着何遇的照片，撑嘴想给他一个笑，眼泪却不期然落下。他闪着泪光笑："庄子说，'生之来不能却，其去不能止'，悦生恶死是非理性的感情。何遇深谙此理，如果让他看到你们哭哭啼啼他会不高兴的。你们不要学我，年纪大了，泪腺不受控，请大家用微笑送他最后一程吧！"

江灼晰站在人群之外，孤独看着何遇的遗照。

三年前的情人节，打烊后她在店里看一场网球比赛，何遇坐在他临窗的专座蹙额凝神，伏案回信。等比赛结束，她准备锁门发现他还在，透过微暗的灯光，先看到他的脑袋，头顶青白的疤痕清晰可见，手术剃掉的头发才刚刚长起来一点点，像小刺猬一样根根竖着，她忽然意识到她的医生老了许多，脸膛清瘦，双颊削尖，平时常戴的眼镜都有些下滑。她一刹那如遭雷击，像有什么锋利的武器扎到她一直自以为固若金汤的感情防线。自从得知他病情，她一直保持得相当理智。可在那样一个两米的距离里，她被一种久违的感情支配。她从小缺乏父爱，在第一段感情中也两败俱伤，她对生活中的男性角色一直不自主地退而却步。何遇不一样，因为他是医生，像介于男女之间的第三种性别，她习惯了在他面前自我宣泄，后来他是老板，她习惯了在他适度的管辖下得以保持纯简。现在她才知道，那份信赖早在她不知的光阴里默默成荫了。现在他才是病人，她觉得凄惶难耐，必须要为这一刻做点什么，她当时取出相机，鬼使神差喊了他一声"何遇！"何遇有些惊讶抬头，或许因为他没料到还有人在这个空间里，或许因为她第一次喊了他"何遇"，她拍下的这张照片，现在挂在她眼前。

黑白照上他脸庞清癯，双眸乌黑，目光飞扬出一丝温柔，露出虚弱却元气的笑，是了，那是她的医生惯有的笑，是木心先生说的"年轻人充满希望的清瘦"。

江灼晰感到眼睛发胀，自己的身体轻飘若云，她轻轻走出会场，倚着墙点烟。

"怎么一个人在这里？"

她愣愣抬头，看到蒋笑淳站在她身旁，面色苍白，疲惫地靠到墙上。他从西服口袋里摸出一块纯蓝手帕递予她，"哭一下也不是坏事。"

她愣了一下，低头用手背抚脸，竟是一片湿痕，接了手帕，而他抢走她手里的烟抽了起来。两个人都不说话。阳光照着窗格，斑斑驳驳晒进来，多么灿烂啊。他的烟抽完了，准备回去，她突然说："那张照片是我拍的。"

他点头："我知道。"

"没想到会变成遗照。"她自嘲笑了一声，掰开打火机，火苗跟着灯芯抖动，她觑眼叹息般呼出口气，火灭了。

蒋笑淳顿在那里，呆呆凝滞了会儿，艰涩开口："是他自己挑的。"江灼晰很快咀嚼出他话里的意味，撑起身体吃惊地望向他。他却什么也没说，反身走进会场。

阳光还是那样明媚，会场里渐渐响起了歌声，飘荡在清幽的空气里：

It's been a long day without you my friend

And I'll tell you all about it when I see you again

We've come a long way from where we began

Oh I'll tell you all about it when I see you again

When I see you again

没有老友你的陪伴，日子真是漫长

与你重逢之时，我会敞开心扉倾诉所有

回头凝望，我们握手走过漫长的旅程

与你重逢之时，我会敞开心扉倾诉所有

与你重逢之时

冯苏皖走出告别仪式大堂，外面艳阳高照，她走了半天找到父亲停车的地方。他爸开着车惊道："阿囡，你说巧不巧，刚刚我看到那个大肚子了。"

"什么大肚子啊？"冯苏皖精神疲惫，神情萧瑟敷衍。

"就是那个呀！我和你小叔叔在家门口救的那个大肚子。当时她羊水都破了，我们送她去的同仁医院。"

"那么多年数了，样子都变了，认错了吧？"

"你爸爸我怎么会认错人？什么人我看上一眼就能记住一辈子。当时要不是我们送她去医院，你叔叔还不会认得你婶婶呢！她正巧就是那天的妇产科护士。"

"你说了几百遍了，耳朵都要生锈了。"冯苏皖撑着脑袋懒怠回应道。

他爸爸自鸣得意哼哼笑着继续："说起来也是蛮有意思的，后来听你婶婶说那个大肚子生完小孩就走了，孩子都不要。但是小孩好像有点问题，结果她们科的一个女医生领养了。"

冯苏皖蓦然一震，身体僵住，脑袋却在飞速旋转。过了半日，她颤抖着声音问："那个女人……你刚才在哪里看到那个女人的？"

"啊？"他爸爸有点愣。

"那个女人！那个大肚子！"她急不可耐跺脚。

老父亲又吃惊又疑惑，单手往后一指："往后面走了呀！和你一样，也是从里面出来的。戴着大墨镜。"

"停车！"

"做啥？"

"我叫你停车呀！"没等车完全停稳，冯苏皖迫不及待拉开车门，往后疾跑去寻，飞奔在日头下，可放眼望去，大太阳底下，白灿灿一片，好干净一片，什么也没有。她愣愣站在大马路上。她爸爸熄了火，跑下来问她怎么了。她看着不见人烟的长道，讷讷道："搞错了。"说着流下泪来。她爸爸惊惶失色："什么搞错了呀！"冯苏皖讷讷重复："搞错了。"她转向自己父亲，"爸爸你看错了，戴着墨镜你怎么认得出？这不可能的！不可能！"

夜幕降临这十里洋场的夜上海，灯红酒绿的欢乐才刚刚开始，有的人去酒吧买醉，有的人去赴爱人之约，有的人留在了昨天。

蒋笑淳驱车两个小时到闵行外环一个空旷工地。朦胧月下，一个纤瘦的人影站在那里恭候。他泊好车走上去问："带来了？"

"嗯，都在这儿了。"女孩一口字正腔圆的京腔，指着身旁的一个大纸箱。蒋笑淳蹲身拆起来，小迅弓腰一起帮忙，间隙问："伯父还好吗？"

"我爸陪着。"他答非所问，但她明白。

两人席地而坐，分别从纸箱里各取了一支夜明珠烟棒，一一点燃，对准天空，只见黑暗里蹿出一前一后两朵灿烂的烟花，一朵孔雀蓝，一朵薄荷绿，瞬间点燃整个霄汉，绽放出绚烂夺目的光辉，然后又是两朵，又两朵……之后他们又点燃了两根，静默听着烟火飞天的爆竹声，声声震耳，朵朵璀璨。不到一个小时，烟火放完了，四周陷入一片黑暗，他们俩抬头看着宽阔浩渺的星空，长默许久。云层如纱，轻轻飘浮在星辰周围。蒋笑淳叹了口气，小迅却吸了口气，突然嘹亮地唱起来：

> 怎么去拥有一道彩虹
> 怎么去拥抱一夏天的风
> 天上的星星笑地上的人
> 总是不能懂不能觉得足够

蒋笑淳听着她唱，她的声音逐渐哽咽，歌声断断续续，忽轻忽响，她像个受委屈的孩子，沙哑着嗓子倔强地继续唱着：

> 终于你身影消失在人海尽头，才发现笑着哭最痛

他不忍卒听，张开手臂："小孩儿，让我抱抱你吧！"

小迅转身，看着彼此眼里的泪水，唱完最后一句：

知足的快乐叫我忍受心痛

接着和他拥抱住。

岁月匆匆，斗转星移，两年一晃又过去了，笺易主为蒋笑淳，依旧开在愚园路上，他租下了整幢小洋房，重装并扩建了笺。一楼是工业风的咖啡馆，二楼是阅览书写室，三楼是露天阳台。

2025年春分那日迎来了笺六周年庆典，当天来光顾笺的客人，但凡在笺留下过心事的，都可以获得买一送一的咖啡优惠。

冯苏皖带着已经四岁的儿子Oscar（奥斯卡）来参加活动。自从怀孕后她便辞了笺的工作，时光荏苒，她驻足笺的门外，看着外墙的红砖里慢慢长出绿色的爬山虎，微风吹来，像一片绿波荡漾。那块用小楷写着"笺"的竹牌还镶在红瓦上，由于风吹日晒，竹色黯淡了许多，泛出细微斑痕，但没有人去换，他们保存住这份沧桑，像一个优雅的法国女人不会轻易用一张年轻的皮囊去换取二十年经历生活百态的每一道皱纹。Oscar已经认得一些简单的字，他拉住母亲问玻璃窗上贴着的一张"招聘广告"是什么意思。小冯匆促瞟一眼，吃了一惊，一把抱起儿子推门而入。

店内阳光甚好，玻璃展示窗里放着各色面包蛋糕的摆样，新鲜得宛如刚摘下树的蔬果。几个大学生样子的店员着统一制服穿梭在几张桌间，她眼尖地发现其中一个就是以前隔壁花店的女儿。她睃一圈，看见小渔在吧台操作咖啡机。小冯悄悄望着她，觉得她和以前不一样了。以前小冯一直觉得小渔很不真实，像套着一层透明膜。不过这几年小冯看到她很努力在维系这个店，拼劲十足，从一只无骨生物进化出了脊椎。小冯看着看着，就想起了自己。坐完月子没多久，她就开始准备会计师考试。那时候她时常一面喂着奶，一面坐在电脑前刷题，边哄孩子边听着耳机里的培训课，把一分钟掰成两半用。可是第一年失败了，第二年再战，依然差一门，那时候她已经三十岁，万念俱灰，她那么务实认真活着，现实的发展却永远脱离她的期待。方临秋的邀请函就是那个时候寄来的，她新书发布会的邀请函。大作家亲笔写了小冯的名字，白色的卡纸上"冯苏皖"飞扬飘逸，冯苏皖，像一曲苏州小调，静湖流淌。多么熟悉的字迹，一撇一捺都像在她脑海里彩排过。她从锁上的床头柜里翻出一封信，两张纸搁在一处，仿佛一对久别重逢的双胞胎。一切都明白了。她跪在床头，呆看着邀请函，刹那泪如抛沙。她边哭边想对自己的伤心总结出一个道理。她不愿意自己变成一个歇斯底里的神经质女人，她一向务实克制、训练有素、有条不紊。可搜肠刮肚也找不到半点理由，像一只被戳破的空心汤圆，什么也没有，只在淌水，不停地淌，将沉在心里的一块石头慢慢浮了起来。或许她只缺这么好好地哭一场吧，好让自己身上的蛇皮褪一层，来年重新长出新的。

这时目光里的人影动了一下，小渔抬头看见了她，喊了一声，露出久违的微笑。Oscar害羞地钻进妈妈的怀里。小冯摸着儿子圆融融的脑袋，想起方临秋赐她的那句话——云何降伏其心？人不能样样占着吧！她这样挺好的！我这样也不赖！像小江那样又是另一种活法了。能在笺认识他们这群有趣的人，我的人生也不亏了。想着便笑着向小渔迎去："给我一杯Espresso吧！当妈妈很辛苦的。"

小渔笑道："好妈妈，两杯够不够？老店员回来，给你打个九九折吧！"

"折扣那么大力度，我怕你亏本啊。"小冯顺着戏谑，又溜了一眼咖啡馆，"怎么江江不在吗？"小渔沉默了会儿，让欢欢接替自己，她趁空和小冯聊起笺的近况，小冯听着那些变迁，嘴巴不由张大，感慨物是人非。隔了一会儿，叹息道："在这里工作的短短一年，让我明白了很多东西。"

小渔点头："这都得感谢何老板开了这家店。"

说到何遇，小冯眼神微黯，轻舒了一声："是啊，多亏了他。"两人对望，抓住彼此眼睛里未诉的内容，她们任那情绪在对视里发酵，宛如翻山越岭后的重逢，两个人的眼睛都逐渐起雾，这悲怆来得突如其来，却又自然而然，她们是在自己经历的岁月里感伤何遇，也是在何遇的离开中思念逝去的自己。这几年来又有多少心酸往事，多少闷着被子只能自己吞咽的成长历程？这一眼都照亮了，三十岁的女人，不用声泪俱下的倾诉，只要一眼对望就懂了。Oscar的哭声切断了这场无声的缅怀。小冯心口一颤，回头见Oscar跌坐吧台前的地上爆出大哭。吧台上的信箱摔裂在他腿侧，孩子莲藕般娇嫩的手臂上划出两道红痕。小冯三步并作两步急冲过去，边叱儿子调皮，边忙着查看他是否受伤，又生气又心疼。小渔宽慰着她蹲身收拾被摔解体的信箱。小渔笑她变了。小冯提起儿子，皱眉感慨："当了妈妈以后，会觉得小姑娘时想的那些烦恼都是些天真的玩笑。现在啊，觉得是开启了另一种人生，虽然很辛苦，但痛且快乐也挺不错的。小渔点头把信封一一整理起来，搬上吧台。刚想把撞裂的四面木板插到底座上，偶然间瞥见底座上跌滚着一个小木桩似的东西，她疑疑惑惑看了会儿，惊诧地抓到手里，那是一个手指大小的泥塑，她感到自己胸腔里心脏激烈地跳了起来。捧着泥塑走向阳光处。泥塑是一只狐狸的形状，狐狸的两只耳朵不太对称，看得出制作者也是初学，但它有一双修长的眼睛和温柔的微笑，狐狸双手环圈，圈里塞着一捆纸卷。五颜六色的，每一张颜色都不一样。她已经知道那是什么了。她轻轻抽出那纸卷，用拇指慢慢捋平。每一张上的字迹都不同，但是日期都是同一天——2020年1月24日，一个除夕夜。

是何遇让大家写下的新年心愿。原来他一直收着藏在这里面。她一张一张去看，已经遏制不住内心的波澜。最后一张蓝色信纸上的字是属于何遇的，她见过他写字，他的字迹是幼圆体的，而且写字总是倒笔画，每个字都喜欢先竖再横。蓝纸上已经积了一层薄灰，但那两行字却是清晰可辨，像千古碑文被拓在墙上，一个个字争先恐后钻进小渔的眼睛，她来不及收拾排序，只能任由它们蛮横地侵略，她花了很长工夫才把短短两行字整理清晰：

> 在宇宙的时钟里，即使蜗牛很慢，结果也并不晚。不要害怕走得太慢，如果充实，就是在前行。

她顿觉胸口被流弹击中似的，有东西弥漫开来。每个字都在头顶电闪雷鸣，她理不清是哀伤、思念还是其他，只觉得胸口发紧，一抽一缩。外面阳光流光溢彩，透过玻璃照着她的背脊，渐渐发烫，她神经质不敢回头，她的妄想那么逼真，仿佛他正在身后微笑着看她。

她摸着那只狐狸，从头至尾，一寸不遗，阳光下，它笑得那样精明又温暖。店里的客人越来越多。屋内都是细碎温和的轻谈，充溢着幽幽咖啡香。

夜晚，她拿了信纸和笔，坐在临窗一隅，迎着一株太阳菊，开始写信。

写完以后，她不厌其烦读了一遍，又一遍，读第三遍的时候，她伏在桌上哭了起来。良久，才把信投入信箱。那只信箱的名字叫"黎明"，接收那些写给这个世界你无法传达到的人的信。比如已经过世的亲人、分手的恋人、未来的自己……

何医生：

　　你好！

　　我是小渔。我考虑很久，不知道该用什么话作为开场白。不知道你那里今夕何夕。而我们现在正处2025年的春分。

　　岁月如梭，你离开都两年多了。起初那段日子，大家都沉浸在悲伤里，店里的生意也冷清不少，因为看不到笑容可掬的店主坐镇，熟客们向我们打听，免不了大家一番潸然追思。

　　你太狡猾了，一声不吭就离开了我们。后来我看到笑哥顺利接手笺才知道原来你早把一切都安排妥帖，法人、房产、过户……笑哥告诉我们，五年前的手术并不成功，所以你早做好了万全准备。

　　你离开以后，我一直在想，你会不会留下一封信呢？哪怕是只言片语也好。大概是我太依赖你的温柔了，我一直在等这样一封信，等得有点沮丧了，直到今天我发现你藏在信箱里的泥塑……

　　很久没有和你聊天了，希望你不要介意我以这样的方式向你叙述心事。店里一切安好，生意兴隆。

　　先说说方老师吧，你离开以后，她很快搬走了，几个实习生说她无情，我知道她是害怕，怕睹物思人，所以搬得远远的，逃避哀伤。她的新作《相逢何必曾相识》在那之后发布。规模不大，只邀请了一两家媒体，场内也只接纳五十位左右的读者朋友。你知道地点在哪儿吗？她执意要在这里——笺的三楼召开。我们作为工作人员都参加了发布会。

　　可惜小说上市后没起微澜，也没俘获雨后春笋的读者反响，更没有入围任何文学奖项。读书网评分颇低，她生气极了，丢下一堆事，订了机票一个人去土耳其旅游。在伊斯坦布尔，她收到编辑发来的一个链接。她磨磨蹭蹭几天后才点开，那时她坐在热气球上，穿着一身银红色衬衫等待日出。你好奇我怎么会知道这些仿佛身临其境的细节吧？！方老师没有放弃写作，又出版了新作，这些都写在新作的前言里。而小说的扉页上还写着：献给一个温暖的人。

　　她当时坐在热气球里看到了一篇豆瓣长评，题目叫《扭曲与共生》，评论者洋洋洒洒四五千字，把小说里的人物、感情逐一分析，并且多次引用她书中的文字，加以说明。她的肾上腺素激升，眼珠兴奋而依恋地滑过每一个字。她把评论反反复复看了三遍。读者没有给她很高的评分，诚然指出诸多欠缺，然而她出道以来头一次收获这样的评论，不论褒贬，措辞温柔有力，逻辑明晰，深刻地挖掘出她欲速不达的内核。她透着舷窗看去，清晨的阳光洒在形态迥异的岩石上，洒在刚苏醒的格雷梅小镇，天空中飘满五彩斑斓的热气球，它们与日同升，飞向峡谷，她胸口被熨烫着，像经历一场久违的、舒心的灵魂对话。她想：写作是什么呢？真的需要鲜花着锦的热烈恭维吗？那些她年轻时都拥有过了，那些"喜欢"像水面上漂浮的杂草，撩一把就都没了，虚妄而短暂。而她现在很舒意，她觉得写了那么多年书，终于有人走进一个她一直开放但没有人进入的领域，她看着喷涌而升的日出，突然泪流如注。她决心要继续写，为能写出这篇书评的那些人而写，也为了能收获那样的感动。

　　我要告诉你个秘密，我知道那篇评论是谁写的。是个三十多岁的女人，那时候方老师刚搬走。那女人来找她未果，到我们店来歇腿，她在店里写下这篇评论。后来给了我一张明信片让我转交给方老师，落款是师娴。

笑哥在大学得到了晋升，项目一来常忙得昼夜不分，凌晨三四点来笺自己冲咖啡已是屡见不鲜了。大家开玩笑喊他帮主，笑他和洪七公一样神龙见首不见尾。因为客流量大了许多，店里又招了好几个员工，他们有些是来打工的学生，有些是慕名而来的生活失意者。如果你在，一定会很喜欢那些孩子。

老杨变成了杨氏夫妇。老杨的太太严老师是一位中学语文老师，独生子过世后，她万念俱灰，在绝望里度过很长一段时间才慢慢重拾对生活的希望。她利用业余时间学习烘焙，和老杨相扶相持，温良俭让，因为都曾失去，格外珍惜眼前清简如素的生活。常让一群小年轻直呼是最爱"撒狗粮"的夫妇。

一年前严老师退休了，老杨和她经过深思熟虑，决定处理掉上海的固定资产，回四川去。他们想在老杨的家乡开一家夫妻甜品店，慰藉重灾后开始新生活的当地居民和慕名前来缅怀的旅客。我很舍不得他们，特别是老杨，在你刚离开的时候，我无法接受，又犯了旧疾，因为暴食得了急性肠炎。犯病的时候正在工作，是老杨送我去了同仁医院。他在病房里问我为什么不爱惜自己的身体。我哭着说自己是不被希望来到这个世界上的，大家都会离我而去。他气得发抖，差点举手打我。我真希望他能打我。可他眼睛里涌出眼泪，他声音变了调，让我不许再说混账话。我知道我不该说，我在一个失去女儿的父亲面前轻视自己的生命。他说自己嘴笨不知道该说什么，如果你在就好了。他说这话的时候声音都哽咽了，我知道他和我一样都很想你。

后来老杨每天都来医院看我，他给我煮粥，我爸也破天荒给我下烂糊面。两个老头子争着说自己做的食物有营养，笨手笨脚地照顾我，我都误以为自己是公主了。

老杨回四川后常常通过微信发来照片，新店开在热闹的小街上，小而精美。甜品店的名字叫"再曦"，是严老师取的。谁能想到这温馨美丽的土地上曾满目疮痍呢？漫漫长路谁能一帆风顺？放下痛苦重新启程才是我们对生命的责任。

接下来说说晰姐吧！

晰姐在两年前，在一个朋友的邀请下加入了一支乐队，三男两女，他们皆有本职工作，得闲会在笺表演，也常去其他酒吧。他们有一首歌很好听，每次演出都会压轴，名字叫《南瓜灯博士》，是晰姐填的词，蒋教授也特别喜欢。

一周前，乐队表演完，在更衣室里，我把那颗粉钻耳钉还给她。你还记得那颗粉钻吧？是多年前我从她那里拿走的。我还没来得及向她说明，她收了便跑去镜前戴上，她还是留着齐耳短发，眼色如雾，脖间散发着似有若无的淡香。岁月很温和善待她的美。我站她身后低着头。她突然从镜子里移开视线，转过身，神情认真对我说，她要离开笺了。

我点点头，仿佛一点也不惊讶，其实心里暗潮涌动，但我确实对这结果有所预料，我终于可以从容面对生活中的不期而遇和不告而别了。

我知道晰姐总有一天要离开的，这里只是她停歇的一个驿站，她活得像一场欧洲电影，不属于任何地方，或许就像你曾对我说的"一期一会"，时光无涯，聚散有时，我们都是结伴一程便各自前行，所以更应该珍惜彼此相处的缘分。

　　我没有问晰姐会去哪儿，也没有问她何时会离开，我只是笑着问她："可以抱你吗？"她还是摇头说"不要！"我们俩相视着一起笑了起来，笑着笑着，我眼泪氲出，我对她那些见不得光的、被压制却时常蠢蠢欲动的复杂感情汹涌而出。一想到她要走，一想到我再也看不到她，我的心像迎来一场毫无征兆的干旱，空得连一对脚印都无迹可寻。我问她：我们是朋友吗？我已经哭成泪人。正常人都会说是吧！可是她漆黑如钻的眼睛看着我，对我说："不是！但我们是会产生反应的不同元素！"她又在说我一知半解的话，她问我还记不记得之前问她关于桶大叔的游戏，我早忘了。她说叔本华说过一句话："人生就像一盘掷骰子游戏，掷出的骰子如果不合你的意愿，那你就只能凭借技巧，去改进命运所摊派的骰子。"

　　这一次，我听懂了。最后我对她提了一个过分的要求——我想要她挂在脖子上的那个特别的吊坠。我做好了被拒绝的准备，可是她居然伸手从黑色毛衣里拎出吊坠，解下放到我手心。那拨片蕴凝着沉着的光，通透微凉，很像她。我觉得够了，真的够了。我能感受到晰姐清冷孤傲下的温暖。

　　他们都走了，我很不舍，但笺也有新人进来。欢欢常来笺做兼职，她说将来要做糕点师。

　　我通过了咖啡师资格证，依旧和爸爸住在嘉兴路弄堂里的老房子里，依旧谣言沸沸，却拆迁遥遥。我还没有遇上合适的男孩，也没有空旅行去看看世界。除了平时的咖啡师工作，每周还要攻读工商管理课程。我在另一种成长轨迹里找到了和身体契合的力量。平时笑哥不在的时候，我逐渐负责起了店里的管理事务：进货、定价、排班、宣传、计算开支……他给了我很大的自由度，也给了我很大的信任和宽容。

最后我要告诉你关于顾禾南的近况，他很好，升了主治，半年前结婚了。他没有邀请我，当然没有。自从五年前分别后我们再没见过面，这是他希望的，也是我所尊重的。我是从他发的朋友圈里知道他结婚的讯息，九宫格的照片配着简单五个字："你好，顾太太。"

我们在微信上不曾交流，他朋友圈也甚少更新，大多都是一些医学知识的分享和转发。照片上婚礼看起来很盛大，他穿着铁灰色的西装，莘莘卓然，身边是白纱伊人。我放大照片端详，心里有小小的失望，新娘没有我想的漂亮，在我心里，他应该娶一个十全十美的姑娘，我才不难受！不过女孩白净高挑，笑起来有浅浅的酒窝，不知道是不是他说起过的那个空姐呢？他们俩在绿色的草坪上相拥而吻，看上去很幸福。

如果你在，一定会问我当时的感受。我哭了，边哭边鬼使神差地把照片保存了下来。但我安慰自己他此刻是很快乐的，我的伤心好像被稀释了一点点。只是一点点，因为难过还是占据了最大的比重。我终究没法做到全心全意祝福，居然不知廉耻地把自己和那个女孩做比较。当我真实面对自己的感情时，我不再需要食物来填充悲伤了。顾禾南很幸福，他是我曾经爱过的人，他正在成为一个好男人，在他的塑成过程里我也扮演着一个角色。想到这里，我应该感到自豪。

几天后，我把那些保存的照片删了，给他的这条朋友圈状态点了赞。

一个朋友圈里的赞，或许会淹没在他所收获的无数赞之中吧！但那是我最真诚的祝福与尊重。

你说过，我要学会做自己的心理疏导老师。你说过，心理医生的治疗就是为了病人将来不再依赖治疗。我想今后的烦恼还会有许多，可能人的一生坏事比好事要多，但总要向前走啊！像你，像老杨，像笑哥，像这里的所有人一样。每天笺会迎来很多客人，他们看起来波澜不惊，普通平静，谁也不知道他们内心正在经历一场如何艰难的战争。曾听到过一句话："成年人的世界里，除了变胖没有一件容易的事。"正因为这份不容易，我们才须要活得投入一点。我想找到属于自己的那一方幸福角落。我想去邂逅不同的人，拓展自己的世界，我在笺很开心。

我仍然相信你给我留了礼物在未来，或许两年后，或许再过五年、十年……我会在一个漫不经心的瞬间发现它的，谁知道呢？或许"礼物"已经植根在我心里了，它等着岁月的滋润慢慢发芽。

谢谢你，何医生，让我获得另一种生活。生活还在连载，思念常在。

你的最后一个病人

祈语卿

2025.3.20

是夜，小渔趴在桌上睡去，第二天叽叽喳喳的鸟鸣唤醒了她，她揉着酸痛的脖子撑起身体，那只泥塑被手肘碰倒，滚了起来，狐狸的笑容在一圈圈滚动里生动栩栩，攫住了她的眼睛，终于它摇摆了两下，停靠在桌角，一大一小的两只眼睛默默注视着她。

他没有撒谎，他一直努力活着。小渔默默将那些"心愿"重新塞回它怀里，又把狐狸搁到那束橘红艳丽的太阳菊旁。她也要努力对待自己的人生，就像她向他承诺的那样。她起身拉开百叶窗，晨曦微斜，暖融融照了进来，洒在那只狐狸身上。她走到门口，伸了个懒腰，推开玻璃大门，脚下一个人影一晃，把她吓了一跳。那人原来坐台阶上，靠着门，小渔一开门，他差点跌倒，立马站了起来。

"对不起，我们还没开始营业……"

"我……我不是来喝咖啡的。"那人站起来，是一个高个子男孩，一张隔夜脸，像是靠着睡了一宿。他手忙脚乱从口袋里掏出一张广告纸，抻开问，"你们还招咖啡师吗？"小渔注意到他身旁还伫立着一个黑色大号行李箱，他自己背着个双肩包，二十出头的样子，黑T恤、牛仔裤。

"招的！请问怎么称呼？"

男孩犹豫了一下，伸出一只手："叫我张三就行。"他急急走上一节台阶，书包从单肩上滑到手肘，书包拉链上挂着一个红酒瓶塞。她从他身上看到了故事。虽是初春，但夜里依旧霜寒露重，男孩衣衫单薄，冻得嘴唇泛青。

"先进来喝杯咖啡吧！"小渔偏身，让着他走进笺来。温和的阳光轻洒在两人身上。

怎么样才算完美的结果呢？无人知晓，岁月如水，时光如梭，或许在生命的某个节点，你也像那些来到笺的客人，或风尘仆仆，或潦倒困苦，不知道自己是否能跨过去，你要相信你能。未来还有无限可能。你看室外春意融融，绿意葳蕤，百花齐开。春天，不是又来了？

番外

如果芸知道

小芸：

　　一晃眼，你离开已经十几年了。

　　我现在在上海经营着一家花店，花店旁边开了一家咖啡馆，咖啡馆老板是一个心理学博士。而我现在就在咖啡馆里给你写信。

　　至今仍记得十二年前你走的那一天，我和一群朋友通宵K歌，睡得东倒西歪。

　　早上六点多，我被电话吵醒，我妈在电话里告诉我，你死了。

　　我"呵呵"笑了一下："妈，大清早的开什么玩笑！"

　　后来朋友问我怎么了，我说没事，躺下继续睡觉。

　　烟酒和腐化了的水果气味混作一团，我昏沉睡过去。醒来的时候，所有人都走了，外面的天空一片漆黑，我恍惚不知道自己身处何处，大屏幕里正在放张国荣的歌。

　　想起小时候和你一起趴窗望天，我问你长大以后想去哪儿，你说你哪儿也不去，就喜欢云南的四季长春，处处是花。但你很想看一场张国荣的演唱会。

　　我说等我考到大城市一定买票请你看，而今猛然意识到张国荣已经死了，胸口骤然凄惶。

那天晚上，我一个人去看电影，等到放映结束，雪亮的灯刺破眼纷纷亮起来，我这才接受现实，你死了。我坐在空空如也的电影院哭得椎心泣血。

打扫卫生的阿姨过来拉我，我不走，抓着前排椅背死命抵抗。可是，那有什么用？我无论如何胡搅蛮缠、撒泼放野，你也不能活过来了。

地球上天天都发生凶杀案，可70亿人口，为什么会是你？一个再正常不过的夜班回家途中，你就这样被剥夺了生命。

而凶手，无影无踪。

小芸，我就这样失去了你，我从小一起长大的闺蜜，亲如姐妹，我们还曾喜欢过同一个男生——胡晓航。

如果高中时我们没有喜欢上胡晓航，如果我没有耍臭脾气要和你公平竞争，我们三个人的结果都会不同吧！

其实那时我知道，胡晓航喜欢你。而我从小到大，都在潜意识里习惯每一处都比你高一头，我不愿接受在爱情上输给你。我不知道当时是真的爱胡晓航还是为了要赢你。

可你从没怪过我，你知道我喜欢胡晓航就一直躲着他，躲到无人角落。而我，也没能和胡晓航在一起。那个高三，我们三个人都别别扭扭，后来，我甚至连话都不和你讲了。

三个人的恋情，基本都是这样，那个光芒四射的男主，最后谁都没有选。

人生短短几十年光景，我们总是把精力和时间浪费在小情小爱的仇恨、误会和遗忘里。后来我和你分别，高考考到上海，以为很快就能忘记那段不愉快，重新开始。

那时候有许多酒肉朋友，我们花着父母给的生活费，半个月逍遥快活，半个月啃馒头、吃泡面。那就是我贫血的青春。

四年大学，我们联系不多，其实我很想你，你如我的姐姐一般，我们从小一起长大，一起结伴上学，一起历经年少懵懂，可我却拧着一根筋，有意不去在意你的事情。

后来毕业，工作，时光匆匆，我没有回云南参加你的婚礼，也没出席你女儿的满月宴。

你隔三岔五给我寄明信片，永远是云南那些烂透了的景点，还有鲜花饼和干花。你知道上海女孩分享的都是些法国巧克力、瑞典染发剂或日本面膜吗？

我怕被她们看到你那些土里土气的东西，便故意告诉你一个错的地址。

我过了一段逍遥自由的日子，钱不够的时候，经朋友介绍给美院学生做人体模特，生活也让我经受了各种打磨与考验，我终于明白，年轻时的嚣张德性和一意孤行是多么幼稚可笑。

听我妈说，你常常去看她，给她带各种好吃的，帮她洗床单被罩，她常常说我要是有你一半懂事就好了。

在那个时候，前尘往事已经烟消云散了，想起的，都是你的好，你的孝顺与温柔，你的坚韧与善良。

我仔细咀嚼着我妈的话，也咀嚼着我零乱无望的生活，终于开始收心去找一份工作。

拿到薪水的第一个月，我给你寄了一大包城隍庙五香豆，可谁知道变故会突如其来呢？

在我的前途终于有了一丝光亮，在我想着等过了试用期就回云南看你的时候，你却死了。

参加完你的葬礼回来，外面风和日丽，我都忘了原来云南的天空是那样蓝。

而我却开始浑身发冷，连夜高烧不退。

病愈以后我去你家看你爸，你的老公和他姐姐也在。

你妈早早离世，现在你爸又失去了你，他抱着你一岁多的女儿，形同槁木。你老公说他雅思成绩过了，要去澳洲，以后要移民。

我问他：孩子怎么办？他眼巴巴回头去看你爸。

小芸，你嫁了个什么东西？你就为了这么一个没担当的孬种放弃了胡晓航？亲生骨肉他也不管！

他唯唯诺诺地说当初和你结婚也是一时没想清楚，孩子生得早。我抬腿对着他肚子一脚踹上去，他懦弱不言，跌倒在地，竟然哭起来。

他姐姐泼辣地回我一巴掌，骂我多管闲事，我跟她打起来，最后被你爸拉开。

你知道的，我能受苦，但不能受气。她讥笑我装好心，讽刺我：亲姐妹怎么不自己照顾那孩子？

我受得了激吗？你知道我脾气上来就压不住。我揪住你大姑子的头发对她说："这孩子以后就是我女儿！跟你们潘家一刀两断！"

你爸说我太冲动，说我：一个大好姑娘怎么能拖着一个不明不白的孩子？

我不听！我不能让你本来就多病的爸爸再拖着一个幼小的孩子雪上加霜，我做事一贯不计后果，我把心一横，托了所有关系把收养欢欢的手续办齐。

你爸是看着我长大的，他老泪纵横地拉着我的手说："欢欢就交给你了，我一个老人，照顾自己都够呛，也是不中用了。"

我抱了抱他，像抱自己父亲那样，我悄悄在他耳边说："爸，以后，你就是我爸。"

起初由爸带着欢欢，她满两岁后，我就接她到上海了，我妈过来给我帮衬。

而咱们的爸，他一年会来两次上海，我也会带着欢欢去云南看他。他一个人住在老房子里，伤痛慢慢平复，他会和老人们下象棋、练太极，过着平淡生活。

在你的葬礼之后，我回了上海，又收到你给我寄的东西。

因为地址错误，辗转许久才到了我手里。等我拿到时，鲜花饼又霉又碎，我却吃得连渣都不剩。

上海有一些铁道横穿马路，每天有几辆火车经过，行人、车辆须要等火车开走才被放行，他们称这现象叫"吃火车"。只有吃火车的时候，这个城市才会慢下来。我看着栏杆在太阳余晖里落下，茫然站在铁道前读你给我的明信片和信。

其实你很了解我，知道我从小渴望摆脱贫瘠的基因，哪怕考去上海只能读一个普通三本也在所不惜。

而你不停给我寄明信片，企图用玉龙雪山的如画雪景，用香格里拉的庄严神圣唤醒我心里的根。故乡是小时候急着要逃脱、长大以后渴望回归却回不去的地方。

你是知道的吧？知道我故意写错地址，可你为何还要寄？

你真傻！小芸，可是这样的傻瓜，我再也遇不到第二个了！

你在信上说你收到了我寄的上海特产，很喜欢，问我什么时候回去。你还说你老公待你很好，让我不要担心。最后你让我给你寄一朵白玉兰，你想看看上海的市花什么样儿，你想闻闻它的香味……

可你倒是等着我呀！你为什么不等我？

而今，你急急走了，只留下欢欢陪我。我爸妈说我将来要后悔的。

我确实后悔过，我没有生过孩子就急急当了一个妈妈。当我照顾发水痘的欢欢，缺勤太多被辞退的时候；当我空手创业，却遇人不淑被现实迎头痛击的时候；当欢欢哭闹、淘气惹我生气的时候——数不清的后悔，像箭一样射过来。我和每一个新手妈妈一样，有无数次恨不得要掐死孩子的冲动。

可是，也有幸福的时刻啊。当我累得手脚发软地回到家，欢欢迎上来用柔软的嘴唇亲我的时候；当我创业有了起色，赚到蝇头小利的时候；当我用自己挣的钱给欢欢买了新衣，带她去吃大餐的时候——我都会感觉到幸福。

是你，让我从浑浑噩噩、漫无目的的生活中走出来，找寻到了生活的意义。是你，让我感受到了活着的幸福与价值。

　　小芸，去年年初，咱们中学校庆，我正在老家探亲，毕业以后第一次参加了同学聚会。

　　每个人都变了很多，或许是我离开太久，都20年了，没变化才可怕吧。只有你，永远活在26岁。

　　有人提起了你，是以前的数学课代表，他刚从海外移居归国，没看到当年的新闻。

　　大家都沉默了，隔了会儿，纷纷插嘴转移了话题。

　　那天胡晓航来得迟，同学们都走得稀稀落落了，我徜徉于校园里，仿佛能看见我俩年少时的身影。胡晓航和我在一簇上关花前相遇，久别重逢，他带我去他开的酒吧小酌叙昔。

　　胡晓航告诉我，在我考去上海后，他对你表白，你又拒绝了他。

　　小芸，你真傻啊，哪怕我赌气和你绝交，你也不该放弃他。你就是这样，我喜欢的东西，你永远都不会去抢，也永远言不由衷。

　　胡晓航也傻，我问他：快奔四了为什么还不结婚？他笑说没想过不结，但也找不到想结的人。

　　我也感同身受。大概像李宗盛《晚婚》里唱的那样，我不想独身，却又预感晚婚吧。

　　我在他酒吧楼上小坐，看到他桌上有许多新闻旧报，上面满满的注释、笔记，都是与你的案子有关的新闻。

　　他喝多了，眼睛变得通红，他说还有9年时间。他没有放弃，一直在寻找线索。

　　时过境迁，我终究不敢去想，关于案件和你去世的情节，在我大脑里是禁区。

我知道时效期在慢慢靠近，我和爸都心照不宣地从不谈起。我们谁也放不下，谁也不敢提。

近年来，我的心态渐渐平和，快近不惑，也没有什么想不通看不开的。

上海人喜欢花，他们喜欢淡雅而幽香的花。初到这里，看不到浓郁的浅碧深红，现在倒渐渐习惯了这种淡然轻盈。可能是我被同化了，也大概是我老了吧。

絮絮叨叨半天，今年有一件特别重要的事情要告诉你。

年初，你的案子破了！警察终于抓到了凶手！他们用DNA和基因测序技术在甘肃一个中学里抓到了他。

胡晓航给我打电话，半天没声音，我说我看到新闻了，他"嗯"了一声，还是没说话，我想，他是哭了。

凶手是个男人，两鬓苍白，铐着手铐，在镜头前就像一个普通的退休工人。怎么会是这样一个人，犯下了几宗谋杀案呢？是他的罪恶，让我们永远失去了你。

小芸，你在天之灵，希望可以安息了！

结束了多年的煎熬，我陪着咱爸去给你扫墓，我带上了一朵白玉兰，回来后和爸收拾你的遗物，发现了我初中时送你的那块玉。

还记得我当时从脖子上解下来给你时，你幸福、雀跃，告诉我你这辈子都要戴着。

我暗暗笑你傻，不过一块次玉。我姨妈去新疆时给我带了块正宗和田玉，这块丢之可惜，便送了你。

或许你一直不知道我是这样狡猾的人。或许你知道的，可你仍待我如初。

而今，这块玉莹白如初，玉尖却染了一点红。爸摸着那血迹不由泪如抛沙，告诉我这玉是结案以后被还回来的，十数年后失而复得。赭绳一端磨出白色，你一定日夜佩戴不曾解下。

我问爸要了这块玉，重新挂到胸前。我会和你一样，一辈子好好珍惜它。

对了，今年十月，我就要结婚了。

对方是个本分踏实的上班族，比我大四岁，早年丧偶，膝下无子。如果你见到他，一定很吃惊，因为他和胡晓航没有一点共同之处。

可我渐渐明白，婚姻啊，不是看外表，而是看灵魂。你就放心吧，他是个好人，对欢欢非常好。

一转眼你我分别已12年，欢欢也快14岁了，长得都快有我高了，在上海华育中学上初一。

她成绩很好，可脾气很臭，倔得要命，怪我从小太惯着她了。我知道你一定会笑，想说我年轻时也是这个臭德行对不对？青春期的孩子，真让人头痛，可是我好爱她，她也很爱我，偶尔还会娇情地跟我说一些暖心的话。

近年来，我不再有年轻时强烈的愤愤不平和激扬澎湃，可欢欢身上有，她像匹小烈马，我从她身上也看到了你藏在温驯里的倔强。

胡晓航建议我无须过多干预她的成长，这漫长而精彩的人生，需要她自己去领悟参透。

我一直没告诉欢欢真相，怕吓着她。何老板劝我不要太在意血缘这件事，他说亲情不见得需要血缘的纽带。我想等她成年，我会——告诉她，她的亲生母亲，是一个多么温柔贤淑的女子。

四月春日，我带欢欢去陕西南路的汉源书店参加了张国荣"随风不逝"的缅怀会。这是哥哥生前很喜欢的书店。

我告诉欢欢，这是妈妈最喜欢的歌手。她跟着我一起听《愿你决定》，听到他温和而怅然的嗓音唱着：

来日悄悄我走了，悄悄得仿似午夜晚风飘
你将感觉到我没有走远仍留在听这旧调
当你重温我在茫然中思忆里
所有冷冰冰暖了

我不禁潸然泪下。

小芸，你缺席的这十二年，我们都很好。但人生这堂课，我还在慢慢学习中。你放心，欢欢我会待她如亲生女儿，我一定用我全部生命，照顾好她的未来。

最后，如那句歌词一般，愿来日你我再度相见，仍是旧日动人笑面。

聂霖
2019年春